国家自然科学基金项目（40671060）

教育部人文社会科学研究青年基金项目（10YJC790289）

中国城市研究丛书

关注中国城市发展
研究城市问题本质

宁越敏　主编

企业空间组织
与城市-区域发展

Spatial Organization of Enterprise and
Development of City-region

宁越敏　武前波　著

科学出版社

北京

图书在版编目（CIP）数据

企业空间组织与城市-区域发展／宁越敏，武前波著. —北京：科学出版社，2011

（中国城市研究丛书）

ISBN 978-7-03-029977-2

Ⅰ．①企… Ⅱ．①宁… ②武… Ⅲ．①企业经济-影响-城市经济-经济发展-研究-中国 Ⅳ．①F279.2②F299.2

中国版本图书馆 CIP 数据核字（2011）第 005663 号

责任编辑：侯俊琳　陈　超　杨婵娟　王昌凤／责任校对：陈玉凤
责任印制：赵德静／封面设计：无极书装
编辑部电话：010-64035853
E-mail：houjunlin@mail.sciencep.com

科学出版社 出版
北京东黄城根北街 16 号
邮政编码：100717
http://www.sciencep.com

中国科学院印刷厂 印刷
科学出版社发行　各地新华书店经销

*

2011 年 3 月第　一　版　开本：B5（720×1000）
2011 年 3 月第一次印刷　印张：15 3/4
印数：1—2 500　字数：320 000

定价：42.00 元
（如有印装质量问题，我社负责调换）

丛 书 序

城市是人类创造的一种具有高度文明的聚居形式，她在人类活动的历史长河中很早就占有一定的地位。但因生产力发展长期处于落后的水平，农村一直是人类的主要聚居形式。直至进入工业化时代，城市化进程才开始加速。20世纪后半叶起，发展中国家城市化进程开始加速，促使世界城市化水平逐步提高。

中国是公认的世界上少数几个城市发源地之一。考古显示，早在5000年以前，城市的雏形——古城就已出现在从内蒙古高原到长江流域的广阔地区。约4000年前，在中国国家的形成过程中，城市也相伴而生。汉唐以后，中国曾出现规模巨大的城市和灿烂的城市文化，使中国古代城市在世界城市发展史上占有重要地位。但1840年鸦片战争后，中国的城市化进程停滞不前，1949年城市化水平仅为10.6%，与同期世界城市化28%的平均水平相差甚大。新中国成立后，中国的城市化又经历了曲折的过程。1978年实施改革开放政策后，融入全球化时代的中国城市开始进入快速发展时期，面貌日新月异，在世界城市体系中的地位也不断上升。2006年，中国的人口城市化水平已接近44%。预计2010年后，中国的城市化水平就将超过50%，进入到以城市为主导的社会。

但是，在中国城市化快速推进的过程中也出现了一系列经济、社会和环境问题，主要表现在：①中国的快速城市化总体上是建立在经济快速增长的基础上的，但长期以来我国经济增长方式尚未得到有效转变，创新型社会、信息化社会的建设任重道远；②由于户籍等制度的制约，城乡二元结构的矛盾仍然存在；③在城市化的迅速发展过程中，资源和环境受到巨大的压力，城市的后续发展受到严重制约；④城市化发展的区域差异有所扩大，沿海地区部分城市现代化、郊区城市化、国际化进程加速，出现了规模巨大的都市连绵区，但中西部部分地区城市化的进程相对滞后。以上所举问题表明，未来中国城市化面临的任务和压力要比西方国家大得多，走有中国特色的可持续城市化之路也更为迫切。

作为一种复杂的社会经济现象，城市化是经济、社会、政治、历史、自然、技术等多因素综合作用的结果，没有哪一门学科能够独立解释城市这一复杂的系统。只有从整体和系统的高度，突破学科边界，整合城市研究的各个学科，集中多学科的合力共同研究城市，才有助于更深刻地了解和认识城市发展的规律，促进城市化的健康发展。为此，华东师范大学整合校内地理、经济、社会、历史、城市规划等学科中的城市研究力量，于2003年成立跨学科的中国现代城市研究中心。2004年11月，该中心被教育部批准为普通高等学校人文社会科学重点研究基地。近年来，中心科研人员承担了数十项国家级和省部级研究项目，取得了丰硕的成果，中国现代城市研究中心也成为国内知名的城市研究机构。

为繁荣中国的城市研究，华东师范大学中国现代城市研究中心从 2007 年起编撰"中国城市研究丛书"，分批出版中心研究人员在中国城市研究领域的代表性成果。此套丛书的出版得到了科学出版社的大力支持，在此我代表中国现代城市研究中心表示衷心的感谢。

中国城市化的进程任重而道远，其健康发展不仅有助于中国现代化目标的顺利实现，也是对世界和平发展的重大贡献。就此而言，中国城市研究的意义已尽在其中，而中国城市科学的发展前景也必将更加美好。

宁越敏

华东师范大学中国现代城市研究中心主任

2007 年 3 月

前　言

20 世纪中后期，随着信息和通信技术的飞速发展，信息化和网络化为经济全球化提供了有利的技术支持，从而使生产要素得以跨区域快速流动。在全球经济发展过程中，企业作为市场经济的主体，其空间组织也在发生着变化与调整：第一，全球化对企业的发展战略产生深刻的影响，企业日益全面融入全球生产网络体系，其在全球商品价值链中所处的角色地位决定着企业发展战略的转型，并进入跨行业或跨部门、跨国或跨区域的发展阶段；第二，信息化促使企业组织结构开始重组，企业跨区域发展战略导致了其组织结构的解构与重构，信息技术使企业组织跨行业或跨区域指挥调控成为可能。

在此变革背景下，企业组织在城市和区域的发展过程中发挥着越来越重要的作用。公司控制管理中心与研发、生产等机构逐步实现空间分离，并根据各自的区位需求分别在不同等级城市或区域集聚，带来不同地区在由企业空间组织所形成的城市网络体系中地位的跃升或衰落。首先，企业总部所集聚的城市成为区域经济乃至全球经济的控制与指挥中心，如跨国公司总部集聚的东京、纽约、伦敦、巴黎居于世界城市体系的顶端。其次，拥有研发机构或技术中心的地区形成世界经济增长的"技术极"①，其中最著名者为美国的硅谷。再次，跨国公司生产基地在发展中国家和地区的分布带动了当地经济社会的快速发展，促使其生产制造环节日益融入全球生产网络，推动该城市与区域逐步接入全球城市网络。如20 世纪 70 年代迅速崛起的亚洲"四小龙"——新加坡、中国香港、中国台湾和韩国，以及东南亚的一些国家。可见，地理空间在企业发展战略中的功能日益增强，并成为与流动的全球资本相结合的重要"生产资料"。最后，企业组织成为城市与区域发展的动力之源，逐步塑造和影响着地方的空间结构及其在全球经济网络中的地位。由此，企业组织、城市与区域是新时期两个发展变化最为迅速的单元，也是 20 世纪以来相关学科的两个重要研究主题。

全球化和信息化正在推动着新的国际劳动分工的形成。中国的城市与区域也处于该发展过程中，并且经历着本土企业集团的成长壮大，以及跨国公司生产网络在华日益扩散的过程。这两个动力主体的活动分别体现出全球化与本土化的双重影响，促使区域空间结构发生重大重组。改革开放以来，中国国有企业逐步进入体制改革阶段，并在 30 年内成长出一批本土大型企业集团。其中，国有中央

---

① 引自 "*Technopoles of World*" (Castells, Hall, 1994)

企业控制了中国的经济命脉，非国有经济获得突破性增长，中小企业逐步发展壮大，在沿海地区相继出现了"苏南模式"、"温州模式"、"闽南模式"、"珠江模式"等。与之相伴，20世纪80年代中国政府在沿海地区设立经济特区和对外开放城市，以吸引海外资本推动城市与区域发展，这引发了跨国公司纷纷涌入中国的发展局面，深圳乃至珠三角的快速崛起就发生在这一背景之下。至20世纪90年代，长江三角洲地区逐步成为跨国公司投资的热点区域，上海树立了建设世界城市的发展目标，并实施浦东新区开发战略，旧的"苏南模式"也开始向"新苏南模式"转变，特别是苏州凭借毗邻上海的区位优势，吸引的外资数量仅次于上海，成为著名的国际高科技城市。由此，城市与区域经济发展所带来的诸多问题纷纷摆放在我们的面前，如地区产业价值链升级、城市或区域竞争力提升、全球城市建设等。所以，经济地理学、城市地理学均将自己的研究视角投入这一系列的全新课题之中。

　　本书的理论思考源于宁越敏在20世纪90年代发表的一系列关于劳动空间分工、世界城市和中国中心城市发展的文章，其中1998年在《地理学报》第5期上发表的一篇关于中国城市化动力机制的论文在国内首次从企业组织角度探索了其对新时期中国城市化进程的影响。2007年，武前波在宁越敏的指导下将企业组织和城市－区域发展的关系作为自己博士学位论文的研究对象。该论文通过发掘各自所蕴涵的"地理空间"属性，进行相应的理论探讨和实证分析，使之融合为相互关联的一体，试图为企业地理和城市地理的学科交融提供一条新的研究思路。宁越敏在武前波博士学位论文的基础上进行了增删、统稿和定稿，形成了本书。本书在理论分析层面上总结了企业组织、现代企业竞争战略、信息时代企业空间组织、世界/全球城市研究、跨国公司生产网络和世界城市网络等方面的研究成果，把企业空间组织作为全球生产网络和全球城市网络理论对接的中介，构建了企业空间组织和城市－区域相互联系的逻辑框架。在此基础上，本书主要根据中国制造业企业500强的数据，分析了中国企业集团的产业集中度和地理集中度、企业空间组织网络及其模式、跨国公司在华所形成的空间网络特征、中国制造业企业总部的集聚特征，探讨了全球化和信息化背景下基于企业空间组织的中国城市空间分布格局及其网络体系特征。最后，以上海全球城市的建设为案例，提出了基于企业网络体系优势而实现全球城市崛起的发展路径。本书的研究表明，企业空间组织可以成为经济地理学和城市地理学共同分析的对象，通过把地方生产系统与城市－区域形态、全球生产网络与全球城市网络、全球商品链与全球城市－区域等命题进行对应研究，使企业地理与城市、区域空间组织的研究融入一个完整的理论框架中。

　　本书的研究工作得到国家自然科学基金项目"全球化与长江三角洲都市连绵

区的空间组织的演化"支持。在本书的写作过程中，华东师范大学中国现代城市研究中心的两位紫江讲座教授——美国犹他大学的魏也华教授和加拿大莱思桥大学的徐伟副教授参加了讨论，并提供了相关帮助和建议，研究中心的陈嘉敏老师在研究资料的收集上提供了帮助，在此一并表示衷心感谢。

宁越敏

华东师范大学中国现代城市研究中心

2010 年 2 月

目　录

图 目 录

表 目 录

第一章

导　论

受信息化和全球化（globalization）所带来的新时空变化的影响，在全球范围内进行空间相互联系的障碍越发不存在。但空间障碍越不重要，资本对空间内部地方的多样性就越敏感，对各个地方以不同的方式吸引资本的刺激就越大，由此，地方的特质在日益增强的空间的抽象之中处于被突出的地位。积极创造具有空间特质的各种场所，成为地方、城市、地区和国家之间在空间竞争方面的重要标志（戴维·哈维，2004）。

一、企业地理与城市地理

人文地理学是研究人类与地方、空间及环境相互关系的一门学科①，自产生以来曾先后经历了经验主义、实证主义、人本主义、结构主义以及后现代主义等思潮的影响。其中，"空间"和"地方"始终是人文地理学关注的两个核心问题。②

经济地理学是人文地理学的重要分支，受杜能（Thunen）、韦伯（Weber）区位论的影响，西方经济地理学长期关注的是产业区位选择的微观问题。20世纪50年代后，经济全球化进程显著加快，在国家和全球层面都出现了新的劳动分工现象，使西方经济地理学的研究重点发生转移，出现了企业地理、劳动空间分工、产业集群等新的研究领域。进入90年代后，经济地理学和其他学科的整合更加显著，制度、演化、网络等新概念成为经济地理学研究的新视角，全球化带来的不同层次经济空间的重组也受到更多的重视。例如，迪肯（Dicken）认为，跨国生产网络的加速形成和区域经济集团的激增是当前全球经济空间重组中

---

① 1990年英国和美国地理学家学会研究组认为，地理学通过研究地方、空间以及环境来探索地球与人类的关系，即人文地理学是研究人类活动空间组织以及人类与环境关系的科学（顾朝林，陈璐，2004）。

② 经济地理学者认为，经济活动的区位、空间和地方是经济地理学研究的基本对象，也是经济地理学认识社会经济生活的基本视角，其理论建构的核心始终围绕着区位、空间与地方来进行（苗长虹，魏也华，2007）。

两个最为显著的特点（Dicken，2000）。在这一全球性转变过程中，第一，企业组织的空间分离和整合成为不同学科，如地理学、经济学、管理学等重点关注的研究对象，相继出现了跨国公司、价值链、企业集群、全球商品链/全球价值链/全球生产网络等相关理论，由此推动了经济地理学的快速发展。第二，地方、城市、区域或国家成为新时期展开经济竞争较量的主体，相应产生了世界城市（world city）/全球城市（global city）/全球城市 – 区域（global city-region）等方面的研究，以及新区域主义的兴起。其中，信息化时代由企业组织空间分离形成的生产网络是世界城市网络（world city network）形成的基础。因此，经济地理学和城市地理学出现了相互融合的趋势。

（一）信息化时代的企业地理研究

跨国公司是与现代化大生产相适应的现代企业组织的高级形式，它的产生和发展是市场经济和企业制度长期发展和演进的产物。当现代企业生产经营的布局超越了国家疆界时，现代意义的跨国公司便产生了（薛求知，2007）。第二次世界大战以后，随着信息技术的逐步兴起，跨国公司开始在全球范围内实施多部门、多区域的快速发展，并成为当代世界经济活动的核心组织者。20世纪60年代，美国管理学家小艾尔弗雷德·D. 钱德勒使用"多部门"企业来定义现代工业企业，通过分析杜邦公司、通用汽车公司、新泽西标准石油公司（后改名埃克森石油公司）和西尔斯公司等美国四大企业的成长过程，指出这些公司逐步向"事业部"（多分部）组织结构转变的原因，并提出"结构跟随战略，战略决定结构"的著名观点（艾尔弗雷德·D. 钱德勒，2002）。

随着企业加速向着多部门、多区域、跨国经营和全球化经营发展，以单部门企业为主要研究对象的古典区位论，逐渐暴露出研究的局限性。由此，美国地理学家麦克尼提出"企业地理"的概念（McNee，1960），主要关注企业内部不同分支机构空间结构的研究，特别是随着跨国公司在世界经济中地位的日益增强，许多学者更加侧重于大型跨国公司空间格局和演变的研究（李小建，1999）。20世纪60年代，海默（Hymer）、弗农（Vernon）分别从产业组织理论、国际贸易理论出发，提出了跨国公司的垄断优势理论和产品生命周期理论，成为跨国公司投资研究的先行者。后来，邓宁（Dunning）则将企业组织理论及贸易和区位理论进行结合，提出了国际生产的"折中理论"，他认为有三种优势条件可以解释跨国公司的投资行为，即企业所有权优势、内部化优势和区位优势。以上三者相继从企业的产业组织角度对跨国生产进行考察，并将企业组织和地理区位分析相结合，开创了跨国公司空间组织及区位理论的研究。

由此，跨国公司空间扩张及其空间组织格局与演化，成为20世纪90年代以前企业地理研究内容的两条线索。前者如泰勒的组织变异及区位演化模式、哈坎逊（Hakanson）的全球扩张模式、迪肯的全球转移模式等，这些扩张模式均从不同方面揭示了公司从小到大、从单厂到多厂（或多国）的区位扩张过程（李小建，1999）；后者则是基于企业组织结构理论来关注公司内部不同分支机构的区位，如总部、研发机构、生产基地、销售及服务部门等空间特征，形成总部或地区总部区位、研发区位等方面的研究（Holloway，Wheeler，1991；Laulajainen，Stafford，1995；Lo，Yeung，1998；Klier，Testa，2000；Horst，Koropeckyi，2000；杜德斌，2001；Lovely et al.，2005；Henderson，Ono，2005）。

依据钱德勒"结构跟随战略"的著名观点，企业的内部空间组织也会受到其发展战略的影响。特别是在信息化时期，企业的竞争战略及组织空间分离表现出更加灵活而柔性的特征，从而导致1990年后全球生产网络这一新的研究领域的出现。Gereffi 和 Korzeniewicz（1994）是最早研究全球生产网络的学者之一，他们划分出两种不同类型驱动力的跨国公司生产网络，即生产者驱动和消费者驱动。前者一般指在生产过程中前后向关联性较强的趋向于垂直一体化的大型工业企业或行业，后者则指大型零售商、品牌商和贸易公司等领导的劳动密集型行业。尽管现实中的生产网络关系远比这些类型区分更为复杂，但全球生产网络却提出了一个对跨国公司国际化生产活动的新分析思路，而与此相近似的概念还有全球生产系统、全球商品链、全球价值链等①。

同时，早在20世纪70年代末期到80年代中期，大西洋两岸的一小部分经济地理学家就开始关注那些在福特式制造业大发展时期处于外围地位，而现在依靠新兴的所谓后福特制生产方式取得经济快速发展的地区。这些新工业区具有高度空间集聚、本地内部商业网络、创新和经济增长等特征，主要包括美国的高技术区，如硅谷、橙县和波士顿128号公路，英国从伦敦到布里斯托沿线的高技术制造业区，意大利中小城市的产业集群，以及在全球城市和其他专业化城市中的金融业和商务服务业等（Scott，Storper，2003）。此后，越来越多的地理学家、经济学家、管理学家及社会学家开始关注世界范围内的中小企业集群问题，形成了具有不同观点主张的多个"产业区"学派，但其核心命题均是：在经济全球化快速推进的背景下，区域经济如何才能获得并保持其长期的竞争力（苗长虹，2006a）。

目前，全球经济正是由各种各样的经济组织混合体组成的，表现出组织内与组织间所形成的网络部分重叠又相互连锁的特征，这些组织网络与由相互关联的经济活动集群所构成的地理网络相互交错。其中，这些地方化的集群是由规模不

---

① 有关全球生产网络、全球商品链、全球价值链的区分参见 Sturgeon（2000，2008）；文嫮（2005）；李健等（2008）。

等的独立企业和多分厂企业的各分部所构成的不同类型混合体组织，而且许多企业分支机构都隶属于跨国公司（Dicken，2003）。由此看来，跨国公司与地方集群并非是两个毫不相关的企业地理研究对象，这是由于在全球化背景下对于前者在世界范围内的投资活动来说，后者是其进行区位选择的重要影响因素。同时，后者又可以通过前者直接联入全球生产系统，从而来实现在产业价值链中的地位升级。

（二）　全球化背景下的城市地理学

"世界城市"一词是由英国规划学者格迪斯（Geddes）在1915年提出的，他认为世界城市是指世界最重要的商务活动绝大部分都需在其中进行的那些城市。20世纪60年代，英国地理学者霍尔（1982）对世界城市进行了性质界定，认为世界城市是在政治、经济、商贸以及文化等层面处于世界城市体系最顶端的城市。

直到20世纪80年代，随着新国际劳动分工的深入，跨国公司越来越成为主导世界经济的主要力量，从而使全球经济格局出现指挥与控制权力的集中与生产制造的全球化分散等现象，跨国公司总部以及相关支撑性产业趋于在主要城市集聚，促使世界城市体系趋于等级分化，极少数的个别城市开始成为调控世界经济发展的中心。基于新国际劳动分工理论，科恩（Cohen，1981）最早从全球化入手进行世界城市体系的研究。随后，弗里德曼（Friedmann，1986）提出了著名的"世界城市假说"，为其后的世界城市研究提供了主要的理论框架，他认为世界城市主要是世界经济的指挥与控制中心，其度量方法可以采用跨国公司总部及高等级生产服务部门的多少进行比较研究。萨森（Sassen，1991）倡导"全球城市"的研究，其研究出发点是超越传统的国家界限束缚，通过考察位居世界城市体系顶端的三大城市——纽约、伦敦和东京，认为全球城市是世界经济的主要生产服务行业集聚的所在地，从而实现了全球生产功能的分散和世界经济管理功能的集中。

基于信息化对经济社会发展的重要作用，卡斯特（Castells，1989）提出了"信息化城市"（informational city）的概念，他认为随着信息网络技术的广泛运用，空间的地方性日益转化为流动性，产生了所谓"流动的空间"（space of flow）。世界城市就是全球信息网络的主要节点，控制着全球信息的流动，而世界城市网络的形成就是基于全球信息网络的构建。随后，在以上世界城市研究理论与方法的影响下，泰勒（Knox，Taylor，1995）对世界城市相互之间的横向联系进行了实证分析，他利用世界城市生产服务部门或企业的相互联系程度来衡量城市之间的相互作用，从而取得了一系列世界城市网络研究成果，并成为当前较为流行的世界城市分析方法（表 1-1）。

表 1-1　世界/全球城市理论研究进展

相关理论	主要观点	理论方法	代表学者
世界城市	经济、商贸、政治中心	城市等级与性质	霍尔（霍尔，1982；Hall，1996）
世界城市体系	世界城市的体系	新国际劳动分工	科恩（Cohen，1981）
世界城市假说	世界经济的指挥与控制中心	核心－边缘理论、新的国际劳动分工	弗里德曼（Friedmann，1986）
全球城市	全球经济的生产服务中心	影响力超越国家界限的中心城市	萨森（Sassen，1991）
信息化城市	流动的空间	信息网络技术	卡斯特（Castells，1989，1996）
世界城市网络	世界城市网络作用力	全球性生产服务公司空间网络	泰勒（Taylor，1995，2004）
全球城市－区域	全球经济的区域发动机	劳动空间分工、地方生产综合体	斯科特（Scott，1988，2001）
后大都市	全球化的社会过程	社会－空间辩证法	索亚（爱德华·W. 苏贾，2004）

资料来源：武前波和宁越敏，2008a。

以斯科特、索亚为代表的美国加利福尼亚大学洛杉矶分校学派在世界城市理论研究中独树一帜，他们从主流社会学和经济学中借鉴相关学术思想，对社会和劳动分工的空间性进行了深入研究，提出了"全球城市－区域"（2001）这一新的概念。[①] 斯科特认为，在全球化背景下正在出现一种新的区域空间组织，即全球城市－区域。其原因是空间交易成本以及地方区位经济的规模报酬递增产生的溢出效应，促使信息化时代跨国公司与当地集群结成网络联盟，并产生较强的区域外部性，由此推动了超级产业集群的出现，也促进了大规模城市群的集聚，并在适当条件下形成全球性的城市－区域（Scott，1998）。索亚（Soja）是后大都市（postmetropolis）研究的代表人物，他吸取了法国哲学家列斐伏尔（Lefebvre）的"空间的社会性"思想，提出了"社会－空间辩证法"，成为理解后工业化时代大都市全球化进程的理论工具（爱德华·W. 苏贾，2004）。

（三）融合企业地理和城市地理的理论解释

20 世纪 70 年代初期海默（Hymer，1972）首次探讨了跨国公司组织结构与

① 1999 年，在美国加利福尼亚大学洛杉矶分校，"全球城市－区域"概念引起了众多学者、官员、企业家、社区领袖等的关注与讨论。参见 Scott（2001）。

其所处的地理结构之间的关系，并将企业组织等级理论与韦伯区位论相结合，构建出企业组织与地理空间相互对应的"海默模型"。但是，如果要寻找出一条能够贯穿企业地理和城市地理的理论线索，那就是劳动空间分工理论。1979 年，英国人文地理学家麦茜在《区域研究》（Regional Studies）杂志上发表了《区域问题的意义何在》一文，提出了"劳动空间分工"（spatial division of labour）的概念（Massey，1979）。麦茜对地方的关注主要是研究英国变化中的工业地理学，认为任何给定的某个区域的社会经济结构，都是该区域在广泛的国际国内劳动力空间分工的连续作用下形成的综合复杂的结果。其后，她发现大规模的跨国公司在加强空间组织形式和社会生产过程中越来越重要，并详细阐述了生产关系空间组织的三种可能形式（Massey，1984）：①具有集中的空间结构的、有自主权的单一区域公司；②采用多分支公司的总部－分厂结构公司；③采用分步空间结构的跨国公司。由此可以看出，麦茜已经注意到企业空间组织分离所出现的企业内部及企业之间的劳动力技术分工。然而，麦茜关注的是企业组织空间分离所带来的区域发展不平衡问题，即每一种企业空间组织都暗示着不同形式的地理差异和不平等性，如不同的区域具有不同的功能（组织、研究、生产等），也拥有不同的统治或隶属的区际关系（理查德·皮特，2007）。

　　尽管麦茜通过对新古典经济学和区位理论批评进而提出的劳动空间分工理论带有较强的政治性和社会性，但其研究却复兴了工业地理学的研究。通过劳动过程来理解企业的区位选择，并认为技术和管理水平的发展使企业可以通过建立碎片化的生产体系让某个特定产品不同阶段的制造程序在空间上实现分离，即"过程分解结构"，这也成为了当时工业地理学中企业空间组织研究的新进展（石崧，2005）。美国地理学家斯托波（Storper）在其博士论文《劳动空间分工：技术、劳动过程和工业区位》中，提出了劳动力由于其特殊的生产要素属性和高度的空间差异性而成为关键性的区位竞争优势。Scott（1988）则将科斯（Coase）新古典经济学的交易成本理论引入劳动空间分工的研究中，把企业纵向一体化和纵向分解与城市的形成相结合，提出了"工业－城市"区位论。他把劳动分工分为企业内部的技术分工、企业间的社会分工和劳动的空间与国际分工三个层次，其中企业内部分工有利于生产成本下降，企业间分工则促使产业综合体的出现，而产业综合体形成有利于空间交易成本的下降，由此吸引着相关产业和经济活动的不断集聚，最终形成城市的空间形态（宁越敏，1995a）。

　　新的国际劳动分工理论分析了跨国公司全球化生产过程中所出现的空间分工现象，认为这种分工的产生主要基于三个前提条件：①第三世界国家丰裕而廉价劳动力的存在；②跨国公司实施标准化和流水线式的生产过程；③现代交通和通信技术可以使产品生产区段分散在全球各地（Frobel et al.，1980）。科恩（Conhen, 1981）从宏观层面的新国际劳动分工角度来解释跨国公司经济活动与世界城市体系的连接关系，认为新国际劳动分工是沟通两者的重要桥梁，全球城市就是新的国际劳动分工的协调和控制中心。1982 年，弗里德曼和沃尔夫从新国际劳动分工和世界体系理论的角度出发，对学术界研究的"世界城市"首次进行了理论化的构建（Friedmann, Wolff, 1982），指出处于世界城市体系顶端的城市即"世界城市"，它们是跨国公司总部的集中地，其成长由少数快速增长的产业所支撑，如国际金融、国际交通联运以及各种工商服务（包括广告、会计、保险、法律等）。此后，弗里德曼又多次撰文探讨世界城市这一命题，提出"世界城市假说"（Friedmann, 1986, 1995）。世界城市的理论分析框架推动了后来的基于全球性生产服务公司的全球城市和世界城市网络的研究（Sassen, 1991；Taylor, 1997, 2004）。

从以上代表性研究可以看出，劳动空间分工理论已经成为分析企业组织变化和区域结构重组的理论基础。它强调劳动因素在区域竞争中的重要性，把地理空间现象归纳为劳资双方冲突的结果，利用经济 - 社会 - 空间的分析逻辑代替传统的工业区位论，以至于 20 世纪 80 年代的工业区位术语常常被劳动空间分工所代替。其中，斯科特的"工业 - 城市"的区位分析逻辑对后来的经济地理学家和城市地理学家都有着较大的影响（石崧，2005）。然而，劳动空间分工理论并没有在国内得到广泛的研究和应用，这是由于，一方面，经济学、管理学、社会学研究还不太注重地理空间的作用，更没有认识到在空间背后所存在的社会、政治、经济、文化和技术过程；另一方面，人文地理学的分析还停留在企业组织和城市 - 区域的相互割裂状态，没有将企业组织空间分离与城市 - 区域发展进行很好的结合。而唯有二者的相互连接，才能打通经济地理和城市地理之间的隔阂，并使之在未来学界中出现相互促进且蓬勃发展的良好态势。

（四）国内相关研究现状

新中国成立后至改革开放以前，在当时的政治背景下，源自西方的人文地理学被认为是伪科学而受到批判，经济地理学因被认为可为国民经济建设服务而得到了一定的发展，但其研究深受当时苏联地理学的影响。20 世纪 60 年代初是我国经济地理学得到较好发展的时期。经济地理学结合了当时的经济建设，从技术经济的角度分析了产业布局的影响因素，对当时的生产布局起到了一定的作用。但在当时的计划经济体制下，企业不是真正意义上的独立经济实体，只是实施指令性计划的生产单位。因此，企业组织的发展无从谈起，在经济中的作用亦很少受到关注。直至改革开放后，伴随着企业制度的改革，一方面多种所有制企业蓬勃发展，另一方面在政策鼓励下企业集团逐步出现，其在社会主义市场经济中的地位逐步凸显，这才开始促进国内学者开展企业研究。

20 世纪 80 年代后，我国人文地理学得到复兴，经济地理学、城市地理学等分支学科得到迅速的发展。陆大道（2001）提出了"点 – 轴"理论，依据该理论我国优先发展的几条产业 – 城市带不仅可以为我国的生产力布局做出重要贡献，而且对经济地理学和城市地理学研究的整合也有重要意义。基于国外相关理论动态，以及中国的企业、城市、区域的发展状况，李小建（1991）认为国内应该开始重视企业在区域发展中的作用，这是由于企业组织变化是引起工业结构和工业空间格局变化的动因，并提出了"企业组织 – 区域"相结合的研究视角。

宁越敏（1991）将新的国际劳动分工理论介绍到国内，指出跨国公司的发展推动了新国际劳动分工的出现，促使世界范围内控制与生产的等级体系形成。1992 年，中国进入全面开放的新阶段，社会主义市场经济体制的发展目标被确立。在此背景下，宁越敏（1993）提出要重视城镇网络优化与政府、企业行为关系的研究，企业作为真正经济实体的出现将大大增强城镇间的相互联系。他最早阐明了企业集团与区域分工的关系，认为如果进一步加强跨部门的企业集团的建设，那么企业在促进我国新的劳动地域分工形成中将发挥更大的作用。宁越敏（1995a，1995b）在对科斯、斯蒂格勒、威廉姆斯交易成本学说进行介绍的基础上，阐述了斯科特劳动空间分工思想的来源和主要观点，同时也介绍了他关于柔性生产系统的讨论。

许学强和周春山（1994）首次把斯科特的劳动空间分工思想作为珠江三角洲大都会区形成的理论基础加以分析。费洪平（1995）详细探讨了公司内部组织结构与外部环境相互作用的关系，总结出公司内部不同单元所对应的地理区位模式。与此同时，农村工业化、高技术产业及企业集群成为国内企业地理的另外一条研究路径（李小建，1993；苗长虹，1994；王缉慈等，1996）。

以上代表性研究均较早注意到了企业组织与城市 – 区域发展的相互关系，但经济地理学者较强调对区域经济发展作用，而城市地理学者比较注重企业集团对中心城市功能的提升作用。

随着跨国公司在中国发展过程中的影响逐步增强，相关学者开始从不同角度研究外资企业与中国区域发展问题（李小建，1996；施倩，宁越敏，1996；张文忠等，2000；杜德斌，2001）。其中，李小建（1997）提出了跨国公司 – 区域综合分析方法，他认为跨国公司内部拥有三种联系系统，即生产链系统、所有权系统和组织关系系统，而区域空间结构具有相应的等级体系，这样就可以构建出一个组织 – 空间等级关系模型，如海默模型。宁越敏（1998）认为企业已成为 20 世纪 90 年代中国新城市化进程的动力主体之一，他注意到北京和上海集中了跨国公司在华设立的绝大多数投资性公司和跨国银行的分支机构，使跨国公司在华投资开始出现管理与生产分离的等级结构，这对于中国城市等级体系的重构有重要意义。

至20世纪末，中国已经形成了国有企业改革及其区域效应、农村工业化及企业集群、跨国公司在华投资及区域发展等研究方向和领域（李小建，1999）。21世纪以来，国内相继出现了创新空间、企业网络、全球价值链、新产业区、全球生产网络等方面的研究及其总结（王缉慈等，2001；盖文启，2002；文嫮，曾刚，2005；苗长虹，2006a；李健等，2008）。同时，在企业组织与城市－区域相互关系方面，也涌现出一些有意义的理论总结和实证研究：①跨国公司内部不同组织区位模式研究（杜德斌，2001；郑京淑，2004；于涛方，吴志强，2005；赵晓斌，王坦，2006）。②基于劳动空间分工视角及经济地理学理论对城市－区域空间模式的探索。例如，石崧（2005）从劳动空间分工的角度解析了大都市区空间组织，重新承接了斯科特的"工业－城市"区位论，并就当前大都市区发展总结了相应的空间模式；李健（2011）从全球生产网络的角度分析了大都市区生产空间组织，并得出跨国公司生产网络在中国城市与区域延伸的空间形态。

综观以上理论进展，我们可以发现：一方面，国内企业地理和城市地理相互结合的研究发展速度较快，在跨国公司、世界城市、劳动空间分工、产业集群、全球生产网络等前沿领域的研究取得了许多重要进展；另一方面，国内学者对企业组织这个市场经济主体的分析还比较薄弱，从基于企业组织空间分离的视角来探讨城市与区域结构的演化模式及其特征的研究还不多，特别是还没有很好地研究本土企业集团成长与城市－区域发展之间的关系。然而，当前中国城市与区域的发展正在受到全球化和本土化两种力量的双重推动，无论是跨国公司还是本土企业都应成为我们分析的对象，这也是本书的研究意义所在。

二、研究对象和相关概念

（一）研究对象

全球化和信息化对企业、城市、区域均产生了重大影响，在此背景下企业组织的空间分离实现了企业和城市区域的空间耦合，重新塑造了新的地理形态，如世界/全球城市、网络城市、全球城市－区域等。20世纪90年代以来，宁越敏相继从新的国际劳动分工、企业组织、全球生产系统等跨学科视角，分析了中国中心城市的发展、中国城市化动力机制、上海世界城市功能转型等问题，为整合经济地理和城市地理研究提供了一条思路（宁越敏，1991，1993，1998，2004；宁越敏，严重敏，1993；石崧，宁越敏，2005，2006；宁越敏，李健，2007；李健，宁越敏，汪明峰，2008；宁越敏，石崧，2011；Ning, Yan, 1995；Ning, 2001）。

　　沿着上述思路，本书将"企业空间组织"和"城市－区域"确定为研究对象，针对该研究对象从企业、城市和区域等具体分析目标着手。首先，从理论上阐述企业组织结构演变、企业空间组织特征及其对城市与区域形态所产生的重塑作用。同时，以城市与区域作为分析对象，揭示出基于企业空间组织视角的城市和区域研究方法，从而将企业地理和城市地理进行相互关联。其次，以国内外代表性大型企业集团和中国城市与区域作为实证分析对象，遵循"企业空间组织"和"城市与区域"两条平行而又交叉的线索，来探讨企业空间组织与城市－区域发展的相互关系。最后，在研究手段上，本书注重理论文献探索与总结、实证案例调研与分析、数据信息统计、定性与定量相结合。

（二）相关概念

1. 企业和企业组织

　　所谓企业，是指一切从事生产、流通或者服务性活动以谋取赢利的经济组织。在企业内部，通过一定组织形式将各种要素相结合，形成具有主导功能且具有职能分工的要素系统。按照企业财产组织方式不同，企业可以分为三种类型：独资企业，即由单个主体出资兴办的并归其所有和控制的企业；合伙企业，即由两个或两个以上的出资人共同出资兴办、经营的企业；公司企业，即由数量较多的人创办并组成法人的企业。

　　管理学或经济学较为注重对企业组织形式、管理及制度等方面的研究，特别是 20 世纪初以后，发达国家越来越多的企业采用多部门的组织结构以提高企业的组织能力（艾尔弗雷德·D. 钱德勒，2002）。与之相比，企业地理（geography of enterprise）或公司地理（corporate geography）则强调企业或企业组织的空间内涵，即以企业或公司为研究对象，主要研究其空间行为、空间结构及其与环境的关系（李小建，1999）。本书中的企业或企业组织所指代的含义相对一致，既有组织结构较为简单的单体型企业，也有组织结构较为发达的多部门公司，它们均对城市与区域发展产生着重大影响。

2. 企业空间组织

　　企业空间组织是指企业内部各个部分相互作用、相互联系所形成的空间组合。企业地理的重要研究内容就是企业空间组织，即公司的地理结构，指多分部公司（尤其大公司）内部各组成部门之间，按一定结构组合成一体，这些组成成分的空间分布，形成相应的公司地理结构（李小建，1999）。不同组织结构形式的企业具有各异的地理格局，例如，功能型结构和产品型结构的企业的地理分布相对较为集中，区域型结构的企业的各部门地理分布较为分散，控股公司型结构既可以表现为分散格局，也可能具有集中的地理分布特征。

20世纪60~70年代以来，信息网络技术对企业空间组织产生了重要影响，增大了区位弹性和劳动空间分工（阎小培，1996）。同时，当今世界经济是在一对矛盾的力量支配下运行的：一方是以生产、贸易、投资越来越自由的全球性流动为代表的全球化，另一方则是与特定的地理边境和民族利益息息相关的本地化（localization）（王缉慈等，2001）。然而，全球化与地方化是在两种并行不悖的生产系统推动下而形成的，即全球生产系统和地方生产系统，表现为信息时代的企业空间组织就是跨国公司生产网络和地方企业集群。

本书研究所涉及的企业空间组织主要是指企业内部各个部门由于物质、人力、资金、信息、技术等经济要素相互交流所形成的空间组织，并由此对企业各个部门所在的地理单元（城市或区域）所产生的联系影响，如企业总部往往对应于中心城市、研发机构对应于科技型城市、生产基地对应于制造型城市等。在此基础上，各类城市由于企业的交互联系形成相应的城市空间网络。

3. 城市、区域和城市－区域

城市包含着两个主要的概念：首先，它是人口集中的地点；其次，城市是一个经济中心，一般以第二、第三产业为其经济特征，城市人口主要从事非农业生产活动，在城乡劳动分工中占据支配地位（严重敏，1999）。

在约翰斯顿主编的《人文地理学词典》中，Whittlesey对区域的解释是：区域指地表空间一个差异化的区段（Johnston，1986）。胡序威（2008）认为："区域是指某一地域整体的组成部分……就是构成全部国土的各种地域单元。区域可以根据不同的目的和指标进行划分，客观上存在着各种不同类型的区域。"人文地理学中的区域具有不同的空间尺度：一是指构成全部国土的各种地域单元；二是指由若干国家组成的跨国区域组织，欧盟就是一个典型的例子。

城市作为人类活动的中心，与周围地区保持着密切的交互作用，其影响区域通常称之为腹地。在城市化的进程中，城市和区域的关系更加密切，出现了以城市为核心的功能区域，如大都市区、大都市带（megalopolis）等。

在全球化背景下，城市与区域研究及理论越来越受到重视。20世纪末，国内地理学者联合开展了对以京津冀、辽中南、长三角、珠三角等地区为代表的中国沿海城镇密集区的空间集聚与扩散的研究（胡序威等，2000）。同时，国内城市规划学者也开始注意到城市与区域的密切联系，并针对中国沿海城市密集地区的发展实况，提出了"城市地区"概念（吴良镛，2003）。在西方地理学界，则出现了"全球城市－区域"这一概念。全球城市－区域不同于普通意义上的城市范畴，也相异于仅由地域联系形成的城市群或都市连绵区，系指在全球化高度发展的前提下，以经济联系为基础，由全球城市及其腹地内经济实力较为雄厚的二级大中城市扩展联合而形成的一种独特空间现象（Scott，2001）。在此基础上，彼得·霍尔和考蒂·佩因（2008）提出了多中心"巨型城市－区域"（mega-city region，MCR）的概念，它指空间上分离但功能上相互联系，集聚在一个或多个较大的中心城市周围由10~50个城镇组成的区域。巨型城市－区域通过新的劳动分工显示出巨大的经济力量，其中的城镇既作为独立的实体存在，同时也是广阔的功能性城市－区域的一部分，它们被高速公路、铁路和电信电缆所传输的密集的人流和信息流所连接。

当前，全球城市－区域概念已经引起了学界的广泛兴趣（余丹林，魏也华，2003；周振华，2006a，2007，2008；任远等，2009）。在本书的研究中，作者采用了"城市－区域"的概念，用来表述基于企业空间组织视角的全球化背景下中国城市与区域的发展现状。同时，部分章节内容仍然沿用传统的城市、区域概念，但其内涵意义一致。

第二章

信息化时代的企业空间组织

20世纪60年代，著名的战略管理学家和经济史学家小艾尔弗雷德·D.钱德勒提出了著名的"战略与结构"互动论，即组织结构跟随企业战略走。但长期以来，主流的管理学和经济学注重企业战略及组织的分析，并不关注企业组织中"地理空间"的内涵。20世纪90年代，战略管理学家波特在企业竞争力分析的基础上提出城市、区域及国家竞争力理论，并对区位、集群与战略的关系进行了深刻阐释（Porter，1998）。本章将结合管理学和经济学相关理论，研究随着企业战略的演进，信息时代企业空间组织所出现的变化。

一、企业发展战略与组织结构

企业组织结构就是企业正式的报告关系机制、程序机制、监督和治理机制及授权和决策过程。研究表明，组织结构和控制影响企业业绩，特别是当企业战略不能和最适当的结构、控制相匹配时，企业业绩就会下降。企业组织演变和企业战略类似，基本上可分为两大阶段（周三多，邹统钎，2002）：①从亚当·斯密的分工理论开始至20世纪80年代，可称为科层制或官僚制或机械式的组织结构，该阶段强调分工和等级，重视组织边界，如威廉姆森（Williamson）根据钱德勒的研究划分的U型组织、H型组织、M型组织等；②自90年代开始，称为有机式或柔性化的组织结构，该阶段强调精简组织层次、打破组织边界，强调协作的组织形式，出现了网络型组织或虚拟组织等类型。表2-1总结了企业战略与组织结构的演变历程。

表2-1 企业发展战略与组织变化特征

经济时代	典型战略	主要特征	组织结构
规模经济时代（70年代以前）	大规模生产	流水线、长周期、产品标准化	复杂化、等级科层制、信息阻碍
范围经济时代（70年代以后）	大规模定制	外包、短周期、产品个性化	扁平化、横向集成化、信息共享

资料来源：依据周三多和邹统钎（2002）《战略管理思想史》的部分内容整理。

（一）传统企业发展战略演进

1. 从比较优势原理到国际贸易新理论

比较优势原理是随着 17 世纪的古典政治经济学相伴而生的，亚当·斯密（1981）的《国富论》首次阐述了绝对优势理论，后来大卫·李嘉图（1962）提出了比较优势原理体系，二者都是基于"完全竞争"和"完善市场"假设的自由竞争理论。斯密认为，分工和专业化是经济增长的源泉，分工可以提高劳动生产率，但受市场范围的限制，这就产生了地区或国家之间的交易，每个国家都可以拿出具有某些优势的产品进行交换，从国际贸易中获取利益（亚当·斯密，1981）。比较优势理论认为，在国际分工中，即使一个国家在生产上没有任何绝对优势，但只要与其他国家相比，生产各种商品的相对成本不同，仍然可以通过在生产率方面具有最大比较优势的商品或服务的出口或进口其比较优势最小的商品，从而在相互贸易中获得利益，即劳动生产率的差异是国际竞争力的基础（大卫·李嘉图，1962）。

对比二者可以发现，斯密是用分工推导出劳动生产率的优势，而李嘉图则将劳动生产率不同作为产生国际分工的基础。由此，相关学者将前者称为"内生比较优势"，后者为"外生比较优势"，并成为国际贸易理论的重要基石。20 世纪初期，赫克歇尔和俄林在比较优势的基础上，提出了要素禀赋学说，他们认为生产要素的不平衡分布是区际和国际贸易产生的原因，由此所造成的产品成本差异决定了国际竞争力（伯尔蒂尔·俄林，1986）。但这种基于静态分析，忽视技术进步因素的考虑还不能解释新国际劳动分工现象。20 世纪 80 年代，赫尔普曼和克鲁格曼提出了国际贸易新理论，即在完全竞争和规模报酬不变的情况下，传统国际贸易理论还具有解释力，但当市场结构从完全竞争向不完全竞争转变时，规模经济开始取代要素禀赋差异成为推动国际贸易发展的动因（埃尔赫南·赫尔普曼，保罗·克鲁格曼，1993）。

2. 创新与竞争演化理论

在创新和竞争的关系方面，20 世纪初熊彼特（Schumpeter）分析了"创新"在资本主义经济发展与经济周期波动中的作用，并把这种"创新"或生产要素的"新组合"看做资本主义最根本的特征。他认为"创新"就是"建立一种新的生产函数"，该要素属于经济发展的一个"内在因素"，是把一种从来没有过的关于生产要素和生产条件的"新组合"引入生产体系。由此，所谓的"经济发展"就是指整个资本主义社会不断地实现这种"新组合"。"创新"主要包括以下五个方面：①引进新产品；②引用新技术；③开辟新市场；④控制原材料的新供应来源；⑤实现企业新组织。资本主义"灵魂"和"企业家"的职能就是实现"创新"，引进"新组合"，完成这些职能的过程就是一直竞争的过程。

作为演化经济学的鼻祖之一，熊彼特曾主要关注资本主义经济周期的研究，他认为推动资本主义社会的动力来自于其内部因素，是由竞争过程本身引发，"开动资本主义发动机并使它继续运作的基本推动力，来自新消费品，新的生产或运输方法，新市场，资本主义企业所创造的产业组织的新形式"。这种动态发展变化过程是由熊彼特的"产业上的突变过程"来完成的，对于这个事实的研究，应该基于"资本主义是怎样创造和毁灭现在机构"，而完全竞争理论是不能够解释这种问题的，只有用创新的动态竞争理论才可以理解资本主义的演化（任永菊，2006）。

3. 新制度经济理论

1937 年，科斯以《企业的性质》一文开创了新制度经济学，并首次提出了"交易成本"这一概念，用来解释企业和纵向一体化的起源和原因。他认为，建立企业有利可图的主要原因是利用价格机制或交易是有成本的，包括市场信息费用、交易的谈判和签约成本、政府管制成本等。正是由于交易成本的存在，才出现了企业是在其内部配置资源还是在市场配置资源的选择问题。企业的存在是为了节约交易成本，即将通过市场交易的高成本转为企业实施纵向一体化所带来的成本节约。

继科斯提出交易成本之后，威廉姆森将新制度经济学定义为交易成本经济学，他用资产专用性解释了交易成本的起源，并对企业的一体化或纵向一体化及组织结构特点进行了分析。威廉姆森认为，交易成本经济学研究的是不同经济组织形式在有限理性基础上的节约能力，以及如何同时保证争议中的交易免受机会主义的危害（奥利弗·威廉姆森，1996）。他认同自己所解释的跨部门组织形式与钱德勒的 M 型企业结构具有共同性，这种跨部门的企业组织可以减少大型复杂的 U 型企业内部沟通成本过高问题，并有助于减弱对次要目标的追求或减少机会主义。由此，交易成本开始成为解释公司性质的理论工具。

（二）钱德勒的战略与结构理论

1. 企业组织结构

企业组织结构类型主要包括 U 型组织、H 型组织及 M 型组织（图 2-1 和图 2-2）。U 型结构是一种将权力集中于企业高层的组织结构，整个企业的生产活动按功能分成若干垂直系统，每个系统由企业的最高层集中指挥，信息通过等级层层传递；决策主要由直线部门和职能部门共同作出，企业主要通过纵向层级实现控制和协调。H 型结构较多出现在横向合并的企业中，合并后分公司保持较大独立性，总公司全部或部分控制了分公司的股份，它通过若干委员会和职能部门来进行。M 型结构是在总公司之下设立具有相对独立性的多个事业部或分公司，特征是"集中决策、分散经营"，属于集权和分权相互结合的组织形式，各分部具有自己的产品和市场，内部管理拥有自主权和独立性。

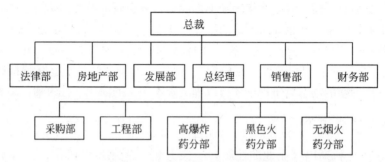

图 2-1　U 型结构——杜邦公司的组织结构（1903～1919 年）

资料来源：艾尔弗雷德·D. 钱德勒，2002。

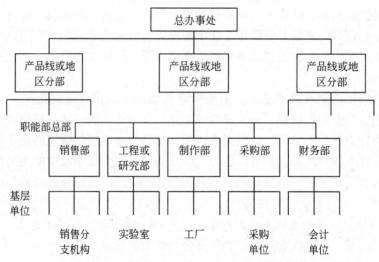

图 2-2　M 型组织结构——钱德勒的多分部结构

资料来源：艾尔弗雷德·D. 钱德勒，2002。

　　U 型结构一般是企业在早期发展中时常采用的组织结构形式，有利于开展单一化或多元化水平较低的业务层战略和一般的公司层战略。随着不断成长和成功，企业经常会考虑实施更高层次的多元化。多元化的成功需要对大量的数据或信息进行分析，包括对不同市场提供相同的产品（市场多元化或地理多元化）或对一些市场提供不同的产品（产品多元化），由此产生了多部门组织结构，即

M 型结构。M 型结构具有三大优势：①公司经理能更为精确地监控每一个业务单位业绩，简化控制问题；②部门间的比较更为便利，改进资源配置过程；③激发业绩较差的部门经理去寻求提高本部门业绩的方法。

2. 钱德勒的 M 型组织

20 世纪 60 年代，钱德勒强调了组织能力在企业发展中的核心地位，并以包含多个经营单位、由职业经理人员来管理的企业（multiunit firms）来定义西方工业国家的现代工业企业。他的《战略与结构：美国工业企业史上的篇章》通过对杜邦、西尔斯、通用汽车和标准石油四大企业的成长历史的研究发现，随着新战略实施，企业结构也随之出现相应的变化，其主要特征是越来越多的企业采用多部门（multidivisional firms）的组织结构，这就是美国企业所谓的"分权"结构，即事业部制或 M 型组织结构。由此，钱德勒提出了"战略决定结构、结构追随战略"的著名观点。

M 型组织又可以分为三种类型：①产品事业部结构，总公司设置研发、设计、采购、销售等职能部门，事业部主要从事产品生产；②多事业部结构，总公司设多个事业部，各个事业部设立自己的研发、设计、销售、采购等职能部门；③矩阵式结构，对职能部门化和产品部门化两种形式相融合的管理方式，实现纵向和横向双重联系。

其后，钱德勒延续探讨了企业组织集权和分权的问题（芮明杰等，2002），认为企业组织的动态性变化是由每一具体的客户需求决定的，任何一种独特的组织形式都反映了为满足客户需求而形成的独特的资源组合，而这种资源配置并非由行动迟缓的、高度集中的决策机构来决定，而是通过分权的组织结构更准确地对客户需求作出反应。特别是随着信息化时代的到来，企业面临的环境具有两个显著特征，即多品种、少批量和速度经济，这两种因素导致企业所处理的信息量剧增，集权无法满足这种信息运转模式，由此出现了分权的组织形式，这也是企业相继形成内部网络和外部网络的主要原因（图2-3）。

（三）现代竞争优势理论

自 20 世纪 80 年代以来，迈克尔·波特相继推出了《竞争战略》（1980）、《竞争优势》（1985）、《国家竞争优势》（1990）三本具有影响力的现代竞争战略专著，其中所涉及的经典模型理论，诸如"五力竞争模型"、"三种基本战略"、"价值链"、"钻石模型"等被广泛运用在企业、城市和区域、国家等发展战略的制定上，而竞争战略、价值链、区位与集群等概念亦逐步被引入经济地理学中，成为当前流行的学术研究领域。

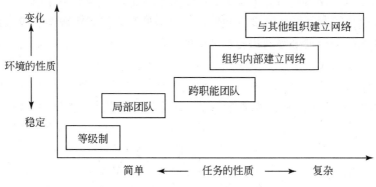

图 2-3　集权和分权的组织结构特征

资料来源：芮明杰等，2002。

1. 价值链与企业竞争优势

迈克尔·波特（2005）的《竞争优势》深入产业内部来探讨企业如何在产业中保持竞争优势，提出了价值链的理论分析模型。他认为若把企业作为一个整体来看就无法认识竞争优势，这是因为竞争优势可能源于企业的设计、生产、营销、交货等过程，以及辅助过程中所进行的许多相互分离的活动环节，而每一个环节都可能对企业的相对成本地位有所贡献。

价值链理论将企业价值活动分为基本活动和辅助活动两大类。基本活动是涉及产品的物质创造及其销售、转移给买方和售后服务的各种活动，包括内部物流、生产经营、外部物流、市场销售和服务等五种；辅助活动是辅助基本活动并通过提供外购投入、技术、人力资源以及各种公司范围的职能以相互支持，企业的基础设施虽并不与各种特别的基本活动相联系但也支持整个价值链。

针对企业竞争优势战略，波特认为企业组织结构也会发生相应变化。他认为大多数企业存在两种类型战略，即业务单元战略和公司战略。其中，前者为企业在各自产业中的活动指引方向，后者囊括了一个企业内所有业务单元组合的构成。企业通过公司战略逐步实施组合规划与管理技术，由此产生多元化企业组织结构的横向一体化，形成业务单元集团，其实质就是公司放权给各业务单元，类似于钱德勒的 M 型组织。分权的概念已经彻底改革了多元化企业的管理方式，促使一种横向和纵向两维兼备的新组织模式的产生，这种组织结构有利于多元化企业竞争优势的提升。

2. 钻石模型与国家竞争优势

波特认为企业是国际市场上所扮演的主角，只有先了解企业如何创造、持续它的竞争优势，才能明白国家在竞争过程中的地位。波特强调国家的重要作用，他认为国家是企业最基本的竞争优势，国家不但影响企业所采取的战略，也是创造并延续生产和技术发展的核心。全球的产业竞争战略原则，事实上凸显了国家在产业国际竞争中的角色，国家环境对产业竞争优势具有推波助澜的作用。由此，迈克尔·波特（2002）在《国家竞争优势》中提出了国家竞争优势的"钻石体系模型"，并成为企业、城市、区域发展战略的理论分析框架（图2-4）。

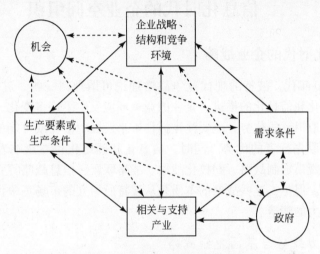

图 2-4　波特的区位竞争优势模型

资料来源：迈克尔·波特，2002。

"钻石体系"由四个要素构成：①生产要素或生产条件，指一个国家在特定产业竞争中生产方面的表现，如劳动力素质、基础设施状况等；②需求条件，即本国市场对该项产业所提供产品或服务的需求情况如何；③相关与支持产业，指这些产业的相关产业和上游产业是否具有国际竞争力；④企业战略、结构和竞争环境，指企业的组织和管理形态，以及国内市场竞争对手的表现。这些单一或系统性的环境因素都关系到企业的诞生或竞争模式，母国环境所能提供快速积累形成的技术和资源，从而可以使企业获取竞争优势（迈克尔·波特，2002）。同时，"机会"和"政府"也是影响国家竞争优势的两个变数，前者指诸如基础发明、技术、战争、政治环境、国外市场需求等方面的重大变革或突破，后者则是国家或区域的经济政策及产业法规等。

综观波特的现代竞争战略理论。首先，逐次分析了产业竞争战略、企业竞争优势以及国家或区域的竞争优势，并以产业和企业竞争优势作为核心，将产业经济学分析的理论框架纳入国家竞争战略，推导出一国的竞争优势可以划分为要素推动阶段、投资推动阶段、创新推动阶段和财富推动阶段四个阶段。其次，相对于以资源禀赋为依托的比较优势理论，波特的竞争优势理论解释了前者所无法解释的战略现象：一个国家或地区可以在自己的产业优势中获得竞争地位和优势，而不是仅仅陷入资源禀赋优势。从中可以看出，波特的竞争优势是基于市场来寻求企业竞争优势，属于外生比较优势在现代动态竞争中的拓展和深化。

二、信息化时代的企业空间组织

（一）信息化时代的企业战略

20 世纪 80 年代，波特的现代竞争战略理论可谓独树一帜。进入 90 年代以后，随着全球化和信息化的推进，企业的竞争环境发生了许多变化，企业不仅要从现存产业中取得竞争优势，更要注重抓住未来发展中潜在或可能的产业战略或机会，从而获取先行者的优势。同时，信息化和网络化也在影响着企业竞争环境。由此，大规模定制战略、归核化战略、战略联盟、信息战略等企业发展战略类型纷纷出现。但是，这些战略的本质是从波特所树立的市场竞争优势回归企业本身核心竞争力的塑造。

1. 核心竞争力战略与基因重组战略

1990 年，普拉哈拉德和哈默尔在《哈佛商业评论》上发表《公司的核心竞争力》一文，提出了著名的 "核心竞争力" （core competence） 的概念及战略。他们认为，企业核心竞争力是指企业发展独特技术、开发独特产品和创造独特营销手段的能力。相比波特的竞争优势理论，核心竞争力战略更强调注重塑造内部独特资源，而非外部环境，并具有未来导向、内部导向和共享导向的特征。尽管在本质上与波特竞争优势理论近似、相通，但它更适合于当前产业界限较为模糊的时代。

1993 年，美国密歇根大学商学院教授 Tichy 和 Sherman 提出 "企业 DNA" 概念，并认为企业与生物一样也拥有自己的遗传基因，这种基因决定了企业的基本稳定形态和发展、变异的种种特征。2003 年，著名的科尔尼管理顾问公司推出 "企业基因重组" 战略 （图 2-5）。这是针对信息化时代企业正被分解为越来越小的单位的事实，企业内部并不需要使从研发到分销的所有环节都保持高效，应将重点更多集中在关键业务能力上。这是由于科技发展有利于企业间交易成本迅速下降，将为那些注重和擅长价值链上某些关键能力的企业提供前所未有的机会，它们可以只集中于自身最有价值的业务，以更低成本从外部获取其他能力，或者直接将自身创造的价值出售给价值链上的其他成员。

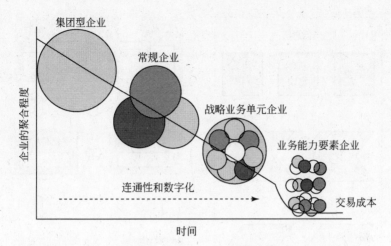

图 2-5　信息技术影响下的企业组织形态变化

资料来源：约翰·C. 奥瑞克等，2003。

该战略把企业基因定义为"业务能力要素"，是指价值链中的一组可以为企业带来特定产出的价值要素。同时，价值链可以分解为三个层面：①由所有生产流程组成的物质价值链；②由所有交易流程组成的交易价值链；③包含了更多的创新要素，如产品设计、品牌管理和产品分类管理等的知识价值链。其中，针对物质价值链的优化，可以采用外包或剥离以及出售能力要素的转出，交易价值链可以借助于网络交易平台实现整合标准化，而知识价值链正在取代产品价值链成为核心竞争优势。

2. 从价值链到价值网络

20 世纪 90 年代以来，特别是进入 21 世纪后，产业组织的网络化和企业组织的模块化是两个重要的发展趋势，这使波特的价值链模型逐渐演化为价值网络模型（图 2-6）。传统价值链是指发生在一个企业内部的各种研发、生产、营销、人力资源、财务等环节创造价值的过程，呈现出线性和固定的特征。而基于模块化的价值网络包括多个企业，以顾客的市场需求为核心，其价值通过竞争双赢合作来进行创造，具有不连续而平行灵活的特征。针对波特的竞争战略理论，国内学者芮明杰（2008）认为"五力模型"实际上就是一种企业价值网络。由此可以认为，企业价值网络本质就是波特战略模型与核心竞争力战略理论的融合，其最终目的由企业基因重组战略而实现。

IBM 全球高级副总裁琳达·桑福德在《开放性成长——商业大趋势：从价值链到价值网络》中指出，放松管制、经济全球化和基于互联网的技术三个影响因素正在推动商品化在各个行业的发展，有益的增长必须解放以一般性价值链为代

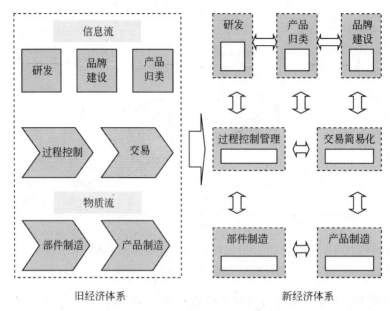

图2-6　新经济体系下从价值链到价值网络

资料来源：约翰·C. 奥瑞克等，2003。

表的组织惯例，要通过建立或参与价值网络来开展业务，并创建一个全新的商业生态系统。价值网络要实现企业之间的动态链接必须满足以下前提条件：①从企业内部和外部开发自身的资源和协调能力，利用动态过程而不是简单交易；②即使在"核心"业务领域也能够获取专业服务；③在研究、设计、制造和客户服务等方面创造新的协作；④促使客户、供应商、合作伙伴进行创新。而实现价值网络的途径就要创建与整合模块化形成商业平台，通过合作来扩张成长空间（琳达·S. 桑福德等，2008）。

（二）信息技术对企业组织的影响

20世纪90年代以后，受全球化和信息化作用的影响，企业发展战略出现了新的变化，从价值链环节的竞争优势塑造到价值网络战略联盟构建，企业组织趋向于扁平化、网络化和虚拟化，而企业的界限也变得越来越模糊。其中，网络型组织在当前较为常见，它是指企业间的一种联盟方式，通过将具有不同经营优势的两个或两个以上的企业组建成实体或虚拟企业（表2-2）。同时，结合各成员企业优势，以充分发挥优势互补的效用，共同获取更多经济利益，其实现形式包括连锁经营、企业集群、集团发展和战略联盟或网络等（芮明杰等，2002）。

表 2-2　虚拟企业与传统企业的特征比较

项目	传统企业	虚拟企业
组织形态	固定结构	项目导向
组织结构	金字塔式	扁平化
流程	接力棒式分段	交互式合作
控制	行政命令	合作精神
运行	物质流	信息流
企业之间的关系	竞争环境	合作双赢

资料来源：芮明杰等，2002。

　　战略网络是指参与一系列合作协议的一群企业组织形成的、为提高共同价值的战略联盟，运用于业务层战略、公司层战略和国际合作战略的实施。一般来说，战略联盟是在弹性基础上，参与网络运作的企业组成的松散联盟，作为战略网络的核心或中心，战略中心企业是网络合作关系的中心。战略中心企业在管理网络和控制网络运作时涉及四个关键因素：①战略外包。战略中心企业比其他网络成员企业有着更多与外界企业的资源优化（外包）和协作。②竞争力。中心企业尝试发展每个成员的核心竞争力并鼓励成员企业与伙伴共享他们的能力和竞争力。③技术。战略中心企业负责协调网络成员的技术思想的发展和共享。④学习的速度。战略网络的竞争力取决于网络中最弱的价值链环节，中心企业鼓励网络企业之间相互友好竞争，以寻求发展出快速形成新的能力所需要的技能，为网络创造价值。实施战略联盟的行业以新兴制造业和服务业为代表，如制药、化工、电子设备、计算机及金融和商业服务等。

　　灵活企业网络是随着传统组织形式的分解而出现的一种新型企业结构，比传统转包、战略联盟以及一体化网络更为进步。灵活企业网络的表现形式是几乎所有生产链或价值链的职能，除核心协调和控制职能外，都被压缩成独立企业，但它们的最终产品为旗舰企业的品牌销售。这些动态和灵活的企业网络囊括了独立企业之间的各种复杂关系，每个企业都在一个协调网络中发挥特定作用。从组织形式来看，该结构是相对"扁平"而非等级的，其成员都是单独企业，不具有共同产权，企业之间以高度信任以及一些需要很长时间才能形成的东西为基础建立的协作关系结构，但也并不意味着网络中不存在权力差异。

　　同时，Yeung（1994）认为当前存在着三种类型网络，即企业内部网络（intra-firm network）、企业间网络（inter-firm network）、企业外网络（extra-firm network）（表2-3）。现实中，这些网络均具有明显的地理空间属性，如新产业区网络可归类为企业间网络，地方创新网络是企业外网络性质的体现，而跨国公司的全球生产网络具有企业内及企业间网络相互混合的特征。

表 2-3　企业网络关系与经济的社会空间组织类型

范畴	企业内	企业间	企业外
性质	母企业－子企业间的关系；内部化的运转；所有权和规模经营	企业－企业间的交易及制度性关系；外部化的运转；范围经济和合作生产/市场战略	企业－公共机关间的政治性关系；正式关系为基础
手段	整合（水平的或垂直的）；调整（松/紧，集中/分散）；争端的内在仲裁：劳动关系；转移价格	竞争与协作；契约与协定；柔性生产体系；JIT（即时供货）	纠纷和协商；政治性妥协；社会性调节；宣传战略
特点	研究与开发和生产的暂时性全体整合；合理价格加高品质；生产相关决策分散化	生产者和需要者之间的亲密、持续责任连带；为获得专门化和相互协作益处的网络；长期、协作性转包	重视权利关系甚于金钱关系；所有权的追求；追求社会、政治、合法性
组织	沟通意见；内部化；多元化；家族企业集团；企业集聚	合作投资；转包；共同协定；战略合作；赋予许可和特权；技术融资；血缘、个人性网络	政府契约；合作研究和开发；制度化的关系

资料来源：Yeung, 1994。

（三）新时期企业空间组织的特征

信息化时代的到来使企业组织在空间上表现为两种特征：一方面，跨国公司各分支机构在地理空间上布局更加灵活，其相互之间通过信息网络技术构成全球范围内的生产网络，即全球生产网络，包括旗舰（flagship）公司自己的子公司、分公司和合资公司，以及它的转包商、供应商和战略联盟伙伴（Ernst，Kim，2002）。另一方面，企业空间组织在世界各地区的扩散，如制造业或服务业的跨界扩展，并在当地集聚于相应的不同类型的专业化集群，这些集群广泛分布在中心城市、外围区域及地方中小城市等，这也是新时期跨国公司全球化生产区位选择的重要条件。

1. 信息网络技术与全球生产网络

信息技术使得发达国家的许多公司可以依据区位优势发展成为多区位的大公司[①]，全球生产网络随着信息网络相伴而生。新的信息技术可以将以下生产活动

---

① 国内城市地理学者阎小培（1996）较早探索了信息网络技术对大公司空间组织的影响，认为信息技术使得发达国家大公司的区位选择弹性增大，并促进劳动空间分工深化。

联系在一起：①位于郊区的研发活动；②位于一些全球城市中的公司总部和金融服务部门；③位于正在兴起的"数字集群"的文化、新闻及多媒体部门；④位于边缘地区或新兴工业化城市的制造工厂；⑤位于世界各地的新兴电子商务"飞地"的客户服务中心、数据处理和电子商务管理中心等；⑥在矿区、林区、油田和渔场的资源开采活动；⑦作为转运中心和出口加工区的物流、海港和机场枢纽（Graham，2002；刘卫东，甄峰，2004）。

美国社会学家卡斯特（Castells，1989）从美国大都市区角度考察了美国信息技术产业的空间模式，如半导体工业、计算机产业和基因工程等，旧金山－硅谷地区和波士顿地区的半导体工业蓬勃发展，这是由于二者同时拥有一流科研水平的大学、有组织且较为活跃的金融企业网、便捷的国内和国际通信和航空网络，以及大都市郊区良好的生活环境和美国军方市场的需求等。同时，卡斯特认为，伴随着信息技术变化的劳动空间分工是新产业空间分布或分散模式的重要影响因素，不同生产功能的分散化过程，复制了企业内部结构和空间逻辑的等级模式，从而也使信息技术产业主导了世界范围内新的产业空间等级的形成。其后，有学者相继发现跨国公司生产网络在全球范围内存在的区位等级体系。例如，由于发达国家存在着高技术劳动力从而使其产品开发处于全球价值链的顶端地位，标准化生产制造环节则转移到劳动力成本较低的国家或地区，同时，关键部件的设计及生产仍然集中在发达国家（Lüthje，2002）。

目前，全球生产网络理论研究已经形成以 Henderson（2002）、Dicken（2003）等为代表的曼彻斯特学派和以 Ernst（2002）为代表的管理学派，二者均注重不同环节在价值生产方面的差异并赋予其空间的内涵，从而将地方化和全球化相互联系（李健等，2008）。其中，前者强调价值提升与分配两方面的探讨，但对地方在全球生产网络中的作用有所忽略；后者注重旗舰企业的核心作用及网络中的相互依赖关系，注重地方生产网络中知识的流动与共享对产业升级的影响。

2. 企业集群与地方生产系统

信息化并没有使地理空间变得无足轻重，全球生产网络在空间上扩散的同时在地方上呈现出集聚的现象。20 世纪 80 年代以来，随着信息经济和知识经济的飞速发展，经济全球化的快速推进，以及技术、组织的急剧变化，经济地理学中的区位与集群理论开始成为主流经济学和管理学的关注对象，并成为企业获取竞争优势的来源。其中，受意大利学派影响，欧美学者纷纷将"产业区"作为重要研究对象，并针对当地区域发展特征，相继提出了内涵各异的概念与定义，如加利福尼亚学派的"新产业空间"、波特的"产业集群"、库克的"区域创新系统"、马库森的"第二级城市"等（苗长虹，2006a）。

迈克尔·波特（2002）认为，集群是指那些既竞争又合作的互相关联的公司、专业化供应商和服务商、相关产业的企业和有联系的机构（如大学、标准代理机构和贸易协会）在特定领域内的集中。集群所具有的竞争优势关键是该区域能够形成一个具有完整系统的"钻石体系"，包括生产要素、需求市场、相关支撑性产业及竞争性对手等要素，并在集群内部形成交互作用，有利于信息流通、技术学习、公共物品共享、劳动力供应、供应商获取等，促进集群的良性竞争和循环。集群的存在表明公司的许多竞争优势存在于该公司甚至其产业的外部，存在于其经营单位所在的区位中。区位的重要性体现在通过影响企业生产率尤其是生产率的增长来影响企业的竞争优势（Scott，1998）。

由此，企业的区位选择应该从总体上权衡生产率的潜力，而不仅仅是考虑投入成本和税收，同时，既要抓住分散区位活动所带来的成本优势，还要利用集群优势，如公司地区总部、研发及生产基地的区位选择问题。克鲁格曼则指出"钻石体系"理论框架内部逻辑关联不清楚，对于经济学家来说无法操作。他认为企业集聚依赖于三个因素：①巨大的固定成本，即存在较强的规模经济；②生产受资源约束较小，具有很强的前向与后向关联；③较低的运输成本。并且他认为集聚具有"路径依赖"和"锁定"效应。他将不完全竞争和规模经济与区位理论对运输成本的强调相结合，来解释区域工业集中、中心－外围格局的形成（李小建，李庆春，1999）。

当前对企业集群的关注更多是从企业网络角度着手，并被认为是集群竞争优势的来源。同时，信息网络技术也对这些以中小企业为主的集群产生着重要影响。从地理学视角可以将受信息化影响的企业集群划分为两种：一种是指原有地理集群基础上发展的虚拟集群，如虚拟产业区、虚拟保税区等①，另一种则可以超出地域限制并能够集中全球相关业务及组织的核心能力，即用关系上的紧密性替代了地理上的邻近性（汪明峰，2007）。然而，这种地方性集群是否具有大都市区技术及服务集群所拥有的"流动空间"仍然有待在现实中进行考证。

三、跨国公司空间组织特征

（一）跨国公司组织结构类型

克拉克（Clarke，1985）总结了公司国际化发展和组织结构变化的关系，即

---

① 刘卫东等（2004）以诺基亚北京星网工业园为例，探讨了信息技术对企业空间组织的影响，并认为，信息技术的应用会导致企业的"虚拟集群"，这是运用信息技术整合和缩短供应链的作用结果，而时间成本成为企业空间组织的重要影响因素。

当公司有地方运营实施跨区域扩张时，伴随的组织结构变化是公司内部功能分离，产生职能部门结构；随后公司增长跨越国界，建立国外子公司或分部，随之公司成立国际部协调这些分公司的经营活动；当公司国际化经营活动加强时，公司组织逐步出现多分部和母子结构；直至公司实施全球性经营，公司组织将可能采取三种相应结构，世界性产品部结构、区域部结构和混合及矩阵结构（李小建，1999）。

产品部结构是指跨国公司在生产全球产品基础上组织企业，形成以产品部领衔的全球运营模式，各个产品部分设独立的地区生产、市场、金融等职能部门；而区域部结构是跨国公司在世界范围的地理基础上组织企业活动，分设的区域部负责当地产品的生产及市场功能。当以上两种组织形式都不能解决基于产品和基于地区的组织系统之间的紧张关系时，跨国公司将可能采取矩阵式结构，将产品和区域结构以及相关的双向作用联系都包括进去，即每个地区的生产、市场及金融职能都分别对每个产品部负责，这样就可以充分发挥各个职能部门的服务能力，以及更好地利用各地生产及市场资源（图 2-7）。

（二）跨国公司组织空间特征

跨国公司组织内部不同单元具有不同的区位需求，并有不同的区位空间形态可以满足这些组织的需求，由此每个单元形成各自独特的空间模式。公司总部及地区总部、研发机构、生产单元等跨国公司的不同职能部门都有相应的空间区位特征，由此保证了企业竞争或扩张战略的实施。

1. 跨国公司总部的区位特征

公司总部是跨国公司的控制中心，负责所有影响和指导企业运行的战略投资和撤资决策，如进入或撤离某个产品和地区市场、是否扩展或收缩某个职能单元、是否兼并或卖掉某些企业或子企业等，其关键功能就是对金融财政的控制（李小建，1999）。在全球层次，大部门跨国公司总部和区域中心倾向于集中在少量的世界性大城市，这些城市可能被称为全球经济的地理"控制点"。

20 世纪 80 年代，世界城市研究专家科恩（Cohen，1981）和弗里德曼（Friedmann，1986）发现在全球范围内，一批数量较少的城市拥有全球大部分跨国公司总部或地区总部，处于世界城市体系顶端的三大都市纽约、伦敦和东京拥有数量最多的公司总部，三大城市之下是位于世界三大主要经济区——西欧、北美和亚洲的其他关键城市，以及其他位于澳大利亚和拉丁美洲的城市（图 2-8）。

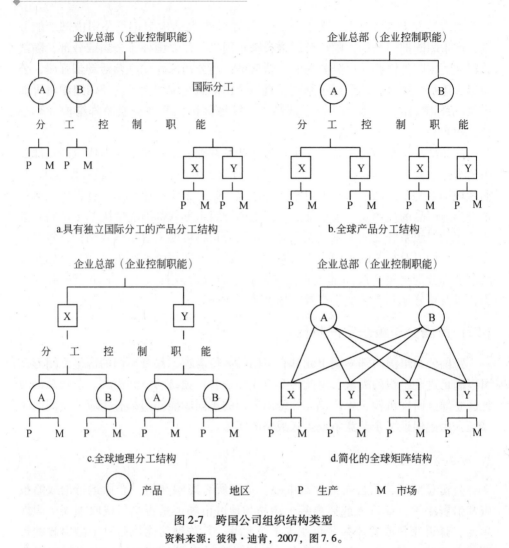

图 2-7　跨国公司组织结构类型

资料来源：彼得·迪肯，2007，图 7.6。

　　对比最近 10 年《财富》杂志公布的世界 500 强的地理分布，结果显示跨国公司 500 强的区位有分散化的趋势（表2-4）。这主要是由于 21 世纪以来全球经济版图的重构，以及发展中国家和东亚地区的崛起。以国家或地区为统计单元，1997～2007 年，美国所拥有的世界 500 强的数量没有变化，均为 162 家；日本拥有的 500 强数量出现大幅下降，从 126 家减至 67 家，公司总营业额占 500 强的比重也由 29% 下降至 11.5%。而中国、加拿大、印度、墨西哥、俄罗斯、中国台湾地区等拥有的 500 强数量纷纷呈现上升趋势。

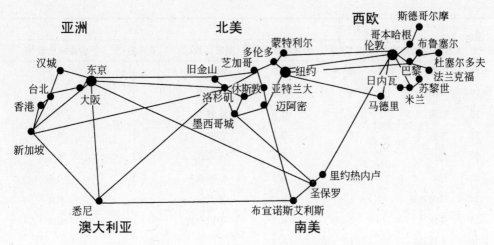

图 2-8　世界主要的公司和区域总部中心

资料来源：Friedmann，1986，转引自彼得·迪肯，2007，图 8.1。

表 2-4　1997～2007 年世界 500 强企业国别分布的变化

序号	2007 年			1997 年		
	国家（地区）	企业数/家	营业额比重/%	国家（地区）	企业数/家	营业额比重/%
1	美国	162	35.1	美国	162	31.0
2	日本	67	11.5	日本	126	29.0
3	德国	37	8.8	德国	41	9.2
4	法国	38	8.7	法国	42	8.2
5	英国	33.5	7.5	英国	35	5.9
6	荷兰	15	4.8	瑞士	14	2.9
7	中国	24	4.0	韩国	13	2.9
8	瑞士	13	2.7	荷兰	10.5	2.6
9	意大利	10	2.4	意大利	13	2.5
10	韩国	14	2.4	中国	5	0.7
11	加拿大	16	1.6	西班牙	5	0.7
12	西班牙	9	1.6	加拿大	6	0.6
13	比利时	5.5	1.2	瑞典	5	0.6
14	澳大利亚	8	0.9	澳大利亚	5	0.5
15	俄罗斯	4	0.8	巴西	5	0.5
16	墨西哥	5	0.8	比利时	3.5	0.4
17	巴西	5	0.8	委内瑞拉	1	0.3

续表

序号	2007 年			1997 年		
	国家（地区）	企业数/家	营业额比重/%	国家（地区）	企业数/家	营业额比重/%
18	印度	6	0.7	挪威	2	0.3
19	中国台湾	6	0.6	墨西哥	1	0.2
20	瑞典	6	0.6	俄罗斯	1	0.2
21	挪威	2	0.5	印度	1	0.1
22	芬兰	3	0.4	土耳其	1	0.1
23	丹麦	2	0.3	马来西亚	1	0.1
24	马来西亚	1	0.2	芬兰	1	0.1
25	爱尔兰	2	0.2	中国台湾	1	0.1
26	土耳其	1	0.2			
27	泰国	1	0.2			
28	奥地利	1	0.1			
29	沙特阿拉伯	1	0.1			
30	新加坡	1	0.1			
31	波兰	1	0.1			
总计		500	100		500	100

注：中国统计范围包括中国内地和香港地区。

资料来源：蔡来兴（1999）；世界 500 强排名信息，http：//economy. enorth. com. cn/system。

从主要世界城市所拥有的 500 强总部来看（表 2-5），1998 年，世界 500 强总部主要集中在东京、纽约、巴黎、大阪、伦敦、芝加哥等城市，其中东京 – 大阪达到 119 家，这与 20 世纪 80 年代弗里德曼的世界城市研究结果比较相近。2007 年，东京、巴黎、纽约、伦敦仍然是世界 500 强总部主要集聚地，但其所拥有的总部数量明显出现下降趋势，如东京 – 大阪减少了 60 多家，其原因与日本 90 年代起的经济发展停滞有关，巴黎、纽约和伦敦也都减少了 10 多家；而在北京、多伦多、休斯敦的总部数量上升较快，其中伴随中国经济的崛起，北京已拥有 18 家 500 强总部。

表 2-5　1998～2007 年世界 500 强总部分布的前 10 位城市

序号	2007 年		1998 年	
	城市	公司/家	城市	公司/家
1	东京	50	东京	92
2	巴黎	26	纽约	38

序号	2007 年		1998 年	
	城市	公司/家	城市	公司/家
3	纽约、伦敦	22	巴黎	37
4	北京	18	大阪	27
5	首尔	10	伦敦	12
6	多伦多	9	芝加哥	11
7	马德里	8	汉城、慕尼黑	9
8	苏黎世、休斯敦	7	旧金山	8
9	慕尼黑、大阪	6	苏黎世、法兰克福、亚特兰大	7
10	罗马、亚特兰大、杜塞尔多夫	5	华盛顿、巴塞尔、布鲁塞尔、达拉斯、罗马、杜塞尔多夫、洛杉矶、马德里、圣路易斯	5
合计		206		309

资料来源：根据世界 500 强排名整理，http://economy.enorth.com.cn/system。

由此看来，跨国公司总部或地区总部的区位并非一成不变的，而是经常会随着全球区域经济的发展以及公司战略的变化而出现迁移现象。首先，在全球范围内，主要是以北美、西欧和东亚为代表的发达国家或地区互相进行投资，并设定相应的地区总部，如美国企业设立的欧洲总部，日本分别在欧洲和美国设立的地区总部。其次，在不同国家或地区内部，也会发生公司总部的空间迁移行为。总部迁移基本上都发生在能够满足其区位条件的大都市区，其中，在疆域广阔的国家如美国发生频率较高。在国土狭小的国家或地区，如英国、日本和意大利等国家，大公司总部迁移的现象较少，总部主要集中于少数几个大都市区。

2. 研发机构区位模式

在知识经济时代，创新对于提高跨国公司核心竞争力具有至关重要的作用，由此，研究与开发机构成为跨国公司在全球范围内保持竞争力和利益的重要部门。随着产品周期的缩短，以及技术更新速度的加快，研发机构的重要性显得越来越突出。跨国公司的研究与开发过程较为复杂，大致可以分为三个主要阶段（Dicken，2003），即应用性科学研究，产品设计及开发，产品测试和试用。每个阶段有不同的区位条件需求，总体来说，其区位条件如下：①接近科研机构和贸易组织；②接近数量充足的高素质的劳动力供应地；③接近新产品的使用者。

与跨国公司总部区位特征相比，研发机构的区位选择具有一定相似性，而且从公司组织结构来看，企业总部一般都具备相应的研发职能。所以，大都市区和科研技术密集区是研发机构的主要选择地。一般来说，跨国公司在发展初期，大多把研发机构建在总部所在国之内，随着企业的国际化扩张，公司将会考虑在海外其他国家设立相应的研发机构。从其区位选择来看，集中于科技工业园区、经济中心城市和专业化工业城市是其主要特征，如美国的旧金山－硅谷、北卡罗来纳州的研究三角园区、波士顿128号公路等科技工业园区，以及纽约、洛杉矶、芝加哥等经济中心城市，都是研发机构主要集聚地（杜德斌，2001）。

3. 生产单元区位

与公司总部及研发机构区位相比，跨国公司的生产单元分布相对分散，其区位特征一般是公司组织结构及所从事行业结构的体现，但没有相应的固定区位模式，如职能部、产品部或区域部类型企业，以及资源密集型与劳动密集型企业等之间的区别。迪肯将其生产单元区位特征概括为以下四种（图2-9）。

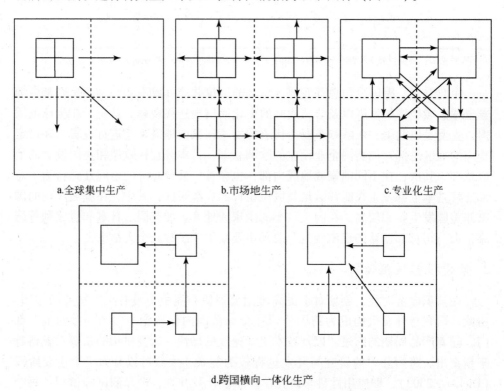

a.全球集中生产   b.市场地生产   c.专业化生产

d.跨国横向一体化生产

图2-9 跨国公司生产单位空间组织的几种形式

资料来源：彼得·迪肯，2007，图8.4。

（1）全球集中生产型。这主要指所有生产都集中在一个地理区位（或至少在一个国家），产品通过跨国公司市场和销售网络出口到全球市场。这种模式一般存在于跨国公司发展的早期阶段，或者受国际贸易政策影响较大而形成国内集中生产，或某些地区性集团（如东南亚联盟、英联邦）的内部生产。

（2）市场地生产型。此即生产活动布局在一个特定的东道国市场，主要以服务当地市场为主，较少出现跨越国界进行销售。这种模式一般是企业的东道国市场与母国市场具有相似性，其产品也可能与母国生产的产品相同，属于进口替代型生产。尽管随着通信信息技术逐步消除了空间距离的阻碍，但这种市场地生产行为仍然存在，主要是由于消费市场的地方性和关税壁垒的存在。

（3）专业化生产型。这是一种作为服务于全球或大型区域市场（如欧盟或北美自由贸易区）的标准化产品或过程战略一部分的生产空间组织形式。该类型公司具有多个生产区位，每个区位集中生产一种产品，生产单元所在区域之间贸易壁垒较小，资源禀赋具有相应的差异，共同拥有巨大的内部市场，且产品的运输成本小于规模经济效应所取得的效益。

（4）跨国横向一体化生产型。生产过程的技术创新使一些生产环节可以被划分为几个独立单元，从而导致一些制造过程的高水平标准化生产。通信信息技术及交通运输手段的进步，促使跨国公司可以在全球范围内进行灵活的生产布局，并充分利用区域之间的生产成本差异优势。由此，原材料、半成品、零部件及成品就在一种高度复杂的生产网络中的空间分散的各单元之间进行运输。在这种情况下，距离对运输成本影响不大，许多易灵活移动的要素，如技术、管理和设备可以被运输到不容易到达的地区。同时，生产与市场之间的传统联系被打破，一个国家的工厂产品可以成为另外一个或几个国家的企业的原材料，最终产品可以出口到第三国市场或母国市场。

跨国公司的这种内部采购模式越来越成为国际生产网络的重要组成部分，企业也相应从"孤立战略"向更复杂化的一体化战略转变，每个生产单元或职能机构依据相应的区位优势进行重新布局。同时，区位空间的邻近性仍然促使跨国公司将离岸生产布局在靠近母国，甚至是劳动力成本相对较高的地区，如美国企业在墨西哥布局，欧洲企业在南欧或东欧设立。

（三）跨国公司空间组织模式

1. 跨国公司空间组织成长阶段

若将跨国公司组织结构整体投影到所在的地域空间上，就会形成相应的空间组织网络模式，该模式与公司组织形态有关，并由公司的不同成长阶段所决定。一般来说，在跨国公司成长早期，其组织属于职能型结构，各生产性单位或子公司处于总部等级式管理或控制，相应的地域形态属于内聚式空间组织。随着跨国公司的不断成长，公司总部逐步向各分部实施放权策略，基于产品分工或地域分工的二级控制单元初步出现，其空间形态开始进入扩张式发展阶段。当跨国公司组织形成矩阵式网络结构时，表明公司已经处于各单元部门相对均衡的空间分布形态，地区总部成为具有组织协调能力的独立单位，各子公司相互之间密切交流，与公司总部或地区总部同时发生平行的业务联系，资源、信息、产品、技术、人才等要素在组织网络中共享并自由流动，从而在所在地域上形成相应的网络型空间组织形态。

由此，根据跨国公司的不同成长阶段，可以将其空间组织形态划分为内聚式、扩张式、全球网络式三种不同类型（图 2-10）。①内聚式空间组织可以使公司总部对海外分支机构进行有效集中控制，但海外分支机构自主权相对较小，不利于充分发挥或利用当地区位优势。②扩张式空间组织的海外分支机构具有一定的经营自主权，有利于产品或服务的当地化发展，但有可能造成公司经营资源过于分散，阻碍企业整体竞争优势的树立。③网络式空间组织较为适应于全球化和本地化的共同需求，公司总部可以进行全球投资的控制与管理，地区总部则根据不同地区的经营特征制定相应的发展战略，其网络式空间组织促使各种经营资源相互共享和自由流动，有利于企业核心竞争能力的提升。

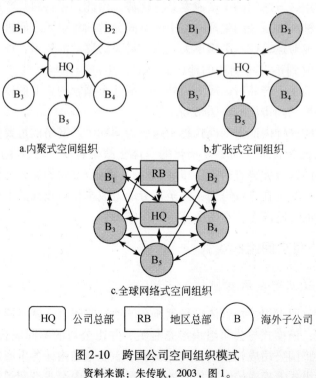

图 2-10　跨国公司空间组织模式

资料来源：朱传耿，2003，图 1。

2. 跨国公司空间组织的理想形态

尽管可以根据跨国公司不同发展阶段进行相应的空间组织形态区分，然而实际中并非完全如此，特定时期或不同国家的跨国公司总是会呈现出某一种或多种混合的空间组织模式。彼得·迪肯（2007）提出了三种理想的跨国公司空间组织，以及一种处于形成中的理想形态，如图2-11所示。

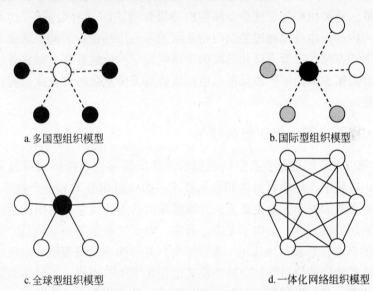

a.多国型组织模型　　　　　　　　　b.国际型组织模型

c.全球型组织模型　　　　　　　　　d.一体化网络组织模型

图2-11　跨国公司空间组织的一些理想形态模型

资料来源：彼得·迪肯，2007，图7.7，图7.8，图7.9，图7.10。

（1）多国型空间组织。该模型主要体现为海外单元的分权联合、简单的金融控制以及非正式的总部－分部关系，企业的每个国家生产单元都具有较大的自治性和本地导向性，尽管能够对地方市场需求做出反应，但分散化的组织结构降低了整体规模的有效性，以及内部知识、资源的流动性。

（2）国际型空间组织。这种组织形态包括了企业总部对海外附属子公司不是很正式的协调和控制，但也允许紧密的总部－分公司联系，母公司采用了正式控制系统，国际型子公司更为依赖于中心企业。相对于多国型组织，该模型具有较好地调节知识和母公司的能力，但不如前者对当地需求作出及时反应，其运营效率也未能达到极致状态。该类型组织运用于20世纪50～60年代的美国大型公司，为获取利用技术领先或市场力量等特定资产而进行的海外扩张。

（3）全球型空间组织。其主要以紧密的资产和责任集中化为基础，本地单元作用是组装和销售产品，并实施核心企业制定的规划和政策。其中，海外子公司没有多少创造新产品的自由，或制定地方战略及修改已有产品等。该模型强调的是规模经济和知识或经验的集中化，由此也可能造成对本地市场需求的忽视或学习的可能性。这是国际型企业的早期形态之一，如 20 世纪初期的福特公司和 20 世纪后期的日本国际化企业。

（4）一体化网络组织。这是一种正在形成中的新跨国空间组织，主要特征是具有分散网络形态，并能够建立灵活协调的生产过程，兼具全球型的高效和多国型的弹性。该类组织将促使企业结构由等级管治转向"异型多层"，不但应用于跨国公司内部，也可以通过复杂的企业间关系运用在企业外部，这也意味着传统组织界限的模糊。尽管多样化的跨国公司组织结构依然存在，而且等级化组织的企业仍旧占据主流，但一体化网络模型应该属于信息化时代企业空间组织演化的主要趋势。

3. 跨国制造业公司空间组织的演化

20 世纪以来，制造业企业空间组织的演化最能够代表跨国公司的全球性转变。在这一过程中，伴随着运输和通信技术、企业组织技术和生产技术的发展，既有传统制造业如汽车工业更新成长并继续保持活力的现象，也出现了推动社会快速发展的新经济行业，如电子工业。其中，电子工业是第一个贴上"全球化工厂"标签的产业，它较早地应用了离岸装配，并首次在全球范围内呈现出生产空间的等级性和地理的分层性，但这种模式也正在发生着变化。半导体制造是微电子工业的核心，其生产流程一般包括芯片设计、晶片构造、芯片测试、芯片组装等阶段。其中，芯片设计和晶片构造对知识与技术要求相对较高，而芯片组装属于劳动密集型工序，二者所具有的不同劳动特征决定了各自生产区位的差异，由此形成电子工业的特定空间分工组织形态，并构成了一个复杂的全球生产地理分布网络。

现以美国品牌电子公司为例分析跨国公司空间组织的演化过程（Yusuf et al.，1998）。目前，美国电子生产网络已经涵盖了诸多节点区域，如硅谷、美国南部"阳光带"城市、波士顿、新加坡、苏格兰、威尔士等，并延伸至墨西哥、马来西亚、泰国、印尼以及南美巴西等地。在 20 世纪 70 年代和 80 年代早期，美国电子制造商已经在苏格兰、新加坡、中国香港等地设立了离岸生产线，这里有高质量且工资低廉的劳动力适合这种劳动密集型的生产组装流程，而晶片制造、电路板组装和产品级组装等工序留在美国和北欧。

20 世纪 80 年代，随着欧盟一体化的推进，为了增加在欧洲的附加值，美国电子企业将一些面对欧洲市场的产品组装业务，如技术水平要求较高的电路板和产品生产线转移到苏格兰和威尔士。由于该地拥有劳动成本较低且英语熟练的工人，当地发展机构也鼓励吸引外来投资。由此，一些大型美国电子公司，如IBM、DEC、惠普等，都在欧洲设立地区总部。随着时间的推移，一批合同制造商在当地成长起来，并受到本地发展机构的各方面支持，如苏格兰和新加坡，它们也开始在当地采购零部件，并出现了新的区域劳动分工，如新加坡和中国香港的合同制造商将劳动密集型生产线转移到马来西亚、印度尼西亚及中国内地。

20世纪90年代，美国品牌电子公司开始培育合同制造商在当地市场的各种优势能力，而自身更加注重产品的标准制定、设计、销售及营销管理等核心能力，将制造功能通过外包形式基本上完全转移出去，由此促进了电子合同制造商的迅速成长，如总部均位于北美的五大合同制造商，这些合同制造商都具有各自的全球生产网络，包括以下几个主要生产区位：①低端产品批量生产基地，位于亚洲、东欧和墨西哥；②高端产品中等规模生产基地，集中于加拿大、美国、西欧和日本；③工程技术密集型的"新产品研发中心"，距离重要客户的设计活动较近地方；④最终组装及根据客户需求进行产品外形处理的工厂，位于交通枢纽附近。其中，这些合同制造商在东亚地区都大规模建设批量生产基地，包括中国。

四、小　结

本章以钱德勒的"战略与结构"理论为依据，全面回顾了企业发展战略的演化进程，从斯密的分工理论到波特的竞争优势理论，直至核心竞争力战略及价值网络理论。实质上，这些战略核心是属于外生优势和内生优势的相互转换及混合运用。在这些战略演变的过程中，技术革新起到了重大的催化剂作用，进而影响到企业组织结构的变化，如从传统等级式U型结构到多分部的M型结构，直到企业网络组织的出现。由此，本章对信息化时代的企业空间组织进行分析发现，跨国公司全球生产网络和企业集群网络是当前的重要特征。

同时，尽管随着后福特制兴起的中小企业集群开始蓬勃发展，但是大型跨国公司的主导地位并没有受到动摇（曼纽尔·卡斯特，2003）。本章最后对跨国公司空间组织特征进行分析发现，全球经济格局出现了一些新变化，东亚地区正在崛起，但全球经济依然被位居世界主要大都市的大型企业集团所控制，生产空间趋向于全球化分散，生产过程穿透国家边界出现片段化，全球生产网络已经形成，总部控制及核心技术研发功能仍然主要集中在发达国家和地区。

第三章

全球化背景下的城市与区域

随着跨国公司生产网络的延伸，与企业组织分解的单元所结合的地方空间正在变为一种"生产资料"，并受跨国公司经济活动的控制与影响。20世纪70年代法国社会学家列斐伏尔（Lefebvre，1991）对社会－空间进行了原创性的思考，指出"空间"是资本循环和资本主义生产关系维持的关键。地理学家哈维和社会学家卡斯特更是将城市空间作为资本主义政治分析的焦点。90年代，经济学家克鲁格曼也开始对被主流经济学理论所忽视的"地理"进行探索。由此看来，在新时期全球化背景下，作为经济活动或企业活动的空间——城市与区域正变得越发重要。所以，本章将着力解释城市与区域的空间结构及其功能属性，并注重分析将企业空间组织作为主要研究视角的城市－区域前沿理论。

一、传统城市与区域理论回顾

（一）企业区位理论三大基石

19世纪初，杜能（1997）的农业区位论开了经济活动区位研究的先河。尽管杜能考察的是农业经济活动区位，但由于抓住了问题的本质，即生产区位与消费区位的空间差异，其农业区位论亦可用于解释以大城市（市场）为中心的城市周围地区的土地利用圈层分布形态，并对其后韦伯的工业区位论（阿尔弗雷德·韦伯，1997）和克里斯塔勒的中心地理论（沃尔特·克里斯塔勒，1998）的出现产生重要影响。

20世纪初，韦伯将工业生产活动作为研究对象，以运输费用和劳动费用为主要区位因子，逐步推导出运费指向、劳动费指向和集聚指向等三种区位原则，其实质就是最小费用区位原则，即费用最小点就是最佳区位点。在现实生活中，该理论应用性较为广泛，如工业部门的不同行业类型具有不同的经济活动区位，既有原料产地或供应地指向型、劳动力分布指向型，也有消费地指向型或大城市指向型。即使在全球化与信息化背景下，跨国制造业公司的各种生产职能活动区位，也仍然较为符合韦伯区位论规律，如在发展中国家投资行为具有劳动力指向与消费地指向的混合型特征。

1933 年，克里斯塔勒提出了"中心地理论"（central place theory）。与以往区位论研究者采用的归纳法不同，克里斯塔勒首先界定了"中心地"、"中心地职能"、"中心性"、"服务范围"等相关概念，然后对城市空间系统进行演绎推理，提出了市场区域呈六边形的空间组织结构，认为市场因素、交通因素和行政因素是影响中心地空间形态的主要区位因子，其中，在市场原则基础上形成的中心地的空间均衡是中心地系统的基础。1940 年，经济学家廖什对企业区位特征进行了研究，利用数学推导及经济学理论，也得出了与克里斯塔勒完全相同的六边形区位模型，与后者相比，廖什模型更适合解释现实中的第二产业区位（于洪俊，宁越敏，1983；许学强等，2009）。

中心地理论的提出为后来的学者开展城市区位及相关经济活动研究提供了重要理论支撑。一般认为，中心地理论具有以下几个方面的贡献：①城市等级划分的研究；②中心城市与区域腹地相互作用研究；③城市空间系统模型研究；④城市规模、职能及空间分布研究；⑤商业及服务业的区位问题研究（李小建等，1999）。

（二）城市空间结构理论

城市空间结构就是城市功能组织在地域空间系列上的投影，并随城市职能的不断分化而分化。1923 年，社会学家伯吉斯（Burgess）提出"同心环学说"，这也是形成最早的城市空间结构模型。伯吉斯将芝加哥作为城市研究对象，总结出城市社会人口流动对城市地域空间分异所产出的五种作用力：向心、专门化、分离、离心和向心性离心，同时加上各地带之间的不断侵入和迁移，从而形成自内向外的同心圆状地带形态。他归纳了由五个同心圆带所组成的结构模式，其核心即为中心商业事务区或简称中央商务区（central business district，CBD）。霍伊特（Hoyt）延续了关于城市人口住宅分布的研究，并利用城市地域内房租的差异得出空间结构的扇形模式，相比伯吉斯的研究，该模型考虑到交通线路对城市经济部门分布的影响，如商业批发与轻工业的布局。之后，哈里斯（Harris）和乌尔曼（Ullman）提出了更为精细的多核心模式（图 3-1），他们考虑到城市更多的因素或职能对空间结构的影响，以及各因子单元之间的相互作用，如历史遗留格局、公共设施、各类型工业部门等，以及相互之间的集聚或排斥作用（于洪俊，宁越敏，1983）。总体来看，三种经典模式都是从城市现实问题出发总结出来的空间结构形态，对其背后的发生机制也进行了相应的阐述，但对核心作用因素缺乏归纳。与之相比，从经济学地租理论出发的另外一条空间结构探索路径值得借鉴。

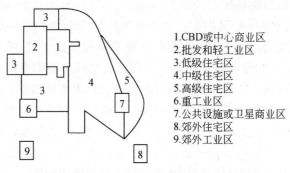

1. CBD或中心商业区
2. 批发和轻工业区
3. 低级住宅区
4. 中级住宅区
5. 高级住宅区
6. 重工业区
7. 公共设施或卫星商业区
8. 郊外住宅区
9. 郊外工业区

图 3-1　哈里斯和乌尔曼的多核心结构
资料来源：于洪俊和宁越敏，1983，图 5.5。

20 世纪初，赫德（Hurd）、黑格（Haig）相继将地租概念纳入城市土地利用及空间结构探讨中。直到 60 年代，阿隆索（Alonson）从新古典经济学出发，总结出基于不同预算约束而使各土地利用者产生不同区位选择的城市空间模型。在城市地域范围内，中心商业区条件最好，产生的经济地租也最高；随着到中心商业区距离的增加，地租随之逐步下降，直至城市边缘区经济地租接近于零。由此，可以将城市不同经济部门对不同区位条件要求所产生的各类竞租曲线进行排列，如零售业地租最高，其后依次是办公服务、轻工批发、商品住宅、农业等，从而得出一个完全竞争条件下的城市土地利用空间结构模型（阿瑟·奥沙利文，2003），如图 3-2 所示。

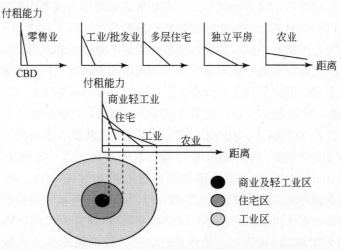

图 3-2　基于土地利用付租能力的城市空间结构模型
资料来源：Alonson，1964，转引自许学强等，2009，图 11.3，图 11.4。

若将伯吉斯等三个经典模式与阿隆索地租理论模型对比，可以发现前者更为关注城市空间结构的现实形态，而后者抓住了问题的核心，即从影响空间结构的行为者——企业或组织入手，推导出理想的空间模型，这方面类似于经典区位论研究，即在市场完全竞争条件下城市空间结构所表现出来的特征。但宁越敏（2000）也指出，阿隆索对城市空间结构的分析忽略了城市土地利用具有社会性和历史延续性的特点，以及城市规划对土地利用的干预，而且在不同经济体制的国家，市场机制和政府管制所起到的作用也有所不同。可见，在实际发展过程中，把城市的实际形态与地租的主导作用进行有机结合将是分析城市空间结构的最佳途径。

（三）城市－区域形态演化

第二次世界大战结束后，出现了以电子技术的发明和应用为标志的第三次科技革命。科技创新促进了经济的高速增长，城市规模进一步扩大，城市形态也出现了新的变化，一方面是城市化的进程，人口继续向城市集聚；另一方面在欧美等发达国家逐渐发生了人口及产业向郊区迁移的现象。塔弗和加纳（Taaffe, Garner, 1963）构造了一个城市地域理想结构模式，城市中心是中央商务区，集中了金融、保险、商业、文化及娱乐场所，中心的边缘区和中间带以混合型的社会经济活动产业为主，分布着商业、工业及高中低级住宅区，而其外缘带是城市新区，这里集中了从城市中心迁移出来的或发展起来的工业项目，一般占用空间较大，还建设了许多独户住宅区，并拥有大面积停车场及大型购物中心等商业服务设施，城市的近郊区分布着住宅区、工业区及农牧业区（谢守红，2004）。穆勒（Muller）针对城市发展进入了反城市化或逆城市化阶段，提出该时期的大都市地域结构模式，即城市中心区衰退和城市边缘区兴起成为新的特征，但这种发展模式已于 20 世纪 80 年代早期结束（顾朝林等，2000）。

20 世纪 50 年代以后，资本主义国家经济进入高速发展时期，世界范围内出现了城市化加速发展态势，人口与财富向城市的集中，不但增加了大中城市的数量，而且促进了超级城市（400 万人口以上）或巨型城市（人口超过 800 万）的出现，并形成城市集聚区或大都市带等城市空间组织形式。1957 年，地理学家戈特曼（Gottmann）在对美国东北部地区的城市化进行分析时采用了大都市带一词来定义由多个大都市区所组成的城市集聚区，认为大都市带的特征是城乡界限日渐模糊，城市地域相互蔓延，并至少拥有 2500 万城市人口且过着现代城市方式的生活。1976 年，他认为世界上已经出现了六个大都市带：①美国东北部大西洋沿岸大都市带；②日本东海道太平洋沿岸大都市带；③欧洲西北部大都市带；④美国五大湖沿岸大都市带；⑤英格兰大都市带；⑥中国长江三角洲大都市带；正在形成的都市带则有美国西部沿岸大都市带、巴西南部沿海大都市带和意大利北部波河平原大都市带。这些都市带都具有良好的自然条件、政治经济的中枢、带状的空间结构等特征，并具有超级城市或国际港口作为增长核心。但宁越敏认为 20 世纪 70 年代时的长江三角洲大都市带尚不能与其他五个大都市带相提并论，而把它列入正在形成的大都市带名单（于洪俊，宁越敏，1983）。

二、新时期的世界/全球城市理论

（一）世界/全球城市理论要点

20 世纪 60 年代以来，伴随着全球化和信息化的推进，世界/世界城市研究开始成为学术界的一个关注热点。随着 80 年代后新国际劳动分工理论研究的深入和弗里德曼"世界城市假说"的提出（宁越敏，1991），以及亚太地区经济发展的突飞猛进和国际化城市的快速崛起，传统世界体系的"核心－边缘"理论受到严重挑战。由此，学术界逐渐形成了从世界城市向全球城市－区域研究的转型。

1. 基于国家等级体系的世界城市分析：以跨国公司总部区位表征

1966 年，霍尔所著的《世界城市》一书出版（其后在 70 年代和 80 年代又出版了该书的第二版和第三版），中国科学院地理研究所把该书翻译为《世界大城市》（1982）。霍尔把世界城市界定为具有世界意义的政治、商业、文化中心以及巨大的人口中心，他所列举的世界城市有伦敦、巴黎、莱因－鲁尔、兰斯塔德、莫斯科、纽约和东京。在该书中，霍尔分析了世界城市的发展趋势和成因，认为科技创新及由此导致的服务业的集聚是世界城市形成的主要因素。直至 20 世纪末，霍尔仍然认为韦伯区位论和克里斯塔勒中心地理论没有过时，经济活动向城市的集聚现象和全球城市等级结构都正在出现，新的"工业区"实际上是传统"工业区"的明显扩大，大都市依然是指挥和控制型城市，拥有主要跨国公司的总部以及支撑的银行、金融机构，以纽约、东京和伦敦为代表的全球城市还是世界上最大型公司总部的最大集聚地，正如他所说"在 20 世纪 90 年代的文献中，网络系统取代等级结构几乎成为一个陈词滥调，这种说法既正确也不正确"（彼得·霍尔，2004a）。同时，他也指出处于全球城市之下的那些具有次全球或区域性职能的城市，将对前者构成某种程度上的竞争。

1982 年，美国学者弗里德曼和沃尔夫从新国际劳动分工角度出发提出"世界城市"的研究议程，这篇论文为全球化背景下世界城市（区域）的研究提供了理论基础（Friedmann, Wolff, 1982）。弗里德曼认为人口规模已不再是世界城市的主要判断标准，他提出的两个标准是：①城市与世界经济体系相结合的形式与地位，如作为跨国公司总部中心的地位、为世界市场服务的商品生产的重要性、作为意识形态中心的作用等；②城市所拥有的资本的空间支配能力，如金融和市场控制是全球性的抑或区域性的，还是仅仅起将国内经济与世界城市体系相联结的作用。其后，弗里德曼又发表了《世界城市假说》一文（Friedmann，1986），认为：①城市与世界经济整合的程度及其在新的国际劳动地域分工中的地位，将决定城市的功能与结构重组；②世界上的主要城市，如伦敦、纽约、东京等，将成为全球性资本流动的出发点与归结点，资本的空间流动有可能导致世界城市体系的形成；③处于世界城市体系顶端的城市，即世界城市主要充当跨国公司的总部所在地，其成长由少数快速增长的产业所支撑，如国际金融、国际交通联运，以及各种工商服务（包括广告、会计、保险、法律等）；④除经济上的控制功能外，世界城市的另一个重要作用是它们的"示范或榜样效应"，如纽约、伦敦、洛杉矶、巴黎及东京等世界城市，它们不仅是生产与消费中心，同时也是信息、娱乐及其他文化产品的生产与传播中心；⑤世界城市还是国际、国内劳动力以及移民的主要集中地，世界城市经济发达、市场繁荣、就业机会相对多样化及高层次化，因而能够吸引大量的劳动力及专业人才；⑥世界城市的空间与阶级极化现象突出，主要体现在三个不同阶层或团体之间的巨额收入差距，即高级公司管理人员与低技能工人之间、移民与原住居民之间，以及不同行业的从业者之间；⑦世界城市一般需要高昂的社会经济成本来保证其正常运作，该成本往往会超出该城市本身的财政支付能力，因而更促使其寻求广泛的国际联系与合作。

1995 年，弗里德曼结合其他世界城市研究成果，总结出世界城市的五个主要特征：第一，世界城市是全球经济体系的连接点，各区域经济通过世界城市的连接而成为一个有机整体；第二，世界城市是全球资本的汇聚地，但由于不同的政治制度、经济规模、城市规模及国际政治影响，世界城市对全球资本的汇聚规模远小于全球资本的总规模；第三，世界城市包括范围较为广泛的城市地带，世界城市的经济与社会的互动程度非常高；第四，根据世界城市的经济规模及其所控制的经济实力，可以将世界城市进行等级划分，如区域性世界城市、国家级世界城市、世界级世界城市等，世界城市控制全球资本的能力最终决定世界城市的等级，而它们对诸如技术创新、政治变革等外界冲击的消化能力，也对其在世界城市体系中的等级排序有重要影响；第五，世界城市的发展基本上掌握在跨国资本家手中。由此，弗里德曼在划分世界城市等级结构时，采用了几个主要分析标准，即全球金融中心、跨国公司总部（或地区性总部）、国际化组织及国家中心、高速增长的商业服务部门、重要的制造业中心、主要交通枢纽和人口规模。

弗里德曼所表述的理论内涵为其后的全球城市 – 区域研究提供了基本依据。

2. 基于"无国界的世界"的全球城市分析①：以生产性服务公司区位表现

20世纪90年代，丝奇雅·沙森（2005）通过分析全球领先的生产服务公司及企业区位选择来定义全球城市，并强调服务业的国际化、集中度和强度等因素对全球城市形成的作用。第一，全球城市已演化成为世界经济结构中高度集中的指挥控制中心；第二，城市功能最大的演变在于服务业逐渐取代制造业成为城市发展的支柱行业，尤其是金融与高级服务业的发展成为全球城市的标志之一，这不同于工业化时期的城市功能；第三，城市创新能力，其高低成为城市发展的决定性因素；第四，城市同时也是消费中心及产品销售市场。由此可以看出，全球城市通过金融信息等生产服务业功能对腹地形成控制，即全球城市的形成是经济活动在地域上的高度分离与全球范围内的高度整合的结合。

萨森认为，从城市等级体系角度来看，纽约、伦敦和东京的生产服务业高度集中主要是面向全球市场，但三者在各自国家范围内又有很大的区别，美国具有若干个国际金融服务中心城市，纽约作为一流的国际金融商务中心处于主导地位，而英国的生产服务业高度集中在伦敦，由此出现了生产服务业在城市体系中区位分布的断裂，日本则同时拥有东京和大阪两个生产服务中心，但二者之间的距离越来越大。同时，在全球城市中，不同产业部门的区位是不一样的，城市中心区的外围以信息技术/计算机、批发、航空运输等部门分布为主，中心区则是货币金融、管理、文化服务等部门，城市外围地区趋向于制造基地，包括电子、生物医药等高技术产业。

相比弗里德曼世界城市假说的宏观概念，萨森的全球城市研究更多侧重于后工业化时期国际大都市的经济活动特征，从服务业企业区位的微观角度及对全球或区域的控制能力方面对全球城市进行了详细阐释，并将全球城市定义为发达的金融与商业服务中心。相对于弗里德曼假说有形的"指挥中心"定义，如全球资本、跨国公司、国际移民等，萨森的全球城市界定表现出无形的"服务功能"的一面，如商务、金融、创新、消费等，同时，全球城市的影响力也已经穿透了国家的界限。

3. 基于网络社会的世界城市网络分析：以全球性服务公司空间组织表现

针对信息通信技术对城市发展产生的巨大影响，曼纽尔·卡斯泰尔（2001）提出了信息化城市的概念，并认为世界经济将由"地方的空间"转变为"流动

---

① 针对全球化经济到来的趋势，日本管理学家大前研一曾著有《无国界的世界》（大前研一，2007）。

的空间"，网络社会的形成正在发生中。同时，他借鉴萨森的全球城市概念，将之作为全球网络上的关键节点，由此，如何获得信息/网络空间的进入权和对网络空间主要节点的控制权，将是在国际资本积累博弈中取得最终胜利并成为世界城市的关键。若将以上世界/全球城市主流研究进行对比，如果说霍尔和弗里德曼的世界城市概念还受到国家界限的影响，那么萨森的全球城市影响力则超越了国家范围，与之相比，卡斯特的理论观点却脱离了传统的静态分析，是从动态网络关系视角入手的。

受以上研究动向的启示，英国拉夫堡大学的世界城市研究小组从网络角度对世界城市进行了大量的研究。他们认为传统世界/全球城市研究较侧重于静态分析，难以反映信息化时代世界城市之间的相互关系，为此需要从动态角度对世界城市进行研究。以泰勒（Taylor，2004）为代表的学者利用全球性金融或商务专业性服务公司在不同世界城市之间的区位分布，勾勒出正在形成中的世界城市网络模型。

首先，泰勒分析了等级与网络的关系，他认为弗里德曼的研究基本上建立在国家城市等级体系之上，从而构成世界城市等级论，萨森的研究尽管透露出城市之间的相互关系，但基本上延续了上述传统。一般来说，等级靠的是指令，它是通过竞争形成的，而网络靠的是联系，它是通过合作形成的。由于全球化过程中城市间的经济联系远超过政治联系，并通过城市内运营但联系超出城市的公司企业而体现，所以，泰勒认为世界城市网络就是一个由全球服务企业连接而成的全球性服务中心网络。由此，泰勒构建出一个不同于普通意义上仅由节点和网络构成的城市网络，而是增加了由全球性服务公司作为一个次节点层的网络（图3-3）。

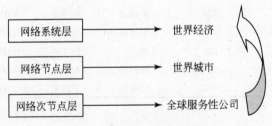

图 3-3　世界城市网络结构

资料来源：周振华，2008。

其次，泰勒选取全球性金融服务公司或商业服务公司建立服务值矩阵，该类公司主要包括会计、广告、金融/银行、保险、法律和管理咨询等 6 个关键生产服务行业，其入选标准为在超过 15 个城市设立办事处（在北美、西欧和亚太三个地区均至少在一个城市设有办事处）。由此，共确立了 100 家公司，而每个行业都有 10 家以上公司，并涉及 315 个城市，然后依据所拥有公司办事处的数量或级别对每个城市进行打分，最终组成一个100个企业×315个城市的服务矩阵，并根据城市总得分压缩为123个城市。最后，分别从容纳力、支配指挥力、通道等三大方面，以及七个不同方面（世界城市连接度、国际金融连接、支配中心、全球指挥中心、地区指挥中心、高连接通道、新兴市场通道）对世界城市网络作用力进行测定。事实上，在计算世界城市网络连接性的同时，泰勒等发现了世界城市的地区性和层次性，由此，对所涉及的城市进行地区分组，得到具有代表性的7组前62位的世界城市，最后再依据全球连接性进行排名。

分析结果表明，在全球性服务得分及全球网络连接度前10位的城市中（表3-1），伦敦、纽约、东京和巴黎毋庸置疑地居于前5位，而中国香港、新加坡分列第三位和第六位。这与以往世界城市等级的划分有很大不同，即中国香港和新加坡的地位有大幅度的上升，香港的排名甚至超过了东京。这与中国和日本经济实力此消彼长从而影响香港和东京在世界城市体系中的地位有关，而世界城市网络的研究顺应其变化，对在全球化背景下新兴工业化地区世界城市的快速发展予以充分的评价。

表 3-1　世界城市网络中的前 10 位城市的全球连接度

序号	全球性服务总得分前 10 位城市		全球网络连接度前 10 位城市			
	城市	总得分	城市	总连接度	比例连接度	最高值比重
1	伦敦	368	伦敦	63 399	0.015 56	1.00
2	纽约	357	纽约	61 895	0.015 52	0.98
3	香港	253	香港	44 817	0.011 00	0.71
4	东京	244	巴黎	44 323	0.010 87	0.70
5	巴黎	235	东京	43 781	0.010 76	0.69
6	新加坡	229	新加坡	40 909	0.010 03	0.65
7	芝加哥	213	芝加哥	39 025	0.009 57	0.62
8	洛杉矶	201	米兰	38 265	0.009 38	0.60
9	法兰克福	193	洛杉矶	38 009	0.009 32	0.60
10	米兰	191	马德里	37 698	0.009 24	0.59

资料来源：Taylor，2004。

霍尔、弗里德曼、萨森、泰勒等的世界/全球城市研究代表了该领域几个不同的发展阶段。在这个领域内还有大量的研究成果（Knox，1995；Short，2004），特别是伴随着亚太地区的崛起，一批城市已成为世界城市或即将加入世界城市的行列，由此引起一大批学者的兴趣。2001年，联合国大学出版社出版了《全球化和亚太区域城市的可持续性》一书，对亚太区域一批崛起中的世界城市，如汉城（今首尔）、香港、上海、台北、曼谷、雅加达、悉尼等作了专门的研究（Lo，Marcotullio，2001）。

4. 国内研究动态和简要评价

20 世纪 90 年代以后，世界/全球城市理论逐步引起中国地方政府和学者的关注。宁越敏（1991）是最早把新国际劳动分工与世界城市理论介绍到中国的学者。他认为世界城市最重要的功能是国际金融中心的作用，同时，世界城市还是世界旅游中心、信息中心，有些兼具政治中心的功能。为保证人流、物流、信息流的畅通，世界城市通常是综合性的交通及通信枢纽，特别是国际航空港的地位更为突出。但他认为弗里德曼的 30 个世界城市的名单范围过宽，在新兴工业化地区中，只有香港和新加坡称得上是世界城市，因为这两大城市位居世界十大金融中心之列。针对中国世界城市的发展问题，宁越敏指出 1978 年我国实行改革开放政策，标志着我国开始加入世界经济体系，参与国际劳动分工。但直至 90年代初期，我国还处于国际劳动分工中的较低层次，表现在以下三个方面：①吸收的外资以新兴工业化地区为主，来自发达国家的外商投资所占比重不高；②出口产品以轻纺等劳动密集型产品为主，且以中低档为主，附加值不高；③目前尚无一个城市在世界经济体系中够得上世界城市标准。宁越敏认为，如何提高我国在国际劳动分工中的地位是我国经济发展战略所必须考虑的重大问题，而只有建设若干个世界城市，才能提高我国在国际劳动分工中的地位。

1995 年，由上海市政府主持的《迈向 21 世纪的上海》发展战略研究中借鉴了世界城市的理论，把上海的发展目标定位为国际经济中心城市，认为其内涵与世界城市是一致的（蔡来兴等，1995）。其后，有关研究主要围绕以下三个方面来进行：①对发达国家的世界或全球城市理论介绍和引进，如李立勋和许学强（1995）、姚士谋（1995）、蔡建明（2001）、余丹林和魏也华（2003）、谢守红和宁越敏（2004）、周振华等（2004）、吕拉昌（2007）等的相关研究成果；②对亚太地区及中国的世界城市分析，如蔡来兴等（1995）著的《国际经济中心城市的崛起》、顾朝林等（1999）著《经济全球化与中国城市发展——跨世纪城市发展战略研究》、杨汝万（2004）的《全球化背景下的亚太城市》等；③对世界/全球城市理论的批判性研究，如刘荣增（2002）对跨国公司总部区位与世界城市关系的研究，蔡建明和薛风旋（2002）构造六维模型界定世界城市，周振华（2006b，2008）分析了全球化、全球城市网络与全球城市的逻辑关系，并对中国全球城市的发展模式作了深入的研究。武前波和宁越敏（2008a）则提出了世界城市（区域）形成的理论框架。

综合国内外相关理论研究趋势，可以总结出以下几点：

第一，西方发达国家的理论方法具有可借鉴性。①在理论分析框架上，主要是基于新国际劳动分工理论、世界体系等理论，重视信息网络技术的作用，从而促使世界城市研究由纵向等级体系向横向网络体系转变,以及由发达国家向发展中国家转移;②在研究方法上,主要以企业或行业为分析对象,从跨国公司总部、高等级生产服务部门到中小企业集群,从中得出相应的世界城市理论研究成果。

第二,目前的研究还存在着一定的缺陷。①注重静态特征的描述与分析,缺乏动态规律性研究,如更多是针对世界城市现状的分析,而对世界城市如何形成关注不够;②在研究对象上"抓大放小",大多分析世界城市网络中的世界城市,忽略了网络中的中小城市,因而无法揭示全球城市－区域的形成过程。

(二) 新区域主义兴起与全球城市－区域

20 世纪 80 年代以来,信息技术和企业空间组织的快速变化,推动了跨国公司的经济全球化进程,各种类型的经济活动(制造与服务等行业)向地方区域集聚的态势不断加强,各类型公司也由于集聚而提升了竞争优势(Porter, 1998; Storper, 1997)。由此,作为大型生产综合体重要载体的区域,在全球经济竞争中的重要地位逐步凸显。这种以生产技术和组织变化为基础、以提高区域在全球经济中的竞争力为目标而形成的区域经济发展的理论、方法和政策导向,便构成了经济地理学的"新区域主义"(new regionalism)(苗长虹等,2002)。基于经济社会学、制度经济学、演化经济学和"新经济地理学"等原理的新区域主义,较为强调制度、文化的地理集聚性和区域特定性、路径依赖性的分析,可以较好地解释全球经济格局中的地方镶嵌结构和区域经济动态竞争优势的来源,由此,也促进了世界/全球城市理论新概念——"全球城市－区域"的出现。

1. 新区域主义兴起与新产业空间形态

20 世纪 70 年代末以来,相对于凯恩斯主义和自由市场主义的战后西方经济政策将企业作为核心,"新区域主义"的特征表现为如下方面:①基于历史与经验的观点,主张区域正在成为经济发展的"熔炉"(crucible),因此应成为经济政策的主要焦点;②赞成自下而上的、针对区域的、长期的和基于多元行动主体的、能够动员内生发展潜力的政策行动;③政策的关键在于增强"合作网络"(networks of associations)和集体的认识、行动与反应能力;④超越国家和市场的多种自主组织及中间管制形式应作为政策的重要内容(苗长虹等,2002)。新区域主义并不否认凯恩斯主义和新自由主义政策在区域发展中的适度作用,但它却试图超越国家干预和市场调节的两难选择,将区域政策的重点放在区域财富的积累,以及区域内部力量的动员和竞争优势的培育上。

作为"新区域主义"的代表,产业区研究得到学者们的较多关注,并相继形成了弹性专业化、新产业空间、创新环境、产业集群、创新系统和第二级城市等主要学派（苗长虹，2006a）。其中，新产业空间学派的研究特征是将企业的纵向分离、劳动分工及空间交易成本与地理集聚现象联系在一起，他们从空间交易费用和专业化企业集聚的外部性两个维度来分析新产业空间的崛起以及传统产业区的转型，如硅谷和好莱坞。20世纪80年代，作为新产业空间学派的重要代表人物，斯科特相继发表了《区位过程、城市化和区域发展》和《大都市：从劳动分工到城市形态》（1988），并以新制度经济学理论为基础分析了大都市的成因，由此被称为"工业－城市区位论"（宁越敏，1995a，1995b）。他认为，如同科斯把纵向一体化看成企业出现的原因一样，城市的形成可归因于劳动过程的纵向分解及由此产生的联系网络所导致的经济活动的集聚。

斯多波（2005）也利用交易成本原理解释了产业区模式的形成，他将空间交易成本和本地化规模报酬递增效应作为两个不同的维度，从而形成二者由低到高组成的产业区形态矩阵，其中包括韦伯－廖什的工业区或市场导向的工业区形态（表3-2）。斯科特则认为全球化背景下正在出现一种新的区域空间组织，即全球城市－区域，也是由于空间交易成本的存在，以及地方区位经济的规模报酬递增溢出效应，促使信息化时代跨国公司与当地集群形成网络联盟，并产生较强的区域外部性，由此推动了超级产业集群的出现，也促进了大规模城市群的集聚，并在适当条件下形成全球性的城市－区域，其中拥有高度常规化的生产制造和灵活积累型的高科技、新手工、文化传媒及生产服务等两种经济形态（Scott，2001，2007）。

表3-2 受空间交易成本和本地化收益递增效应影响的产业区形态

本地化收益递增效应	空间交易成本		
	低	中	高
低	孤立随机分散的工厂（空间熵）		韦伯－廖什景观
中	大面积分散的工厂，大型的相互联系的集群	大型相互联系的集群	大型市场导向的工厂
高	小型关联集群	超级集群（全球城市－区域）	小型独立集群

资料来源：斯多波，2005；Scott，2007。

2. 世界/全球城市新概念——全球城市－区域

21世纪前后，全球城市－区域比以往任何时刻都更成为地理景观的重要元素之一，它不是传统宏观经济地理学层面的"核心－边缘"结构。在过去的几十年中，世界范围内众多地理位置优越的中心大都市区域已经成为一个巨大的集群，其大小和规模取决于当今资本主义主导产业部门的组织环境，这些部门被组织成为拥有强大内生增长机制和市场日益全球化的本地生产网络。斯科特认为全球城市－区域既不同于普通意义上的城市范畴，也不同于仅有地域联系形成的都市连绵区，而是在全球化高度发展的前提下，以经济联系为基础，由全球城市及其腹地内经济实力较为雄厚的二级大中城市扩展联合而形成的一种独特空间现象（图3-4）。

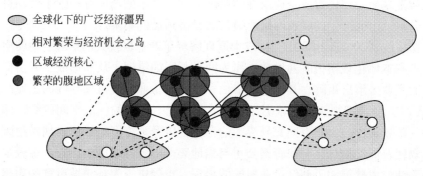

图3-4　经济全球化下的全球经济空间图示

资料来源：Scott，2007，Fig.4。

　　在当今全球资本主义的经济地理格局中，世界发达国家和地区代表了一种极化区域经济体系，每一个区域经济体系由一个核心大都市和周围的腹地（辅助性社区、繁荣的农业区、本地服务中心等）组成，这些大都市腹地系统可以聚集起来形成更大范围内的全球性城市－区域，如纽约、洛杉矶、东京等。每一个城市－区域都是专业化且互补的经济活动的错综复杂的网络所在地，拥有规模较大且充足的多元化地方劳动力市场，这些城市－区域可以被当作新的全球经济的区域发动机，因为它们就是生产贸易、经济增长和创新的发源地。同时，在这些繁荣的全球性城市－区域外围，存在着一系列相对繁荣并具有发展机会的经济岛屿，如中国香港、新加坡、首尔、墨西哥城等地，它们成为全球经济网络中的节点（图3-4）。所以，作为一种新的政治经济单元，繁荣的全球城市－区域的内部经济和政治事务都在以错综复杂的方式加强和遥远地区的跨界联系，并日益成为现代生活的生产与协调中心（Scott，2007）。

　　世界/全球城市研究聚焦于位居世界城市体系最高端的那些城市，由此产生的问题是广大的中小城市在全球化进程中的命运如何。2007年，徐伟和宁越敏在与斯科特的对话中讨论了这一问题，斯科特认为，以全球城市为核心的全球城市－区域规模非常巨大，使很多小城市可以成为全球城市－区域的一部分。如果可能的话，小城市的最佳发展机遇是通过这种或那种方式使自己与某个全球城市－区域结合起来（斯科特等，2008）。然而，那些没有融入全球城市－区域的小城市未来的发展前景究竟如何还需要进一步探讨，一种可能是小城市通过现代化的通信技术如互联网等融入全球化的发展进程，另一种可能是成为全球化时代的边缘地区。

全球城市－区域形态是全球化和信息化背景下城市化特定发展阶段的产物，其内部具有中心都市与周边区域相互关联的各种生产网络集群，城市与区域的边界也逐渐模糊，对外则是企业、城市参与全球经济竞争的地域平台或"航空母舰"，并与世界市场具有密切的关系，也是全球生产网络的地方"镶嵌体"。全球城市－区域的空间结构既有利于经济全球化影响下内部生产集群的不断发育壮大，也有利于形成地方性区域发动机，从而推动全球经济的快速发展。

（三）全球城市－区域的三维属性

综观世界/全球城市研究脉络的变化，可以发现其演化特征表现为由强调世界城市内部特质功能和等级地位逐步转向注重关系网络及网络节点的连通性，并从静态研究转向动态分析，这在很大程度上是由信息化时代企业空间组织变化所致。跨国公司控制能力的集中和生产及服务活动的分散成为当前经济全球化的主要特征，它们所组成的关系网络对正处于全球化进程中的城市产生着重要影响，卡斯特的网络社会概念及泰勒的世界城市网络分析，也正好迎合了这种变化的需求。

但是，无论是早期霍尔和弗里德曼对跨国公司总部或其他国际性组织区位的分析，还是萨森和泰勒把金融部门或全球性生产服务公司作为主要研究对象，他们都相对突出世界/全球城市经济层面的功能，忽视了20世纪后期西方发达国家的信息技术变革和后工业社会消费文化，以及发展中国家或地区的分部管理及生产制造功能对全球经济所产生的重大推动作用，如美国硅谷作为世界技术极的崛起，"好莱坞"文化产业的全球性影响，世界时尚之都——巴黎的重要文化地位，亚太地区各类型世界城市所逐步凸显的特定全球性职能等。由此，世界/全球城市的基本属性还需要重新进行多维度的界定。

熊彼特曾指出，启动并维持资本主义引擎运转的原动力来自新的消费品、新的生产或交通方式、新的市场以及资本主义企业所创造的组织结构所形成的新力量（Dicken，2003）。20世纪90年代美国"新经济"的繁荣正是由信息通信技术（ICT）的发展所驱动的。《纽约时报》报道指出，据美国商务部和美国电子协会的统计，1993～1998年，信息产业为美国创造了1500万个就业机会，高技术成为美国雇员最多的行业，并在销售和出口方面成为美国最大的工业部门，美国经济增长的 1/4 ~ 1/3 归因于信息技术，它已经取代汽车、石化和建筑业成为美国经济的新动力。例如，1996 年以底特律为中心的美国三大汽车公司的市场产值仅为美国信息产业发源地——硅谷的 1/4。

若从技术创新的地理格局来考察，世界范围内的高技术增长极一般产生于大都市区或其外围低度城市化地区，大部分均属于历史积累、路径依赖增长的发展过程产物，也有少数属于国家技术政策的结果。无论各自特定的起源如何，各类技术集聚区都对当代全球经济产生了重要影响。

这种世界技术极的区位模式较为吻合全球城市 – 区域空间形态，如旧金山 – 硅谷、伦敦 – 剑桥、巴黎 – 法兰西岛科学城、东京 – 筑波、首尔 – 仁川、台北 – 新竹等均是城市与区域相互作用的重要地区（彼得·迪肯，2007）（表 3-3）。中心城市可以满足高技术区对金融投资、生产服务、技术人才及消费市场等的需求，技术区则承担中心都市区公司总部的研发创新及生产制造职能，并可以增强中心城市的经济生命力。

表 3-3　全球范围内一些领先的世界技术极/技术区

北美	欧洲	亚洲
南加利福尼亚（包括硅谷）	伦敦（剑桥），M4 走廊	东京（筑波）
马萨诸塞州（波士顿）	慕尼黑（德）	首尔 – 仁川
得克萨斯州，奥斯汀	斯图加特（德）	台北 – 新竹
华盛顿州，西雅图	巴黎南区	新加坡
科罗拉多州，波尔多市	格勒诺布尔（法）	上海
北卡罗来纳州，杜兰市、罗利市	蒙比利埃（法）	北京
蒙特利尔（加）	尼斯 – 索菲亚·昂蒂波利大学	班加罗尔（印度）
多伦多（加）	米兰（意）	
	赫尔辛基（芬兰）	

资料来源：Castells，Hall，1994，并补充上海、北京、班加罗尔等。

同时，随着"后工业化社会的来临"（Bell，1973），斯科特认为当代经济中增长和创新的前沿是由诸如高技术产业、新工艺制造、商业、金融服务和文化产业等部门组成的，它们形成所谓"智力 – 文化经济"（cognitive-cultural economy），反映了福特制规模生产方式的转型（斯科特等，2008）。特别是文化产业逐步凸显了其巨大的经济功能，如纽约的媒体及出版业、巴黎的时尚设计、洛杉矶"好莱坞"的电影产业、东京的动漫产业、香港的影视业等，并在世界/全球城市内部形成相应的空间形态，如影视文化基地、迪斯尼乐园、文化创意园区、大型现代消费区等。因此，文化维度也是衡量世界/全球城市的一个重要标准。诺克斯（Knox，1995）曾指出可以根据跨国商务活动、国际事务和文化集聚度来界定世界城市，从而得出纽约的文化影响力明显高于东京。亚伯拉罕森（Abrahamson）采用经济指标和文化指标对世界城市进行综合排序，研究表明，在全球城市体系中，纽约位居第一序列，伦敦、巴黎、东京处于第二序列，其次为洛杉矶、多伦多、中国香港、法兰克福、芝加哥、大阪、苏黎世、米兰，而米兰、新加坡是经济中心，悉尼则是文化中心（图3-5）。

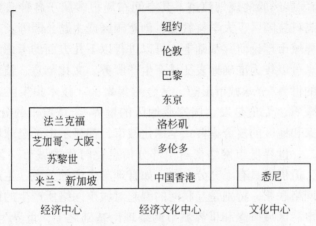

图3-5 经济和文化综合表征的世界城市类型
资料来源：吕拉昌，2007，图1。

与技术集聚区的区位模式相比，文化集聚区一般与大都市区空间尺度相互叠加或重合，常常成为大都市区空间组织的一部分或全部。前者如"好莱坞"与洛杉矶，后者则如"迪斯尼世界"与奥兰多，或"世界赌城"与拉斯维加斯。这些有利于大都市区为文化创意产业提供多类型的劳动力和相应的服务部门，从而促进文化产业生产系统的完善与成熟，文化产业的蓬勃发展不仅可以促进城市经济的快速提升，同时也为所在城市树立独特的形象名片（武前波，宁越敏，2008b）。

与西方发达国家的世界/全球城市所从事的金融、技术、文化等高端产业相比，许多崛起中的世界城市或区域多属于跨国公司地区总部、生产服务部门分支机构或生产制造行业的集聚地，同时少数城市也是国家或区域政治文化中心。这些地区就是斯科特"全球城市－区域"模型中的相对繁荣并具有经济机会的岛屿，它们通过全球商品链或跨国生产网络和核心地区繁荣的全球城市－区域紧密地联系在一起。在东亚范围内，除了东京、新加坡、中国香港等世界城市之外的发展中地区，如北京－天津、上海－苏州－无锡－南京、深圳－东莞－广州－佛山等地，按全球价值链形成相对于发达国家或地区的低端生产制造区域，其核心城市则承担着全球部分高端金融管理、技术研发、法律、广告、会计等生产服务职能，并以其特有的集聚效应逐步吸引着其他世界城市职能的转移，从而逐步成为崛起中的世界/全球城市。当然，所谓的低端和高端在中心大都市并没有严格的界限划分，中心都市区也常常包含着低端加工制造产业，二者之间具有复杂的生产联系网络。崛起中的世界/全球城市一般属于生产服务集聚区、技术集聚区、文化集聚区等复合型空间组织，这是由于后起的全球化城市往往具有借鉴成熟的世界/全球城市发展经验的规划痕迹，其空间布局很多属于各种政策性产物，如经济开发区、高科技园区、大学科教城、创意园区或主题公园等。

在当前世界城市理论研究基础上，可以进行以下几方面的考虑。第一，全球城市－区域概念可以较为准确地表征具有生产服务、文化创意、技术研发、政治组织等多维度的世界/全球城市形态，从金融集聚区、技术集聚区、文化集聚区等的地理格局来看，无论是发达国家或地区的世界/全球城市的分散多中心式，还是发展中国家和地区的复合集聚式全球化城市，都显示出了全球城市－区域的空间形态。第二，世界城市网络揭示了部分信息化时代的城市（区域）之间的生产网络关系，但仍然具有不充分之处，如管理与生产的关系、生产与生产的关系及其他方面网络联系，特别是互联网的崛起对城市网络所产生的巨大影响。第三，在全球城市－区域概念和世界城市网络理论基础之上，世界/全球城市的界定需要开展多维度属性分析[①]（图3-6）。例如，对成熟的世界/全球城市可以采

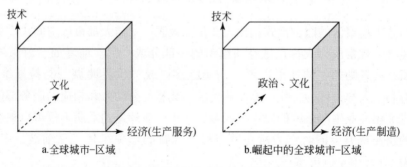

a.全球城市-区域　　　　　　b.崛起中的全球城市-区域

图3-6　以全球城市－区域概念表示的多维属性世界/全球城市

---

① 与此相似，哈佛商学院罗莎贝丝·M. 坎特将企业、城市或地区所达到的最高标准定义为"世界级"，并拥有三大无形资产，即创构力（concepts），指最新、最好的知识和理念；竞争力（competence），指任何时间或地点都能以最高标准营运的能力；联系力（connection），指最好的关系网络。她认为，城市只要集中力量培植其中一项资产，就能够成为出类拔萃的思想者（创构力）、生产者（竞争力）和商务者（联系力）。

用经济（金融）、技术、文化等维度，如纽约、伦敦、东京、巴黎、中国香港、洛杉矶和新加坡等之间的差异或区别，而对形成中的世界城市要注重政治、经济、文化等多维度属性的研究。

三、后现代大都市空间内涵

（一）后大都市空间形态特征

当大城市步入信息时代以后，城市内部空间进一步破碎化（fragmentation）或裂解（曼纽尔·卡斯特，2003）。一方面，由于人口、经济要素规模趋于扩大，在区域大范围内趋于集中的同时，在都市区范围内则呈现向外扩散的态势，甚至出现大都市连绵区；另一方面，正是因为信息基础设施水平提高、交通工具更加完备，无论是大都市区抑或大都市连绵区，在扩散的同时又出现了多中心发展的趋势。正如彼得·霍尔（2004c）所言，未来城市正浮现出一种新型的多中心空间结构，并由以下要素构成：①传统商业中心，从城市起源时就开始存在，大多数地方进行过重建，但保持着传统的街道格局和古老建筑，如伦敦城（city of London）、中心区（downtown）；②第二层次的商业中心，在20世纪以前的高级住宅区发展起来，如伦敦西区、巴黎16区，现在这些地方聚集着商务办公活动及娱乐文化活动；③第三层次的商业中心，即所谓的"内缘城市"（inner edge city），自1960年以来在城市重建地带发展起来的商业中心，与上述两种类型有一定差距，如巴黎的拉·德方斯、东京的新宿、柏林的波茨坦广场，这里集中着新的办公场所以及娱乐场所；④外缘城市（outer edge city），通常是围绕机场或在通往机场的主要轴线上；⑤最远的边缘城市，包括规划的新城或扩张后的城镇，吸引着大规模"内勤办公"活动的集聚；⑥专业化集聚区，一般具有广阔的空间，可以举办吸引大量人口的活动，如体育场馆、会议展览中心、主题公园等。

麦基（Mc Gee，2007）对发展中的东亚地区大都市空间组织形态进行了研究，他认同斯科特利用"全球城市－区域"概念对世界经济地理格局的新型空间社会形式的定义。他指出中国大都市区域同其他地区经济实体一样，在国家和国际水平上参与吸引经济交易活动的竞争，并通过创造良好的城市环境，如建设奥运会场馆、迪斯尼乐园、新机场、会议或会展中心、多功能媒体走廊等，以及城市更新与开发区建设，使该城市－区域更具有吸引力，但其中也涉及地方财政在中心城市与边缘区或农村的空间配置失衡问题。

李思名（1997）考察了20世纪80年代后香港作为世界城市崛起的过程中其空间形态所出现的变化，他认为中国的改革开放加速了香港的经济与空间的转型：①中心商业区扩大和用地强度深化，由传统的香港岛中环和九龙半岛尖沙咀向东延伸，如铜锣湾、湾仔、金钟等，并形成不同的金融机构、企业总部、文化娱乐及消费集聚区；②中心城市边缘的原工业区重构，由于工业内迁而出现工业大厦空置，如九龙半岛北部，但由于具有毗邻港口、机场和商务区的优势，传统工业区转型为混合有公司分部或开发设计职能的综合工贸区；③新市镇计划，由政府规划实施的居住和工作相配套的中心城市外围新城镇建设，但由于经济转型使得原有的规划目标落空，新市镇成为卧城，造成就业与居住之间的地理分离；④核心城区"绅士化"和社会极化的"双城"（dual city）现象，既涌现出像兰桂坊绅士化后的高消费及文化场所，也并存着失业、"笼屋"、居无处所的社会分化现象。

　　宁越敏（2000）认为20世纪90年代以来中国城市空间结构受市场经济和政府管制的双重制约。与全球城市纽约、伦敦和东京的CBD高度集中的生产服务业相比，上海出现生产服务业与办公楼空间相互错位的现象，这是由于土地利用受地方政府影响而使各地区商务楼宇均衡发展；同时，上海空间结构可以划分为以现代服务业发展为主的中心城区、以工业园区和大型居住区为主的通勤区以及新城模式的郊区等三种圈层形态，最终实现"多圈、多级、多核、多轴"的空间战略目标（宁越敏，刘涛，2006）。吕拉昌等（2006）对全球化和新经济背景下的广州空间结构进行了分析，指出广州空间形态逐步由"单中心增长模式—飞地发展模式—二元结构模式"向"多核心网络发展模式"转变，在这一过程中出现了许多新的空间要素，如高新技术开发区、保税区、大学城、大型居住区等，并多布局在老城区外围，形成新城，而服务型企业集中在老城区及天河新的CBD，制造型跨国公司分布于开发区。

（二）多中心大都市区空间组织

　　若将已经成熟的世界城市与形成中的全球化城市对比，其空间组织形态差别较大，这是由于西方发达国家的城市已经进入后工业时代，而发展中国家或地区的城市仍然处在转型期，因此，成熟的世界城市主要集聚着服务业及信息产业，工业制造区逐步成为淘汰或废弃的区域（zone of discard），而对于形成中的全球城市，技术研发及生产制造型空间正在以高技术园区和经济技术开发区的形式出现。英国政府伦敦事务部（GB Government Office for London，1996）通过对伦敦、巴黎、纽约和东京四个世界城市的研究表明，这些城市仍然集中着四种主要经济活动类型：①金融与商务服务，如银行、保险、法律、会计、广告和公共关系，以及建筑、土木工程、工业设计和时装设计等；②管理与控制机构，如国家政府和机构组织及主要机构（如跨国集团）的总部；③创造性产业和文化产业，如现场艺术表演、博物馆、美术馆、展览会、印刷和电子媒体等；④旅游，包括商务和休闲旅游（旅馆、饭店、酒吧、娱乐及交通服务等）　（彼得·霍尔，2004c）。但是，如果我们对以北京、上海为代表的崛起中的全球城市进行观察，可以发现这些城市除了聚集着主要的生产服务行业之外，还不断涌现出蓬勃发展的生产制造和技术研发区域，如北京海淀区中关村及上地信息产业园、上海浦东新区张江高科园和嘉定国际汽车城，形成"生产"与"消费"空间格局并存的城市形态特征。

综合各类型世界/全球城市特征可以发现，在这些城市中仍然保留着共同的主要空间元素，它们大致可以划分为以下几种类型（表3-4）：①生产服务集聚区，包括成熟的世界城市所拥有的生产服务行业，如金融、保险、会计、法律、广告等类型，也是国际性组织机构和服务型跨国公司总部的集中地，如纽约曼哈顿、伦敦金融城、东京新宿、香港中环、上海陆家嘴等；②高技术集聚区，主要指科研技术型及相应的生产制造型行业，如信息技术产业的研发及生产活动，这既出现在发达国家的世界城市中，如旧金山－硅谷、东京－筑波，也会在形成中的世界城市不断涌现，如台北－新竹、北京－中关村、上海－浦东张江等；③生产制造集聚区，一般属于发展中国家或地区的世界城市的边缘城镇，如毗邻上海的苏州昆山和深圳附近的东莞，发达国家的个别地区也会拥有，如美国西雅图和"阳光带"城市、日本丰田城等；④文化消费集聚区，包括中心城区的绅士化地带，以及都市外围的艺术展览馆、会展场馆、体育场地和大型主题公园等，如纽约苏荷区、洛杉矶好莱坞、香港迪斯尼乐园，以及北京的前门大栅栏、国家大剧院、奥运场馆，上海的"新天地"街区、苏州河创意园区及筹建的迪斯尼乐园等。

表3-4　后现代城市与区域的主要空间元素

产业空间	经济特征	空间区位	典型城区
生产服务集聚区	知识密集	大都市区中心	纽约曼哈顿、伦敦金融城、东京新宿
高技术集聚区	知识、技术密集	（①科研类型；②制造类型）大都市外围区或边缘城市	美国硅谷、奥斯汀；英国剑桥；法国科学城；中国台湾新竹
生产制造集聚区	技术、资本密集型	大都市区周边城市	丰田城、苏州昆山
文化消费集聚区	知识、劳动密集	绅士化城区、都市区外围	纽约苏荷区、洛杉矶"好莱坞"、中国香港"迪斯尼乐园"

相对于20世纪初期伯吉斯和阿隆索所分析的工业化时代城市，21世纪前后的世界/全球城市更具有后工业化特征，表现出信息化时代的"破碎化都市性"，即都市空间的片段化和网络的区段化（Castells，1996），更被有关学者称为独特

的后现代都市特征（Dear，2004；Soja，2006）。然而，发展中国家和地区的全球化城市则表现出信息社会中的"时空压缩"特点，兼有工业化时期空间形态和后工业化社会迹象，如麦基所提出的东亚地区大都市空间组织模型，工业区仍旧是城市形态的主要组成部分，由此，哈里斯（Harris）也重新修改了针对工业化时期的多核心城市空间模式，将其发展为城市－区域的边缘模式（Soja，2006）。

同时，仍然有学者阐释了这种大都市空间组织的多元化特性。石崧（2005）承接斯科特的"工业－城市"区位论，对新时期多中心大都市区空间组织进行了深入探索。他认为，随着多中心结构的发育，越来越多的生产活动逐步表现出功能专业化的趋势，反映在都市空间上就是多元化产业综合体的浮现，如新时期生产制造业的去中心化，以及越来越多的企业总部、生产服务、文化娱乐等部门呈现出较强的再区位态势。同时，劳动空间分工反映在更大的城市－区域范围内，则表现出同一层级城市－区域之间的水平空间分工，和不同层级的垂直空间分工，由此，形成一个内含多中心大都市区的全球城市－区域形态。可见，该理论模型确实反映了新时期大都市区的空间组织格局。

事实上，如果仍然基于工业化时代的线性分析理论来继续解释后工业化或后现代大都市空间组织的非线性特征，必然会造成理论与实际的"时空错位"，也正如后现代主义学者们所批评的，即他们越来越不认同任何运用统一的模式来概括相关事物的企图，因为后现代都市具有多元性或不可模式化的特征。

（三）后现代都市空间新内涵

自 20 世纪 70 年代以来，伴随着西方发达国家经济社会危机，以及新技术革命的爆发，现代城市空间开始受到两种力量的挑战：一种是对空间的重视由其自然属性向社会属性转变，另一种是技术空间或网络空间的崛起。其中，前者反对传统空间科学分析对社会重大问题的无能为力，后者则是解构或重构传统地方空间，形成新一轮"时空压缩"的城市发展方式。由此，城市空间开始进入后现代的历史演化进程，这也是后都市空间所具有裂解化、破碎化或片段化特征的原因所在。

1. 空间的社会属性：真实空间、想象空间和第三空间

法国社会学家列斐伏尔（Lefebvre，1991）对社会空间的辨析具有原创性，他将空间性与历史性、社会性并列于同等重要的地位，从而形成三元辩证法的本体论；他认为"空间中的生产"已经转变为"空间的生产"，即自然属性的空间向社会属性的空间过渡。列斐伏尔的"三位一体"概念包括三方面内容：①空间的感知，即精确的空间位置和一系列社会形态的空间特征；②空间的构想，表

现为知识与符号的内在联系，及其在空间中的概念投影；③空间的表述，包括社会生命体与物质空间之间的复杂的象征和体现。

传统城市研究所认识的空间一般属于自然属性空间，即可以运用自然科学工具精确测量与确定的空间，具有客观性和物质性，从而可以进行相应的规划或治理，并力图实现相关管制者或专业人员头脑中的设想蓝图，由此，后现代都市学家索亚（Soja，2005）将传统空间称为第一空间，或生活的空间（真实空间），而城市的计划设想则为第二空间，即构想的空间（想象空间）（图3-7）。其中，前者的认识论和思维方式统治着空间知识的积累长达数个世纪，如客观性的空间计量分析，而后者总是想方设法企图打破前者的统治地位，如利用艺术家对抗科学家或工程师，将唯心论代替唯物论，运用主观解释对抗客观解释等，从而实现构想的空间，如《理想国》、《乌托邦》和《田园城市》等，以及地理学领域出现的结构主义地理、行为主义地理及历史演化地理等。

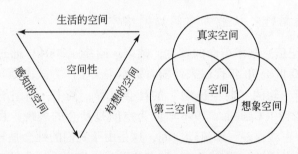

图3-7　空间社会属性的三元认识论
资料来源：Soja，2005；杨哲，2007，图3。

同时，索亚认为尽管第二空间有利于加深对第一空间的认识，但是那些掌握第二空间认识的群体具有相应的话语霸权性，会造成空间认知的错觉或理想化的拔高，如所谓的建筑或规划大师及来自唯心主义哲学的空想等。由此，索亚承接列斐伏尔对空间的表述相应提出了"第三空间"，这也是众多带"后"字的理论（后现代主义、后结构主义、后马克思主义等）对空间的认知，并具有多元化的包容性，即包括城市各类群体对城市的表述，如文学者、摄影者、电影批评者、社会学者及女性主义等所感知的空间。

20世纪60年代前后，建筑与城市规划学者凯文·林奇（2001）从美国三个城市着眼，即波士顿、泽西城和洛杉矶，讲述了城市众多角色对空间的认知，如统治者与被统治者对城市的表述、富人和穷人对空间的认识，以及不同行业工作者的空间表述等，从而创造性地提出了"城市意象"（the image of the city）。弗里德里克·詹姆逊指出这种方法将个体的情境性表象同宏大的社会整体结构的非表象性总体性连接在一起，从而使个体更清醒地意识到自己在全球体系中所处的位置（Dear，2004）。由此，后现代都市特征表现为民主性或平等性，传统的等级统一的空间模式将会泯灭，城市民众群体感知中的空间逐步变得更为重要①，后大都市就是一个既多元化又个性化、既有民主性又有独立性的社会空间，而索亚的"第三空间"也是迎合这种后都市发展的产物。

事实上，城市空间就是由真实的、想象的和认知的三种城市空间相互交叠而成的，同时，每种空间都是必不可少的，正是由于城市同时具有这三种类型空间，才显示出了后都市空间内涵的丰富多彩。迪尔（Dear，2004）将索亚的空间意义概括如下：第一空间强调分析性、客观性知识的积累，趋向于赞成正式的空间科学；第二空间涉及假设的或想象出的地理，它是具有创造性的艺术家、哲学家、乌托邦者等人进行解释的场所；第三空间描述一种从"对第一空间和第二空间的二重性和谐的解构和探索性重构"（Soja，2005）中得出的可变空间，重新探讨和思考新的可能性。

2. 空间的技术属性：从地方空间到网络空间

针对20世纪信息技术革命的发生，戴维·哈维（2004）通过对时间和空间的思考，认为20世纪70年代以来伴随着资本主义生产方式由福特主义转向灵活积累，导致了新一轮的"时空压缩"的社会过程，其中，新组织和新技术起到重大作用。卡斯特（Castells，1996）认为空间是社会的表现，目前，一种新的空间形式和过程正在浮现，即流动空间，这是由于我们的社会是环绕着流动而建构起来的，如资本流动、信息流动、技术流动、影像流动、象征流动等，流动空间就是通过流动而运作的共享时间之社会实践的物质组织。同时，更有学者提出"地理的终结"或"距离的死亡"（Cairncross，1997）等观点。由此，有关地方空间与网络空间的互动代替成为众多学科领域讨论的热点话题。

建筑与城市规划学者威廉·J. 米切尔（1999）指出信息技术的发展对城市的概念构成了挑战，而且将会重新定义信息网络中的城市，因为计算机网络将像街道系统一样成为都市生活的根本，经济、社会、政治及文化活动转移到了计算机化空间中，由此可以相信未来我们不仅居住在由物质所构成的现实空间中，同时也栖身于由数字通信网络组建的"软城市"中。同时，米切尔将网络社会中的相关概念界定为两极分法，如空间/反空间、物质/非物质、同步/异步等，但并没有对任何一个概念进行深入探讨。

与之相比，卡斯特（Castells，1996）将"流动空间"的支撑分为三个层次：

---

① 如简·雅各布斯（2006）在《美国大城市的死与生》中表达了对传统城市规划的质疑，她认为传统理论观念都与城市的运转机制无关，对城市的运转机制缺乏研究，缺乏尊重，城市是成为牺牲品的。同时，她通过亲身观察提出了城市的本质特性，以及城市规划和重建的新原则。

①由电子交换的回路所构成的物质支撑，这相当于工业社会的"城市"或"区域"，信息社会的支配性功能的空间接合发生在由信息技术设施所导致的互动网络里，通信网络是基本的空间样貌，而地方的逻辑和意义被吸纳进网络；②由节点和核心所构成的电子网络，流动空间奠基于电子网络，这些网络连接着特定的地方，而节点和核心是地方在网络中所处的地位；③占支配地位的管理精英的空间组织，他们操纵着使这些空间得以接合的指导性功能，尽管流动空间不是社会中唯一的空间逻辑，但流动空间依然是支配性的空间逻辑。

通过对诸多理论文献的分析，汪明峰和宁越敏（2002）认为互联网本身就是一种复杂的多层组织，在研究中需要分解处理，网络空间或电子空间在很大程度上根植于物流空间和场所，并经常纠缠在一起，但二者之间仍存在明显的差异。甄峰（2004）则将网络与地方空间的相互作用划分为三种类型空间，即实空间、虚空间和灰空间，其中，实空间即为传统地理学意义上的物质空间，虚空间指相对于实空间的虚拟空间，而在实空间和虚空间之间存在着一种灰空间，它是虚空间和实空间相互影响和融合所形成的过渡性空间。

基于以上对地方空间和网络空间的各种认识，可以提出由于信息技术的作用产生了三种空间形态：①地方空间，即为基于传统意义的自然和社会空间的相互作用所形成的城市空间，这是虚拟网络空间产生的基础；②网络空间，指通常意义上的由计算机和网络通信技术生成的虚拟空间，常常表现为真实的地方空间的映照，但却不受边界的限制和固定地点的约束；③复合空间[①]，该类型空间突破真实/虚拟的传统二分法，并与地方空间和网络空间具有交集，但拥有更大的包容性，这也是后大都市中最为常见的空间类型。

3. 后都市空间新内涵：自然、社会、技术的三维辩证关系

从人文地理学的演进来看，其空间内涵出现了几次转向，先后经历了"区域差异—空间分析—社会理论"的发展阶段，并使空间具有自然和社会属性相统一的内涵（石崧，宁越敏，2005）。然而，技术对后现代都市和区域的影响逐步显示出强大的力量，尽管技术空间根植于自然与社会空间之上，受到真实空间的限制和约束，却与后两者具有明显不同的特征，从而也增添了后都市空间的新内涵。

卡斯特（Castells，1989）在《信息化城市》中指出技术革命正在改变着人类生活的基本范畴：时间和空间，高技术工业成为一些地区的新经济增长动力，然而信息技术对城市社会所产生的影响将因二者之间的相互作用而有所不同，同

---

① 张楠楠和顾朝林（2002）曾提出"复合式空间"，但其采用空间的二分法，由此与本书所指并非一致。

时它们之间的相互作用也导致新的媒体的产生和使用，由此也促使"流动空间"的发现。事实上，卡斯特观点可以概括为"技术－社会－空间"的辩证关系，或称为"社会技术空间统一体"（甄峰，2004）。在地理学领域，伴随着新自由主义意识形态的复兴、新技术革命的发展和资本主义经济向弹性积累模式的转变，一些地理学家认为资本主义的空间和地方，同时也是一个社会化、制度化、技术建构、文化建构甚至是论说建构的产物（苗长虹，魏也华，2007），如针对技术革命与组织变化、区域发展的关系，斯托波（Storper，1997）提出了"技术（空间）－组织（空间）－区域（空间）"三位一体的新思维框架，并认为技术变化是区域经济发展的根本动力，而组织或制度影响着技术创新的行动能力。

如果说列斐伏尔的后马克思主义理论开创了都市空间的社会属性分析，那么让·波德里亚（2001，2008）则认真思考了技术或媒介对后都市空间的影响，并宣告了与以"生产"为中心的马克思主义的决裂。他认为后现代社会是一个消费社会，同时也是一个超真实（hyperreality）的世界，其中，娱乐、信息和通信技术所提供的经历比乏味的日常生活景象更紧张、诱人，超真实的领域（如现实的媒介仿真、迪斯尼乐园和其他的娱乐公园、商业区和消费天堂、电视体育运动和其他向着理想世界的旅行）比真实更为真实，但是也凭借超真实模型控制着社会的思想和行为。同时，马歇尔·麦克卢汉（2000）也提出了"媒介是人的延伸"、"电子媒介即是中枢神经系统的延伸"、"媒介使人自恋和麻木"等观点，并将媒介理论投射到互联网，较有预见性地提出"地球村"的概念，后来的技术发展也验证了"意识的延伸即为网络空间"的观点。后都市主义学者迪尔认为这种物质/虚拟世界就是所谓的后现代超空间，但是在其中我们并不能够确定它的坐标，也可能会永远找不到，或者说后现代就是一个没有界限的空间，然而其仍然肯定存在于某个地方，这是由于虚拟现实的建立仍然需要一定的根基，无论未来如何，后现代城市主义都将牢牢根植于存在着尖锐的环境危机的真实世界之中（Dear，2004）。

由此，本书尝试性地提出后都市空间内涵的三维属性，即自然、社会和技术（图3-8），其中，自然空间是城市研究较为传统而又古老的课题，它是城市产生的原始基础；社会空间则伴随着城市的形成而出现，也是城市分析的主要话题，但其系统性研究的源头衍生于自然科学；技术空间根植于社会空间和自然空间，并受到二者的限制和约束，从而使得技术空间并非均衡的地理分布，但是它在现代或后现代社会的"生产"或"消费"过程中具有重要的影响作用，并成为自然空间和社会空间的"流动空间"或虚拟映像。

实际上，自然、社会和技术也仅仅是空间属性的概括性总结，在每一个维度之下还存在着多元化的属性空间，特别表现在针对都市生活的社会和技术空间

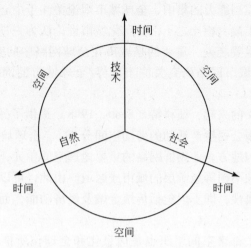

图 3-8 空间的自然－社会－技术三元属性

中，如社会空间存在着各种复杂的经济、制度、文化、意象等不同属性的空间类型。技术空间则既包括传统交通或新兴通信的"流动空间"，这种空间对于城市新经济发展具有重要的意义，如基于信息网络技术崛起的信息化城市，可以成为"流动空间"中的主要枢纽节点，从而实现向全球城市的跨越。同时，技术空间也包括依据自然空间和社会空间所产生的想象的虚拟空间，如在这种模拟空间中，人们的行动可以脱离时空的限制进行无拘束的活动，诸如各种计算机虚拟网络游戏或基于鲍德里亚哲学的《黑客帝国》所表现出的虚拟世界，但实质上却是一种思维意识的虚幻自由，但它可以再现已经毁灭的真实空间或各种想象空间。

四、小　结

本章展示出自 20 世纪初期以来社会学家、经济学家、地理学家等对城市与区域的研究。其中，社会学家习惯于发现城市空间表象的变化，并探索"空间"演变背后所存在的经济社会原因；经济学家关注企业及产业活动的经济学规律，从而推导出城市与区域的理想形态；地理学家则往往从空间研究及规划的实用性角度出发，借鉴经济学及社会学分析理论，为城市与区域发展提供良策。

在信息化和全球化背景下，受跨国公司经济活动的全球化影响，不同的地理空间正在发生着剧烈变化，如包括成熟的世界/全球城市，崛起中的全球城市－区域，以及大批等待发展机遇的中小城市。世界/全球城市研究均将跨国公司控制总部、全球性服务公司作为重要的分析对象。其中，世界城市理论强调跨国公司总部对全球经济控制能力的集中，全球城市理论关注于中心城市的全球性生产服务及创新功能的扩散。相比之下，信息化城市理论认为先进服务活动空间系统的集中与扩散并非重要之处，重要的是城市在全球网络中的变通能力（versatility），而其后的世界城市网络研究关注于世界/全球城市的网络连接度及全球连通性。

随着新区域主义的兴起，斯科特（Scott，1998）提供了另外一种独特的分析视角，即着眼于跨国公司生产活动的劳动空间分工。"全球城市 – 区域"是容纳跨国公司生产网络与地方企业集群网络的重要地理空间单元，并可以包含更多类型的产业活动部门及不同等级阶层的城市或区域。由此，可以归纳出全球城市 – 区域所具有的三维属性，即不但包括传统金融及经济功能，而且具有技术和文化维度。

同时，后现代大都市空间组织也是信息化和全球化所推动的结果。企业总部、生产服务部门趋于都市边缘区或中小城市迁移，都市新 CBD、工业区、高技术区、主题公园及大型基础设施等成为都市空间的重要组成部分，从而形成大都市区的多中心结构，并通过发达的信息网络设施实现对经济活动全球化分散的控制和联系，这也为发展中的部分城市或区域提供了良好机遇。

最后，本章归纳出后现代都市空间的内涵，主要包括自然属性、社会属性和技术属性。其中，空间的社会属性正在被国内外学界重新发现，并日益受到重视，这对于分析深层次的城市经济社会问题具有重要意义。技术空间随着信息化时代新经济的崛起而逐步凸显，并成为城市的新"区位机会窗口"（汪明峰，2007）。在城市内部，空间的技术属性也正在重构现实中的真实空间。

第四章

企业空间组织与城市－区域形态

长期以来，国内外的企业地理和城市地理大致走着两条不同的研究路径，这是由于各自所面对的研究对象不同而形成的。然而，如果我们深入到学科研究对象的内部，将会发现它们具有共同关注的对象，即"空间"。流行于 20 世纪 80 年代前后的劳动空间分工理论，就是这样的一种分析工具。本章首先从不同领域学者对"企业组织和地理空间"相互结合的观察视角出发，把企业空间组织发展变化和城市与区域形态的重构进行紧密联系，从而构建出一个"全球城市－区域"形成的分析框架；其次，分析企业组织的核心单元——总部的区位特征，揭示其宏观区位布局，并归纳出企业总部区位选择机制的分析框架，以及城市微观区位的一般模式。

一、企业组织与地理形态的结合

（一）从海默模型到全球生产网络

继从微观经济角度着手解释企业的跨国生产活动之后，海默（Hymer, 1972）首次探讨了跨国公司组织结构与其所处的地理空间的相互关系，特别是专注于跨国公司内部空间组织的研究，提出跨国公司内部的劳动空间分工是否可以相当于国际劳动分工的问题。他将钱德勒的企业组织等级理论与韦伯的区位理论相结合，试图总结出企业组织与地理形态之间所存在的对应关系（图 4-1）。这就是跨国公司不同分支机构的区位具有可以辨认的等级空间布局，如公司总部倾向集中于少数主要的大都市中心，区域性分部机构布局在范围稍广的城市，而生产单元在发达国家和发展中国家内部以及国家之间分散布置。

1979 年，地理学家麦茜提出了"劳动空间分工"的概念，其后，她注意到大型跨国公司在加强空间组织意识和社会生产过程中的作用越来越重要，由此阐述了生产关系空间组织的三种可能形式：①具有集中的空间结构、有自主权的单一区域型公司；②采用多分支公司的总部－分厂结构型公司；③采用分部空间结

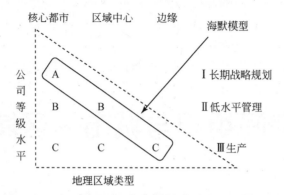

图 4-1　融合钱德勒企业组织与韦伯区位论的海默模型

资料来源：Hymer，1972，转引自彼得·迪肯，2007，图 8.15。

构的跨国公司。其中，每一种企业空间组织都暗示着不同形式的地理差异和不平等性，如不同的区域具有不同的功能（组织、研究、生产等），也拥有不同的统治或隶属的区际关系（Massey，1984）。

20 世纪 80 年代，管理学家迈克尔·波特（2005）提出了价值链理论。依据产品价值链分工理论，企业的价值活动可以划分为总部、R&D、产品设计、原料采购、零部件生产、装配、成品储运、市场营销及售后服务等环节，每一个环节都具有不同的地理空间内涵。一般来说，在大都市区范围内，中心区集中了企业的总部、研发、设计、营销、技术服务等功能，郊区侧重于高新技术和先进制造部门，而外围城镇地区发展一般制造加工组装等产业。

可以看出，海默模型、麦茜的劳动空间分工和波特的价值链，在对地理空间的重视程度上具有一定的相似性，但其学科出发点差别较大。其中，海默关注的是跨国公司空间组织，麦茜的理论属于政治经济学研究取向，而波特的价值链理论是出于产业组织的管理学观点。尽管海默将跨国公司的经济活动进行了简单化处理，但确实描绘出了企业组织所处环境的地理形态状况。目前，跨国公司组织经济活动已经呈现出网络化的格局，核心大都市区既聚集着大量的公司总部，也布局着低层次的控制性及生产职能部门，而边缘区域同时也具备二级管理控制功能的公司组织，即现实中的城市－区域形态是由不同比例的企业组织的经济活动相互作用而成的。

与此同时，科恩（Cohen，1981）从宏观层面的新国际劳动分工的角度来解释跨国公司经济活动与世界城市体系的对接关系，他将新国际劳动分工中产业的转化分为三种形态：①世界不同地区的企业以合资或独资的形式构成以制造业为基础的国际劳动分工；②国际服务业的全球化导致的服务业世界分工和地方集资；③国际金融体系的形成使得国际资本流通直接与国际制造业公司、多国银行等接轨，从而进一步促进跨国公司制造业和贸易体系的全球扩展。所以，科恩将跨国公司组织与世界城市体系进行联系，并认为新国际劳动分工是沟通两者的重要桥梁，全球城市就是新国际劳动分工的协调和控制中心。

"在过去的50年中，贸易流变得非常复杂，核心与边缘地区以广泛的劳动分工为基础的直接交换，已经转变为一个高度复杂的、万花筒式的结构，其中包含了很多生产过程中的片段，以及它们的全球尺度的空间再配置，并穿透了国家边界。"（Dicken，2003）目前，跨国公司生产网络要远比等次、层次分明的企业内部组织更为复杂，这种国际化生产网络既具有对国家界限的突破性，也拥有对地方空间的嵌入性（图4-2）。

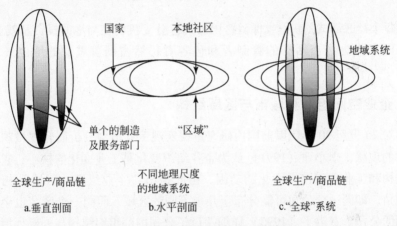

图 4-2　全球化经济中相互关联的侧面

资料来源：Humbert，1994，转引自彼得·迪肯，2007，图2.9。

在全球范围内，跨国公司活动可以超越国家界限进行投资生产，这也是传统理论所关注的要点，他们在世界范围内具有一条完整的生产链或商品链系统。同时，这些生产活动又具有不同的空间尺度，包括全球、区域、国家或地方，并受到地域各种经济活动因素的影响，如政治制度、经济体制、社会文化等。特别是本地化企业集群与跨国公司生产活动相互结合，从而形成相应的企业组织的地域空间形态，或者一个地方的"组织生境"（图4-3），而这些地方的企业及其本身也都被连接到全球生产网络之中。

在全球化与地方化过程中，共发生了四种主要关系的连接：①企业内部不同分支机构之间的关系，每个分支机构均竭力维持或提高它在组织中的相对地位。②企业之间的关系，指相互独立且部分重叠的企业之间的关系，这些企业的商业网络是供需交易和其他企业间交易的一部分。③企业与地方的关系，即企业与地方均分别试图从所根植的社区和本地化经营中获取最大化的利益。④地方与地方的

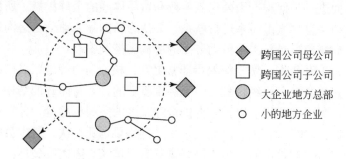

图 4-3　一个地方的"组织生境"

资料来源：Amin，Thrift，1992，转引自彼得·迪肯，2007，图 8.16。

关系，每个社区都试图获得或保留跨国公司各分支机构在当地的投资及就业机会。其中，国家作为经济活动的管制者和包容者仍然占据着重要的地位（Dicken，2003）。

（二）企业空间组织和城市与区域结构

针对 20 世纪 90 年代以前国内研究重视宏观工业结构分析而轻视微观企业组织探讨的现状，李小建（1991）认为企业组织变化是工业变化的核心，它是引起工业结构和工业空间格局变化的动因，由此提出"企业组织－区域"相结合的研究视角，即同一个公司可能分布于几个不同的区域，而同一个区域也会拥有几个不同的公司。费洪平（1995）详细探讨了公司内部组织结构与外部环境相互作用的关系，并总结出公司不同单元所对应的地理区位模式。他认为地理空间对现代企业组织结构的形成具有十分重要的作用，现代企业组织在实施特定战略和采用特定组织结构过程中，产生了一种新的而又复杂的地理分布，从而使大型多厂公司的地理结构远比分工结构的含义更为复杂。同时，他针对企业组织等级结构层次阐释了相应的一般地理区位特征，如总部单元位于母国的主要大城市，分部或区域性总部位于国外的关键的大城市中心，而生产单元广泛分布在最低成本或市场潜力巨大的区位上。这是由在交通及通信技术的作用下，企业组织不同等级部门的职能特点，以及其所对应的地理区位条件所决定的（图 4-4）。

同时，李小建（1997）提出了跨国公司－区域综合分析方法，他认为跨国公司内部拥有三种联系系统，即生产链系统、所有权系统和组织关系系统，而区域空间结构具有相应的等级体系。由此，跨国公司投资企业或机构成为二者相互结合的关键部位，区域系统可以通过与跨国投资企业联系，介入全球生产系统，跨国公司则通过投资企业与当地区域系统进行联系，这两类系统活动均离不开地理空间，这样就可以构建出一个"组织－空间"等级关系模型，如海默模型。

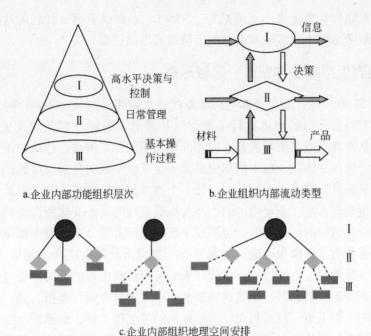

a.企业内部功能组织层次　　　　b.企业组织内部流动类型

c.企业内部组织地理空间安排

图 4-4　多厂企业内部各运营单位的地理安排

资料来源：费洪平，1995，图 1。

进入 21 世纪以后，国内学界出现了将全球生产网络理论引入大都市区空间组织的研究，从而为经济地理和城市地理的相互结合提供了新的分析视角。例如，李健（2010）认为，全球生产网络正在按照价值链曲线规律，将不同经济活动环节在城市空间进行地方镶嵌，各个价值区段的地方集聚形成相应的产业综合体，从而组合为一个包括 CBD、科技园区、副中心、工业区等单元在内的多中心大都市空间结构。在理论分析与实证研究方面，该研究发现了新时期城市空间结构的一般规律，即劳动空间分工所起的决定性作用。

二、从企业空间组织到全球城市－区域形成

当今世界上存在并行不悖的两种生产系统。一方面，生产要素在全球范围内流动，形成全球生产系统。跨国公司生产组织活动的每个环节都有不同的区位偏好，如研发活动位于发达的大都市区、大学或科研机构密集区，生产活动大量转移到城市边缘区、本国劳动力丰富且工资较低区域或第三世界国家和地区，这就是全球生产系统的形成机理。另一方面，生产要素在本地范围内流动，形成地方生产系统，这依赖于同种产业或相关产业的企业在本地有机地集聚在一起，通过

不断创新而赢得竞争优势（王缉慈等，2001）。本章以下部分就利用这两条理论线索来理解全球城市－区域和全球城市网络的形成过程。

（一）地方生产系统与城市－区域形态

20 世纪 80 年代，新的产业空间学派代表人物斯科特（Scott，1988）从企业组织角度对城市形态的演化进行了探讨，并提出了独树一帜的"工业－城市"区位论，从而将企业组织与大都市内部区位关系进行了关联。他认为正如企业的出现是由于纵向一体化，城市的形成来源于企业组织纵向分解及由此产生的联系网络。按照斯科特的观点可以认为，任一个地点的区位优势，与其说是先天给予的，不如说是资本主义企业内部的生产与组织机构的动态变化所产生的，而发达国家跨国企业组织的区位扩散，也形成了新的国际劳动分工，整个城市体系被少数几个全球城市、国家中心或次国家中心所支配而重新构建（宁越敏，1995a）。同时，斯科特考察了 20 世纪 70 年代以来北美和西欧出现的新的产业空间，这是灵活生产系统形成的原因，他将这种新的产业区划分为两种类型，其一是传统制造业区内的一些飞地，包括都市区内部复兴的工艺型工业，如服装、家具、珠宝等，以及都市郊区的高技术工业综合体，如波士顿 128 号公路工业综合体；其二是资本主义工业化过程中的地理边缘区，如美国的"阳光带"和欧美的第三发展区（Scott，1988）。20 世纪 90 年代末，斯科特又用这种理论工具解释了"全球城市－区域"的空间形成逻辑，并在其中将当前的经济形态分为两种：高度常规化的生产制造和灵活积累型的科技及生产服务，而全球城市－区域形态正是这两种经济活动的主要集聚地（Scott，1998）。

1989 年，社会学家卡斯特（Castells）的《信息化城市》一书出版，其中分析了新信息技术与城市－区域化过程的关系，并提出"技术－社会－空间"三位一体的理论框架。他认为，城市和区域空间结构的变化来源于信息化发展模式（社会－技术组织新模式）和资本主义重组（社会经济组织模式），特别表现在 20 世纪 70 年代以来的新科技和新产业空间方面。同时，卡斯特较为强调少数地区所拥有的创新环境的重要作用，他将具有创新环境的都市区划分为几种基本模式，如以旧金山－硅谷、波士顿 128 号公路沿线为代表的具有内部自我运行系统的创新环境，以洛杉矶－奥兰治县、菲尼克斯或达拉斯为代表的政府或国防产业相关的产业空间，以纽约－新泽西为代表的大公司内部创新环境等。

20 世纪 90 年代，以克鲁格曼为代表的主流经济学家，以波特为代表的战略管理学派也相继关注区域内产业集聚现象，区域内产业集聚现象引起了他们的研究兴趣。在产业集聚与城市形成的相互关系方面，三个学科都对之做出了不同的阐释。其中，新地理经济学基于规模报酬收益递增、不完全竞争和运输成本等一系列假设，通过复杂性理论模型推理，从中得出了城市形成的原因。管理学派主要是看到了产业集聚对于提升城市－区域或国家优势竞争力的作用，利用管理组织理论说明了集聚与新公司形成、创新以及竞争力的相互密切关系，而这些经济活动的发生都具有一定的空间区位，即城市和区域。经济地理学家斯托波（Storper，1997）不但提出了"技术－组织－区域"三位一体的区域研究框架，而且还创造性地提出生产系统的"地域化"概念，这是指在经济活动的活力完全依赖于本地关系的情况下，就可以说这个经济活动是完全地域化的，这种经济活动在其他地区或区位是无法模仿和替代的，与此概念相对的是"国际流"。斯托波认为，地方生产系统一般都处于地域化程度的高低和国际流程度的强弱交叉分布之中，全球经济即由地域经济和流动经济互动而成的生产系统。

中国学者王缉慈等（2001）对企业集群和区域发展的关系进行了详细的梳理，既探索了全球化和信息技术革命背景下的区域，如全球化与本土化、技术－组织－区域等，也阐释了地方生产系统的来龙去脉，如产业联系和生产链、地域化和国际流等。同时，她认为企业是区域的细胞，企业生活的背景是产业部门和城市－区域，对企业集群的分析要从"企业－产业－地方"三维角度着手（王缉慈，2008）。苗长虹（2006b）认为，在区域发展过程中，全球化和地方化的关系在不同的区域、同一区域的不同发展阶段，有不同的相互作用强度和相互作用关系，全球化背景下经济发展的空间不平衡性更加凸显了地方化因素在资源流动中的"黏结"作用。他认为，学习创新是产业区内生增长和竞争力提升的根本来源，而学习型区域的培育发展取决于四个方面，即生产体系及其社会生产体制、制度及协调机制、地方生产网络和全球生产网络，并可以构建出一个四位一体的产业区分析框架。

（二）全球生产网络与全球城市网络

当前的劳动分工理论已经转向了新国际劳动分工背景下的产品价值链分工，这是由于跨国公司基于每个生产细节成本最小化的考虑，借助信息网络技术在全球范围内的建设，使生产环节突破国家空间限制进行全球化布局。产生于20世纪的世界/全球/城市理论研究，大多都是构建于新国际劳动分工理论基础之上的，从而导致其研究对象局限于世界城市体系顶端的全球城市。但事实上，劳动分工的国际化和细节化不仅仅涉及这些所谓的世界城市，而且也时刻影响着全球化范围内的二级大城市或中小城市。所以，全球生产网络、全球商品链或全球价值链理论开始成为分析世界城市（区域）形成的理论工具，然后逐步重构了传统的世界城市体系。

波特较早发现了价值链理论，主要是注重企业竞争优势的提升。同时，霍普金斯（Hopkins，1986）也注意到这一概念，该概念后经杰瑞弗（Gereffi，1994）等完善发展成为全球商品链理论。迪肯（Dicken，2000）认为，价值链也可以称为生产系统，价值链研究中两个最重要的因素是价值链的全球组织和空间布置，最终形成网络化的生产系统。目前，全球商品链理论已经成为解释经济活动全球化的有效分析工具，但还没有运用到世界／全球城市和世界城市体系理论研究方面。由于全球化背景下的世界城市形成是和全球城市网络密切相关的，国内学者周振华（2006b）指出，传统主流的世界城市研究主要是关注全球化对全球城市形成所产生的直接作用，而忽视了全球城市网络的中介力量，也导致其研究对象缺少了多数大中小城市。由此，全球生产网络促使全球城市网络的形成，而非传统的全球城市的网络，这样就可以将发展中国家的世界城市或潜力型的大中小城市纳入理论分析框架，从而解释世界城市或世界城市的形成过程。

全球贸易、国际金融、外国直接投资和跨国服务业的迅猛发展促进了全球生产系统的形成。在全球生产体系中，生产力在一定程度上集中在全球范围内各个产业区中，并通过跨国或跨地区活动的企业和机构，特别是跨国公司的生产、服务和分配网络紧密联系在一起（苗长虹，2006b）。尽管泰勒的世界城市网络研究采用了全球性服务业公司的空间组织网络，来探索世界城市之间的网络关系，但由于受其公司规模大小或服务范围的限定，也仅仅能够关注具有高等级生产服务功能的世界城市，而将包括在全球生产网络之中的二级城市或中小城市及区域排除在外，这样也就无法判断这些城市在全球城市等级体系中的地位。

考虑到许多中小城市或区域往往具有生产制造功能，而生产服务能力相对弱小，但它们的生产制造活动往往是和跨国公司的全球运营紧密地联系在一起的，即跨国生产网络也影响着这些中小城市的发展前途。所以，可以采取典型性制造业公司的空间组织网络，来衡量大中小城市之间的联系程度。这样不但能够将位于全球城市体系顶端的世界城市包括在内，而且也容纳了处于全球生产网络之中的许多中小城市。由此，根据这些城市在全球城市网络中的地位，来推测它们在全球经济体系中的活跃程度。

综合以上分析，我们可以借助跨国公司空间组织或企业之间的相互联系，即全球生产网络，来促进全球城市网络的形成，从而推动那些处于全球网络中的城市与区域的崛起（图4-5）。一般来说，跨国公司内部空间组织联系相对易于表征，而企业之间的活动关系则难以描述，这就明显增加了全球城市网络研究的难度。本书认为，借鉴世界城市网络研究方法，可以采用具有一定规模实力的制造业公司空间组织来进行分析，其空间组织分为两种——单体型和多体型。前者可以直接利用企业总部来进行表示，后者则具有公司总部和位居多个不同城市或区域内的企业。因此，若判断城市（区域）的等级体系地位，可以直接利用公司总部数据来进行分析，而要测定城市在全球城市网络体系中的联系程度，就要运用跨国公司或地区性公司的空间组织网络进行解释。

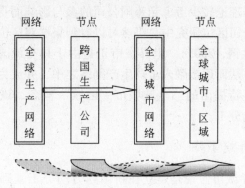

图 4-5　基于跨国公司生产网络的全球城市网络的形成

（三）全球城市－区域形成的理论架构

　　"空间"和"地方"是人文地理学长期的主要研究对象，它涵盖了诸多区位环境因素，即之所以是这里而不是其他地方的特殊性。传统的核心－边缘理论和新国际劳动分工理论就赋予了世界/全球城市特定的区位内涵，即世界或全球城市总是位于世界体系的核心地带或国际分工中的发达国家，这也是那些少数城市可以成为世界或全球城市的主要原因。随着全球化和信息化的推进，当跨国公司按照价值链规律突破国界而自由地进行全球生产布局时，传统的国际分工格局将被打破，并从中开始浮现出两个问题：①区位是否还很重要？②国家地位是否下降了？这对解释世界城市的形成也至关重要。

1. 区位与集群的重要性

　　20 世纪 80 年代，波特相继推出了"竞争三部曲"。当学术界开始将"竞争"作为热点概念进行研究时，却往往忽视了其中所蕴藏的分工和区位的丰富内涵。上文已经提到了波特的"集群"和"价值链"两大概念，由此可以通过集群解读区位空间的特殊性，以及利用价值链来阐释劳动分工的细化。波特曾利用"钻石体系"构建出企业集群的区位竞争优势模型，并认为传统观念中区位不重要的想法完全不利于提升企业或公司的竞争力，而那些具有竞争性的企业并非均匀分布，集群的存在更表明公司的竞争优势存在于其外部的区位之中，而区位的特殊性也并没有因为信息化作用得到完全改变（迈克尔·波特，2002）。事实上，波特的"集群"理论不但得到了人文地理学家的认可和深入研究，而且他们也认为区位在全球化时代的经济发展中显得更为重要。

同时，在世界城市形成中，除了地方生产系统或产业集聚是促使城市产生的原因之外，跨国公司在全球范围内进行区位选择时，也往往考虑到产业集群的因素。由于波特的集群理论较少考虑到跨国公司的参与影响而受到一定的批评，但在其后的有关跨国公司区位研究中，仍然可以看到集群对区位选择所产生的主导作用（薛求知，任胜钢，2005）。世界城市正是由于具有跨国公司所能进行生产与管理的区位空间，从而逐步融入全球生产网络之中，并成为全球城市网络体系中的一员，正如斯科特提出的"全球城市－区域"概念，该空间形态恰恰体现了全球价值链的劳动分工。

2. 国家地位的上升或下降

弗里德曼的世界城市假说是建立在新国际劳动分工基础之上的，而萨森的全球城市研究则完全突破了与腹地的联系及国家范围的限制，随后卡斯特的"流动的空间"重塑了传统的"地方空间"概念。这些是否可以表明国家的地位正在下降？著名管理学家大前研一的《无国界的世界》一书于1990年出版，他认为跨国公司事实上乃是为世界各地的消费者服务的，而顾客才是真正推动公司在多国开发、制造和销售产品的力量，而这种推动力量也促进了一种无国界的经济。特别是随着以美国、日本、欧洲为核心的铁三角经济区的浮现，以及新加坡、中国台湾和香港的崛起，传统的边界逐步模糊。

然而，波特在《国家竞争优势》中提出，基于从价值链中所能够找到的具有竞争优势的产业环节，国家环境仍然对该产业环节竞争力的提升具有重大促进作用。一方面，根据传统国际分工理论，国家的天然条件仍然有助于增强企业的竞争优势，如东南亚新兴工业化国家较为低廉的劳动力资本，新加坡独特的区位条件；另一方面，随着初级生产要素的没落，竞争力较强的国家仍有利于创造新的生产要素，包括国家所采取的战略和政策，各国不同的国内需求市场也可以培育出具有竞争力的企业或产业，如挑剔的客户、迥异的文化、有差别的地理条件等。同时，波特指出该竞争优势理论也可以应用到不同的空间层次，如城市和区域（迈克尔·波特，2002）。从中可以发现，竞争优势理论所蕴涵的空间思想正是突出了"地方"的重要性，即企业或公司的发展仍然和不同层级的"地方"息息相关。这与经济地理学所关注的区位理论具有一定的相通性，正如迪肯（Dicken，2003）所说："我赞成波特的主张，即竞争的全球化似乎使国家不再重要，但实际上可能恰恰相反。"

3. 全球城市－区域形成的理论框架

通过以上分析，相对于主流世界城市研究，波特通过对企业的经济活动研究所揭示出来的国家的意义也许更为可靠。这是因为主流传统更多的是建立在宏观分类产业的经济分析基础之上的。同时，随着经济活动的全球化，国家要素作用较之以前已经有所下降，如经济决策权开始下放到地方城市，当地政府开始掌握更多的城市发展权力，城市作为经济主体的地位也在不断上升。但是，在世界城市的形成过程中，国家仍然起到不可替代的作用，特别是发展中的民族国家。除了城市在国家范围内所拥有的天然条件之外，如区位和空间，国家的战略、政策、市场和各种资本资源等都在其中发挥着重大影响作用。

　　基于以上理论阐释，可以构建出一个简单的全球城市－区域形成的理论框架（图4-6）。在该分析框架中，全球城市－区域形成的主导力量来自地方生产系统和全球生产网络，其中前者属于内生型，后者属于外生型；区位与国家则属于世界城市形成的外部环境，前者属于硬环境，后者属于软环境。按照该理论框架，若要分析一个全球城市－区域的形成，可以从以下几个方面着手：①地方生产系统是世界/全球城市或世界城市形成的基础条件，如果缺少该要素条件的支撑，世界城市建设只能是海市蜃楼。②全球生产网络是世界城市形成的外部条件，只有地区经济活动融入全球生产网络，才可能出现全球城市网络中的世界城市。③区位是决定一个城市能够成为极少数世界城市的稀缺条件，但这种条件有时也会发生改变，如信息网络技术和城市对外交通设施，都会对城市的区位产生影响。④国家仍然是世界城市形成过程中所不能忽略的重要因素，如国家的发展战略、经济体制、政策方针以及市场环境等都与之密切相关。一般来说，以上四个条件是全球城市－区域形成的关键因素，若缺少其中一个都将对全球/世界城市的形成产生阻碍作用。

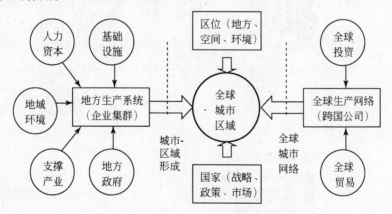

图 4-6　全球城市－区城形成的分析框架

三、企业总部集聚与大都市区位优势

（一） 企业总部宏观区位特征

　　尽管海默模型并不一定具有普遍适用性，但是公司总部或地区总部的特定功能决定了相应的区位条件要求，而这些条件一般在大都市区都能够得到满足，例如：①要求在全球运输和通信网络中处于战略地位，能够与组织内其他相关部门保持空间紧密联系；②能够获取高质量的外部服务和具有一定劳动技能的人力市场，尤其是具有信息处理能力的人群；③可以很方便地与其他高层组织的领导进行面对面接触或交流，要求处于相关高层机构的主要集聚地（Dicken，2003）。

　　目前，在世界范围内，以北美、西欧、东亚为代表的"三极"地区的全球城市成为世界级企业总部主要集聚地，并呈现出总部区位重心逐步向东亚转移的趋势。2007 年，纽约、多伦多、休斯敦和亚特兰大成为北美地区拥有财富 500 强总部数量较多的城市，伦敦、巴黎、马德里、罗马、慕尼黑、苏黎世则是西欧地区世界级总部较为集中的大都市，东亚地区包括东京、北京、首尔、大阪、台北、香港及上海等城市（图 4-7）。

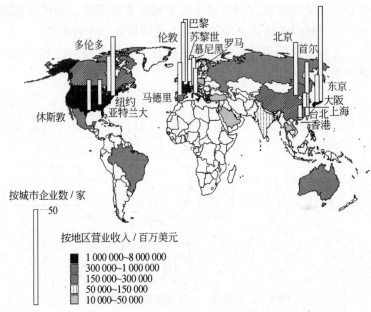

图 4-7　2007 年世界 500 强财富的国别分布及主要总部城市

资料来源：根据世界 500 强排名信息整理绘制，http：//economy. enorth. com. cn/system。

在国家疆域范围内，公司总部区位分布与该国家的城市体系相互对应，不同国家的首位城市或二级城市成为公司总部的主要集聚地。但是，每个国家首位城市的总部集中度与所在国家的疆域面积有一定相关性。法国、英国、日本等国土面积较小的国家，其世界级公司总部基本都集聚在首都城市，如巴黎、伦敦和东京。而国土面积广阔的美国，公司总部的分布相对分散，使纽约的总部集中度相对较低，但在国家城市体系中仍然占据主导优势地位。Klier 和 Testa（2001，2002）利用就业人数大于 2500 人的公司样本，考察了美国 276 个都市区，认为能够成为大型公司总部据点的仅有 50% 左右。其中，名列前 50 位的大都市区拥有 87% 的大型公司总部，前 20 个大都市区则拥有 65% 的公司总部。

在美国最大的 20 个都市区中（按人口数量），纽约、芝加哥、旧金山、洛杉矶、达拉斯、费城、休斯敦、华盛顿、波士顿、亚特兰大、明尼阿波利斯等是总部数量较多的前 10 位都市区，同时也是美国人口聚集的重要大都市区。从 1990 ~ 2000 年发展变化的情况来看，公司总部数量增长幅度较大的有旧金山、休斯敦、亚特兰大、华盛顿、达拉斯、纽约、费城等都市区，总部变动个数都在 15 个以上，其中，旧金山和休斯敦分别达到 39 个和 29 个。与之对应，这些大都市区也具有较高的人口增长率，特别是南部"阳光带"城市，如凤凰城、亚特兰大、丹佛、达拉斯、休斯敦、迈阿密等都市区。同时，美国前 50 位大都市区的人口规模与总部数量的相关系数达到 0.92，这表明企业总部区位分布与城市规模体系具有较强相关性（表 4-1）。

表 4-1　1990 ~ 2000 年美国 20 个最大都市区的公司总部分布

大都市区	公司总部				都市区人口		
	1990 年 /个	位序	2000 年 /个	位序	1990 ~ 2000 年 变动/个	2000 年/千人	1990 ~ 2000 年 增长率/%
纽约	223	1	239	1	16	21 200	8
芝加哥	96	2	109	2	13	9 158	11
旧金山	52	7	91	3	39	7 039	13
洛杉矶	81	3	85	4	4	16 374	13
达拉斯	58	4	76	5	18	5 222	29
费城	55	5	70	6	15	6 188	5
休斯敦	41	9	70	7	29	4 670	25
华盛顿	44	8	66	8	22	7 608	13
波士顿	55	6	66	9	11	6 058	7
亚特兰大	28	13	53	10	25	4 112	39
明尼阿波利斯	38	11	50	11	12	2 969	17
圣路易斯	27	14	39	12	12	2 604	5

大都市区	公司总部				都市区人口		
	1990 年/个	位序	2000 年/个	位序	1990~2000 年变动/个	2000 年/千人	1990~2000 年增长率/%
克利夫兰	39	10	35	13	-4	2 946	3
底特律	33	12	34	14	1	5 456	5
迈阿密	15	16	31	15	16	3 876	21
丹佛	15	17	27	16	12	2 582	30
凤凰城	11	18	23	17	12	3 252	45
坦帕	11	19	20	18	9	2 396	16
西雅图	20	15	19	19	-1	3 555	20
圣迭戈	10	20	18	20	8	2 814	13
占全美份额	65%		65%				

注：大都市区为美国大都市统计区 CMSA 或 MSA。

资料来源：Klier 和 Testa，2001，Tab. 2；Klier 和 Testa，2002，Tab. 2。

一般来说，地区总部数量的增减与其空间迁移具有相关性。以美国为例，20世纪 90 年代初，Holloway 和 Wheeler（1991）分析了总部在美国都市区之间的空间迁移现象，指出 80 年代财富 500 强总部从美国"冰雪带"向"阳光带"迁移的趋势显得比 70 年代更为复杂，如出现了总部由较小城市向大都市区迁移现象，有的大都市主导地位下降等。Klier 和 Testa（2002）将美国划分为中西部、东北部、南部和西部等四大类型地区。1990 年，东北部拥有企业总部数量最多，其次是中西部，西部最少。到 2000 年，南部拥有最多的企业总部，中西部和东北部基本持平，西部仍然数量最少（图 4-8）。由此，90 年代在吸引总部数量方面，南部是最大赢家，东北部和中西部都有所下降，西部变化不大，规模较大的都市区仍然是总部主要集聚地，这些地区也目睹了公司总部向具有竞争优势的二级城市的迁移，如纽约都市区。同时，Klier 和 Testa 认为本地企业的成长或衰退是总部数量升降的关键。

从 20 世纪 90 年代美国制造业企业总部的地区分布变化来看（图 4-9），1990年东北部和中西部拥有较多数量的总部，而南部最少。截至 2000 年，传统意义上的制造业基地——东北部和中西部的总部数量都呈现出不同程度的下降，而西部和南部的制造业企业总部都相应地出现了上升的态势，其中西部的高技术企业总部数量提升幅度最大，已成为全美高技术制造业企业总部数量最多的地区。这得益于硅谷地区的快速发展，而中西部的高技术企业总部比重大幅度减少。

图 4-8　2000 年美国大中企业总部的区域分布

资料来源：Klier 和 Testa，2002，Fig. 4。

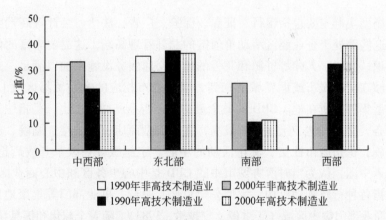

图 4-9　美国的非高技术和高技术制造业企业总部的分布

资料来源：Klier 和 Testa，2002，Fig. 7。

（二）城市区位环境的集聚优势

　　既然企业总部趋向于选择大都市区，那么在城市内部微观尺度上它们的空间分布特点又如何呢？20 世纪 90 年代，邓宁（Dunning，1998）对跨国公司"折中理论"中所涉及的区位优势进行了修正。传统区位优势是指东道国所具有的生产要素禀赋、存在的贸易壁垒、相对资源成本、市场规模及政府政策等，但这些环境要素作为公司外生变量极易被竞争对手模仿。他认为当前区域性知识资源和战略性资产将变得更为重要，如地方性知识技术环境、制度文化结构等。所以，国内有学者认为当前的知识性产业集群是跨国公司投资的重要区位因素，可将公司所参与的集群按照所处的价值链环节差异划分为生产型、技术型和市场型（薛求知，任胜钢，2005）。

事实上，在上述有关后大都市空间结构的章节中，笔者已经对后大都市的主要空间元素进行了归类，而这些空间单元也恰恰是跨国公司介入城市经济活动的主要连接点，如生产服务集聚区、高技术集聚区、生产制造集聚区及文化消费集聚区。所以，本书认为全球化背景下的大都市往往会拥有这几种不同类型的企业集群，即同时具有各种不同价值链环节的集群，特别是那些处于全球资本主义"时空压缩"过程中的发展中国家的大都市区，如北京和上海，城市 CBD 属于市场型知识集群，近郊开发区聚集着生产型知识集群，而相关的高技术园区则是技术型企业集群所在地。因此，各种类型的企业集群也就是公司总部或分部趋向于大都市区分布的优势区域。

1. 市场型集群与金融贸易区

市场型集群主要包括银行、证券、保险、广告、法律、会计等高端生产服务产业，这些都处于企业经济活动价值链的总部管理高端，这需要丰富的信息、资金、知识、文化、人才等资源和完善的通信交通服务设施来加以满足，这些条件也只能够在全球城市或世界城市找到，而大都市相应的金融贸易区或 CBD 就成为市场型集群的所在地。CBD 的概念最初由伯吉斯和帕克提出，是指位于城市布局的中心、交通发达、土地价值最高，拥有大型商店、办公楼、剧院、旅馆、银行等设施，也是城市社交、文化活动的中心。宁越敏等在改革开放后把 CBD 的概念引入中国，认为当时西方城市中的 CBD 是中心事务区和中心商业区的合称，前者是指各种行政管理机构、大型公司总部、银行、事业部门等集聚地，后者则是各种商业部门集中区域（于洪俊，宁越敏，1983）。随着全球化和信息化的推进，CBD 逐步产生新的内涵，商业和商务的功能逐渐分离。陈瑛（2002）认为 CBD 是城市人流、物流、资金流、信息流等经济流高度集中的地区，各种经济流利用地处城市中心部位的有利区位，进行物质和能量的充分交换和优化组合。大都市 CBD 一般被理解为中央商业商务区，如纽约曼哈顿、伦敦金融城、东京新宿、上海陆家嘴、北京西城区等，但服务业的迅速发展催生了城市副中心的出现，CBD 也转换为 CBD 体系。同时，彼得·霍尔（2004c）指出拥有传统 CBD 和新 CBD 的多中心都市区是未来城市空间发展的趋势，这也都是通常意义上我们所认识的企业总部主要集聚地，特别是金融、保险、咨询、商业等生产服务类总部。

2. 技术型集群与高技术园区

技术型集群主要涉及产品核心技术及其研究与开发、核心部件制造等上游价值链环节，它位于企业活动价值链的另一高端，在其生产过程中对知识、技术、人才等条件要求较高，同时也需要完善通信、航空服务设施。这些知识技术型集群活动最早发端于世界范围内的一些著名的"技术极"，如美国硅谷、波士顿128号公路、英国剑桥、芬兰赫尔辛基等，最后逐步扩散到第三世界的发展中国家和地区，如印度班加罗尔、中国台湾新竹。早期发达国家或地区的技术型集群区域一般都具有相对完善的地方生产网络系统，这样能够促进各个专业制造商的集体学习和灵活地调整一系列相关的技术，并相互"感染"不断开拓探索的进取精神，大学、科研机构、地方政府和风险投资相互支持，同时，这些技术型集群还具有良好的企业衍生环境（宁越敏，2002）。较早的技术型集群一般靠近大都市区，如旧金山附近的硅谷、波士顿128号公路、洛杉矶的橙县和东京的筑波，而发展中国家和地区的高技术园区常常带有政策规划的痕迹，基本上也都处于大都市区内，如北京中关村、上海张江高科技园区等。

当前，技术型知识集群区域或高技术园区也已经成为企业总部或分部的重要集聚地。例如，美国旧金山－硅谷地区已经成为世界著名IT公司总部的地标，有微软、英特尔、惠普、Google、Yahoo等诸多企业，这里拥有斯坦福大学、加利福尼亚大学伯克利分校和加州理工学院等世界一流大学的科研环境。在中国北京，除了CBD区域拥有近百家世界500强企业分支机构之外，中关村已经成为国内外大型企业技术总部的主要集聚地，如微软中国研发总部、AMD大中华区总部、爱立信中国总部，以及联想、方正、同方、紫光、海尔计算机等国内企业研发总部。

3. 生产型集群与新工业园区

生产型集群主要是指涉及产品价值链加工制造环节的企业集聚，它一般处于价值链曲线的中低端部分，其生产活动对土地、劳动力、原料、交通等要素具有一定的需求。随着全球化和信息化的发展，该类集群生产系统也趋向于灵活性和即时性，具有低库存、低成本、短周期等特征。目前，由于该类生产型集群的价值链利润率较低，对低廉生产成本的要求决定了其特殊的区位特征，如位于大都市区边缘、专业化城市或发展中国家和地区，并包括两种主要类型：①本地的纵向一体化大型企业，如炼油、钢铁、汽车、化工等；②跨国公司的外包企业或代工厂商（OEM或ODM），如电子、纺织品、玩具等。目前，在发展中国家或地区崛起的新工业园区都是这种生产型集群的主要载体，如经济技术开发区、高新技术产业开发区（表4-2）。一方面，这些新工业园区是跨国公司生产网络在该地区的镶嵌体，从而形成由跨国公司在当地结网的专业化企业集群，如苏州、东莞等地的电子产业集群。另一方面，新工业园区也是本地支柱制造业企业迫于成本－收益的压力而外迁拓展的主要集聚地，如上海嘉定汽车城、青岛海尔工业园等。

表4-2　长江三角洲六大高新技术产业开发区

名称	产业领域
上海高新技术产业开发区	电子信息产品、汽车、石油化工及精细化工、生物医药
南京高新技术产业开发区	电子信息、生物工程、医药、航空航天及新材料产业
苏州高新技术产业开发区	电子信息、精密机械、生物医药和新材料
无锡高新技术产业开发区	电子信息和机电一体化、精密机械、生物医药、精细化工
常州高新技术产业开发区	电子信息、光机电一体化、生物医药、新材料、新能源
杭州高新技术产业开发区	信息微电子、生物医药、新材料、光机电一体化、计算机

资料来源：甄峰，2004。

若从制造业企业总部的微观布局来看，新工业园区是跨国公司分支机构和本地企业总部或分部的重要集中地区，这是由制造业企业所面对的客户市场所决定的。同时，它们通过外部采购来获取所需要的专业化服务。由此，企业总部也并非都要设立在大都市区 CBD，甚至可以布局在一些专业化中小城市，特别是受当前信息技术的快速进步和交通运输体系的日益完善促使，如埃克森美孚石油公司总部、伊士曼柯达公司总部、IBM 公司总部、欧洲空中客车公司总部等均设在中小城市，美国 500 强公司总部居康涅狄格州的最多（顾海兵，2006）。

实际上，中国制造业企业 500 强总部也一般都分布在所在城市的工业园区或中小城市，只有少部分企业集团总部位于都市区 CBD。尽管国内企业组织结构发育水平还相对较低，但随着城市化的快速推进，以及信息技术设施和交通体系的均衡发展，企业并非都会趋向于选择位于大城市金融贸易区。其既可能继续驻留在当地城市，也有可能迁移到大都市的生产型集群地区。

4. 文化型集群与文化产业区

相对于以上各类型企业集群，文化型集群相对不被关注，随着近年来文化经济和创意产业研究的升温，创意产业集群在学术界也逐步浮出水面。与以上各种集群相比，文化型集群似乎属于另外一个研究维度，目前还没有明确的统一定义，在企业价值链活动中可以归属于创意设计、研发活动等高端环节，所取得的经济价值相对较高。从对创意产业部门的划分来看，目前有两大类型：①指广告、设计、艺术、出版、软件、动漫、服装、电影、电视、广播、音乐、表演等行业；②认为创意产业已经从上述产业部门中分离出来，成为独立的产业部门，它生产的产品如服装、建筑、广告、手工艺生产中的设计创意，电影、电视、文艺演出生产中的题材构思，出版、软件制作中的选题策划，各种产成品的生产工艺、标准以及销售模式等。

当前，无论对文化型产业如何来进行具体确定或划分，文化型集群确实明显存在于城市空间之中，所处位置也相对多样化，既有集中于城市 CBD 的各种媒体产业，如纽约曼哈顿地区是众多媒体、出版、新闻、广告等公司总部所在地，也有点插在都市空隙中的创意园区和创意工场，或布置在城市边缘区的文化娱乐公司，甚至已经形成各种文化型专业城市。2008 年入选世界企业 500 强的娱乐公司有美国时代华纳公司和迪斯尼公司，均位于加利福尼亚州南部的伯班克市（Burbank），同时这里还有美国全国广播公司（NBC）等许多媒体公司，因此素有"世界媒体之都"的称谓，而在该市不远处就是全球著名的电影工厂集中区——洛杉矶"好莱坞"。在中国，北京 CBD 也集聚着一批文化类型机构和中央电视台、北京电视台、《人民日报》、《北京青年报》等 300 多家媒体单位，以及 50 多家驻京外国新闻机构。所以，文化型集群或所对应的文化产业区也是企业总部或机构的主要集中地，只是其区位特征相对多样化，正如文化创意产业的定义划分类型那样。

（三）企业总部的微观区位模式

以上总结了城市各类型专业化集群的特征，企业总部作为一种生产服务经济形态，现实中它是否符合这些产业空间分布格局，或者属于怎样的一种区位模式？Shilton 和 Stanley（1999）采用 5198 个公司样本以县为统计单元，对美国国家范围内及部分大都市区的公司总部集聚状况进行了描述与分析，证实了大都市区的确对总部集聚具有较大的吸引力，许多都市区的总部集聚与产业类型的相近性及生产服务集群密切相关，如纽约、波士顿、旧金山–硅谷、洛杉矶等。

Shilton 和 Stanley 认为金融和媒介行业总部集中于都市 CBD，技术和商务类型总部集聚在都市边缘区，并总结了几种都市区总部的集聚模式：①纽约，包括曼哈顿和康涅狄格州费尔菲尔德的 2 个金融中心、长岛的 2 个技术和商务中心、新泽西的沿交通线分布的技术和商务区；②波士顿，包括 1 个金融中心、1 个技术中心和 128 号公路沿线区域；③旧金山–硅谷，包括 1 个传统金融中心、1 个新兴技术中心区域；④洛杉矶，包括市中心、世纪大道和北部山地的 3 个金融中心，橙县的 1 个技术和商务中心；⑤休斯敦、丹佛、达拉斯，归属于专业型总部城市（石油、天然气及金融商务）；⑥明尼阿波利斯、华盛顿、亚特兰大，属于分散型总部城市（集聚模式不明显）。

宁越敏（2004）对全球化背景下的上海生产空间进行了考察，并将其高科技园区总结为三种模式：①"跨国公司＋高科技产品制造"，指该园区属于跨国公司全球生产网络的节点，以引进国外成熟技术、生产外商品牌产品为主，如浦东的金桥出口加工区。②"跨国公司＋本地企业、研发机构"，集聚跨国资本、本土企业及研发机构，形成高科技产业集群，如漕河泾新兴技术开发区。③"本国研发机构＋留学人员企业＋技术创新基地"，政府作用主导以吸引国家级研发机构及拥有技术成果的海外留学人员，如张江高科技园区。李健（2011）对长江三角洲地区的主要工业区进行了类型划分，如包括金融贸易生产服务型、总部研发＋高科技产品制造型、高科技产品制造型、一般生产制造与高科技产品配套生产型等。

　　由此看来，在大都市区范围内，公司总部或地区总部一般集中在生产服务业集群区域，或各类型企业集中区，如城市CBD、副中心、金融区、科技区、文化区等，这应该是企业总部微观区位的普遍特征。结合以上诸多分析，本书提出一种企业总部的微观区位模式（图4-10），即将企业总部分别划分为市场型、技术型、生产型和文化型，这些类型的总部区位分别对应都市CBD、高技术园区、新工业园区和文化产业区，从而组成一个完整的大都市区空间组织。该模式比较符合发展中国家的大城市样式，不同类型总部的集聚将会在同一个城市中形成多个不同的金融、技术、文化等商务中心，而有些中小城市可能成为专业化类型总部基地。当然，大都市CBD通常会集中更多部门的企业总部，如包括技术、生产或文化等行业，现实中也不可能找到一个完全吻合这种微观区位模式的总部城市。

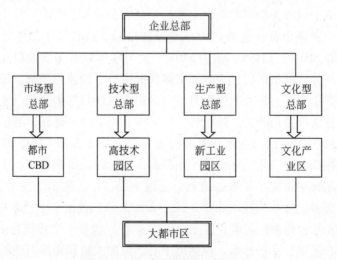

图4-10　企业总部微观区位模式

　　同时，针对信息化发展模式影响下的生产服务企业的城市空间格局，丝奇雅·沙森（2005）认为，可将生产服务公司划分为三种类型：第一，提供高标准化（或专业化）产品或服务的公司，可以放在劳动力成本及其他成本最低的地方，总部能够迁出大城市转到市郊地区或小城镇；第二，卷入全球化经济中具有日益复杂的总部功能的公司，需要连接网络化或空间集聚的高度专业化服务公司；第三，拥有流动性较强的产品或一流专业人员的服务公司，较为强调金融服务企业集聚的区位优势。由此，萨森总结出四种类型的城市中心化模式：①具有多重空间联系的国际商务中心的中央商务区；②作为信息网络或交通网络节点的集聚大量商务活动的城市中心向大都市地区延伸，这不同于传统意义上的郊区化；③处于数字空间和全球城市网络中的跨国界区域中心，但与国内城市或本地经济产生失衡或隔断；④电子空间中的中心化新模式，如金融业的主要业务交易。这些表明，信息网络空间也正在对企业总部的区位选择产生着重要影响，它既可能与现有的物质或经济空间重叠，如都市 CBD、技术园区等，也有可能成为引导都市空间演化的一个新兴增长点或技术中心。

（四）企业总部区位选择机制

1. 企业总部微观区位影响因素

但大都市究竟拥有哪些重要的区位环境优势吸引着公司总部的集聚呢？Heenan（1979）通过调查 60 个美国跨国公司和 47 个日本跨国公司设立地区总部所考虑的因素，认为较为重要的因素是当地市场和支持性服务业、政府态度、政治稳定性、接近主要国家的市场、通信和其他公共设施以及文化多样性等。Ho（1998）通过调查访谈认为，跨国公司设立亚太地区总部的区位因素包括：与公司其他业务部门的接近性、市场可达性、航空服务中心和信息服务中心。Yeung 等（2001）也发现，新加坡吸引地区总部的区位优势包括接近消费者、接近本地企业、接近区域内的企业、商业服务的质量及低商务成本等。其他学者通过定量模型研究，也得出较为一致的公司总部区位因素（Shilton，Stanley，1999；Davis，Henderson，2004；Lovely et al.，2005；Henderson，Ono，2005）。

集聚因素是公司总部选择大都市区的重要原因，其中包含了波特（1998）的集群思想。Ho（1998）通过利用新加坡、香港、悉尼等地不同产业的样本跨国公司的管理访问材料，认为跨国公司地区总部的建立可以从三方面创造集聚效应，即保持通信基础设施增长的动力、来源于地区总部提供给当地产业及彼此之间的业务利益以及劳动力的流动和获取等。贺灿飞（2007）参考有关公司总部空间集聚机制的探讨提出相应的区位模型，揭示了公司集聚的动力，他认为公司总部集聚根本原因是规模效益递增，源于内部和外部规模经济，特别是外部集聚经济所带来的各种交易成本的节约和效率的提升，包括专业化服务业多样性导致的范围经济和规模经济、总部产业的规模经济、与其他总部及高端服务业分享高级劳动力市场、城市就业规模经济，以及知识、技术和信息外溢效应等。

2. 企业总部区位选择的动力机制

一般来说，跨国公司组织结构决定了企业会根据发展实际需要，设立不同类型的总部，如职能总部、产品总部、地区总部等。其中，地区总部作为公司总部与特定区域内关联企业之间的媒介，它既是跨国公司内部的协调机构，也是跨国公司"智力汇集"的重要组成单元，可以成为启动一个新区域公司的基础，或向政府表示企业对所在区域承担一定的义务，即企业成为区域发展的"战略窗口"（Dicken，2000）。

跨国公司是否设立地区总部一般取决于企业战略与区域环境之间的相互关系。地区总部一般作为连接母子公司关系的中间纽带组织形式，可将全球一体化或区域一体化、区域响应或地方响应分别作为公司组织演化的两个变量：公司地区总部可能向全球性地区总部演变，或向多区域内地区总部转变，也可能向区域性公司转变，或向多地区性公司演化。

Yeung 等（2001）认为母国和东道国的相应条件是决定跨国公司地区总部能否成立的关键，如母国与东道国的空间距离，空间距离越远且东道国相对越重要，跨国公司就越有设立地区总部的倾向，特别是当跨国公司对区域一体化战略相当重视时。同时，成立地区总部还取决于东道国是否具备相应的一系列条件，如当地基础设施、生产服务业发达程度、东道国市场的接近性、本地政府优惠激励政策等。Jakobsen 和 Onsager（2005）总结出一个公司总部区位集聚及演化变迁的理论框架，公司总部一般处于历史环境、政治环境和区位环境之中，这些环境的变化将会影响总部区位的重新选择，如公司成长与衰落、兼并与收购、政治体制变化、城市区位优势上升或下降等，而公司总部区位变化的结果又将会反馈在原有各种社会环境的改善与提升上。

3. 企业总部区位选择的分析框架

综合以上各方面分析，本章拟从企业战略与区域环境两个方面构建出一个公司总部区位的分析框架（图4-11）。这是由于企业战略演进是组织结构变化的动力主体（艾尔弗雷德·D. 钱德勒，2002），而区域环境长期以来也是管理学家关注的重要对象，如20世纪60年代以来，系统理论与结构权变理论对企业理论研究影响较深，且后者占主导地位，但二者都认识到了企业与外部环境具有密切关系。

第一，在认同相关研究观点基础上，公司总部区位选择首先取决于企业自身发展战略的变化，然后通过与周边相关区域环境条件进行一系列的协调，最终才能得到一个合乎现实情况的选择结果。

第二，将区域环境划分为两种类型，即宏观社会环境与微观区位环境，前者

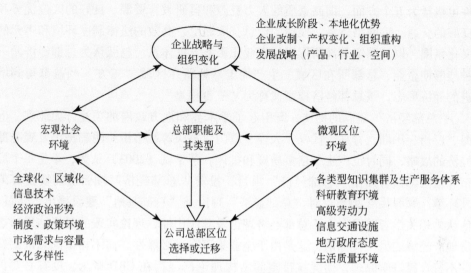

图4-11 企业总部区位选择分析框架

包括经济全球化或区域化、政治稳定性、制度环境、本地市场、文化多元性等；后者是指与企业总部切身相关的支撑环境，如专业服务业集群、劳动力供应、交通信息设施、生活环境等。

第三，区别总部职能类型，即公司总部，或产品总部，或地区总部，或R&D总部等，若其功能相异则区位选择结果也将会不同，如不同行业公司的总部与各异的相关产业集群。同时，总部区位选择与企业的成长阶段密切相关，并由此可以判断出某些城市或区域打造"总部经济"的时机是否相对成熟，毕竟公司总部的增减与本地化企业成长紧密相连（Klier，Testa，2002）。

四、"总部经济" 评价与城市功能升级

（一） 企业总部聚集经济探讨及评价

"总部经济"是近年来学界较为流行的一个概念，并成为中国许多城市发展规划与实践的目标。北京社会科学院研究员赵弘认为"总部经济"是指某区域以特有的资源优势吸引企业将总部在该区域集群布局，将生产制造基地布局在具有比较优势的其他地区，从而使企业价值链与区域资源实现最优空间耦合，以及由此对该区域经济发展产生重要影响的一种经济形态（赵弘，2004）。同时，他认为"总部经济"建立在三个假设条件之上，即信息经济较充分发展、企业对高级资源需求强烈、城市与区域之间具有资源禀赋差异，而总部聚集的一般性条

件可概括为五个方面，即高素质的人力资源和科研教育资源、良好的区位优势和良好的交通运输网络体系、便捷的信息获取通道、高效的法律制度环境和多元的文化氛围，以及围绕总部所形成的专业化服务支撑体系。赵弘认为总部经济是一种能够使企业、总部所在区域、生产加工基地所在区域"三方"利益都得到增进的经济形态，该总部经济模型又称为"三赢模型"。

"总部经济"概念的提出，既引起了学术界和地方政府的关注，如北京、上海、广州、深圳、青岛、武汉、大连、厦门、重庆等城市纷纷明确提出发展总部经济的战略，同时也产生了诸多质疑和批评。茅于轼（2003）认为，不是每个城市和地区都适合开发"总部经济"项目，投资"总部经济"项目更需要良好的软环境。顾海兵（2006）对"总部经济"理论及"总部基地"建设提出了质疑，他认为相关学者明显夸大了总部经济理论及其应用性，理论实践的最终结果却是房地产经济的另一种称谓，这是由于企业集聚有其必然性，而不相干的总部集聚并不符合经济学原理，何况城市空间结构理论已经存在 CBD 概念，没有必要再提总部基地概念。因此，"总部经济"良性运转的关键是要营造经济发展的软环境，如经济政策、商务成本、企业内部管理成本、生活及人文环境、基础服务设施等，而不是低价位的楼房租金。

从总部经济的理论本质来看，它是从信息化背景下企业空间组织分离的角度来讨论如何加快中心城市服务经济的发展，以及城市和区域之间的经济交流与互动，即总部迁移至城市，生产基地留在地方，从而形成区域经济理论中的一种"核心－边缘"模型，并最终有可能实现中心城市的产业升级和区域的均衡发展。由此可知，该理论在一定程度上可以解释实际发展状况，对具备条件的城市政府来说，也可成为一种经济发展战略，这也是各大城市积极推动"总部经济"规划和"总部基地"建设的重要原因。然而，如果将总部经济理论与波特的国家竞争优势原理相比，其内容和要点还需进一步厘定。这是由于总部经济理论的出发点是企业组织的空间分离，落脚点在城市或区域发展战略。但市场经济环境下企业是经济活动的主体，企业总部的区位有诸多的限制因素，并非每个城市都具备发展总部经济的条件。据此，笔者认为总部经济理论存在三点不足之处：①企业组织不一定都实现空间分离。其一，如钱德勒所认为的，"战略决定结构，结构跟随战略"，企业组织是否实现分解是由竞争战略决定的；其二，从信息化发展模式来看，随着企业的成长，多部门企业组织及企业总部逐步剥离是发展的必然趋势，但不同行业产生的结果不同。属于纵向一体化组织的生产公司，如钢铁、炼油、化工等，并不必然会将总部迁移至远离生产基地的另外一个区域，埃克森·美孚石油公司总部就从大都市重新迁至周边石油资源丰富的小城市。只有那些采取多元化发展战略的企业集团或高端生产服务公司可能将总部迁移至国际大城市。②"总部经济"理论缺乏大量企业或区域样本的实证研究，因此并不具有原创性。这是由于传统微观经济学注重研究企业的市场活动，区域经济学则把地区作为主要分析单元，均忽视了企业作为主体的空间经济活动。但是，20世纪60年代"企业地理"的出现特别是跨国公司投资区位研究，以及后来的生产链、企业集群及全球生产网络理论研究，均已经对此进行了深入关注。③总部经济理论没有抓住解决城市或区域发展的关键。这是因为中心城市集聚企业总部并非仅仅产生一种新兴的服务业经济形态，即"总部经济"，而是控制了更多企业的空间组织网络，城市网络体系主要是由各种企业空间网络叠合而成的。由此，拥有企业总部越多的城市（区域）将会在全球城市网络体系中处于更高的地位，从而实现自身功能地位的升级，如纽约、伦敦和东京等代表性全球城市，就是控制着许多跨国公司总部和全球生产服务公司。

（二）网络体系优势与城市功能升级

以上分析表明，总部经济并非不重要，但它不是解决城市－区域发展的关键。企业与城市－区域互动发展的重点在于借助企业总部的网络体系优势，提升城市在全球城市网络中的功能地位，最终实现城市－区域的快速发展。其中，该观点基于两个重要概念——"企业组织网络优势"和"城市网络体系"（图4-12和图4-13）。

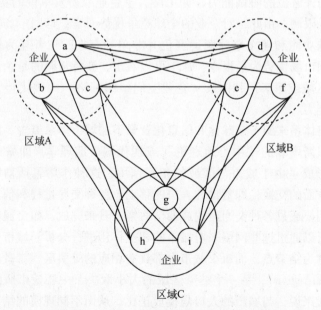

图4-12　基于企业组织网络的区域之间的联系

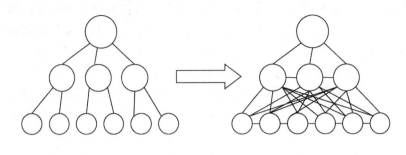

a.城市等级体系　　　　　　　　　b.城市网络体系

图 4-13　城市网络体系的演化过程

　　企业组织网络概念来源相对较早，但对其网络体系优势却鲜有研究。1990年，波特在《国家竞争优势》中提出了两种竞争优势，即区位优势（location-based advantage）和体系优势（system-based advantage），前者指企业因所在区位（或国家）而茁壮成长，后者则是源于该企业在全球各地构架的网络体系。他认为企业若以国家或某一区位作为发展基地，它的优势可能是因为区位本身有特殊的战略意义，这主要指跨国企业可以以母国为基础，借助海外区位优势，回头强化企业总部。体系优势则考虑企业的全球经验能力、所有设备的应用累积比例，以及它对国内外区位的协调能力，如工厂、子企业或研发单位的功能比较中性，可以不受地点限制。由此，对企业的全球竞争优势而言，母国市场优势、以海外区位发挥特殊功能和建立全球营运区位并非单独存在，三者互为依赖、缺一不可，并以母国市场优势为最根本。从中可以看出，波特强调的是企业可以利用区位（城市、区域或国家）和体系（企业空间组织网络）两种优势，从而来增强自身的竞争能力。

　　城市网络体系来源于全球化和信息化背景下的城市体系概念，而城市体系理论产生于克里斯塔勒的"中心地理论"或现代城市地理学，即城市空间系统或城市体系的形成是由于城市与区域的相互作用，这种作用包括物质、能量、人员、信息等方面的交换，即货物和人口的移动、各种交易过程和信息的流动，而这种相互作用要通过各种交通运输或通信联络工具来完成，如交通网络或信息网络。由此，可以通过这些网络来对城市的相互作用进行分析。城市是各种网络的聚焦点，或称为结节点，而每个城市也都具有相应的吸引区，二者的结合即为结节区域（nodal region），每一个结节区域的大小取决于中心城市所能够提供的服务强度，一般来说，与城市的人口规模成正比，从而不同规模的结节点和结节区域的组合形成城市等级体系（the urban hierarchy）（于洪俊，宁越敏，1983）。在此理论基础上，Campagni（1993）提出了"全球城市网络阶层体系"，他将具有等级性的城市体系和无中心性的城市网络结合，从而产生了一种城市网络体系结构。长期以来，卡斯特（Castells，1996）就一直强调信息化城市作为"流动空间"进出枢纽的重要性。后来，Taylor（2004）则通过位于不同世界城市中的全球生产服务公司空间组织来测度世界城市网络的联系程度。

由此，本书尝试利用以上两种概念、理论来探索企业、城市与区域之间的互动发展关系。Jakobsen 和 Onsager（2005）认为，在激烈的国际竞争、快速资本主义及"时空压缩"的背景下，信息与知识的有效收集和处理将显得更为重要，可以借鉴 Amin 和 Thrift（2002）将城市视为"流动世界中的中转站"的观点，即城市是各种流（人流、信息流、知识流、资金流等）的节点，而总部在公司运营过程中也扮演着对接各种外部联系、收集处理信息、协调部门关系等重要角色。由此，城市在全球体系中的地位越高，它作为总部区位的优势就越突出，总部也就可以被理解为知识信息的内外部区域系统中的一个节点。

基于以上观点，笔者认为，第一，以总部为核心的企业空间组织分布于各个城市或区域，城市与城市、区域与区域、城市与区域之间的各种网络联系，很大一部分产生于企业内部及企业与企业之间的关系，并以总部所在城市为结节点。第二，拥有企业较多的城市对外关联度也相对较高，不但经济实力较强和城市规模较大，而且在由企业空间组织网络所形成的城市网络体系中处于较高位置。第三，只有提高所在网络体系中的地位，才能够实现城市功能升级，所以，谁控制了更多的企业总部，谁就掌握了城市网络体系。同时，各个城市功能等级或类型不同，也会形成相应各异的城市网络体系，如在全球范围，既有"纽约－伦敦－东京"的金融联系网络，也有"硅谷－新竹－珠三角城市（带）"的制造或技术联系网络（童昕，王缉慈，1999）。

所以，公司总部的区位选择不但会给当地城市带来正向的经济集聚效应和外溢作用，即所谓的"总部经济"，而且有许多一般性大中城市通过吸引公司总部，可以控制更大范围的地区的经济发展，从而实现城市能级的跃升，并转变为国际大都市，如悉尼、新加坡、香港等亚太地区城市，这也是国内许多城市重视发展"总部经济"的主要原因。目前，作为"世界之都"的纽约是世界 500 强的 46 家企业总部所在地，新加坡的跨国公司地区总部达到几千家，而香港设立跨国公司地区总部超过 966 家，外资公司地区办事处 2241 家。在中国内地，北京、上海、广州、深圳等大城市的功能地位明显高于其他城市，其吸引公司总部的区位条件也要优越于其他内地城市。2008 年上海已经集聚了 400 多家跨国公司地区总部及投资公司，300 多家上市公司总部，100 余家央企地区总部及营运中心，8 家中央大企业总部以及 24 家"民营企业 500 强"总部（张晓鸣，徐亢美，2009）。另据2004 年美国《财富》杂志一项调查显示：全球 4 万家跨国公司中 92% 以上在今后若干年内将考虑在中国设立地区总部，其中，30%的跨国公司表示首选地将会是上海（顾海兵，2005）。

五、小　结

本章总结了国内外相关学者对企业组织与地理空间相互关联的探索。可以认为，尽管在全球化背景下的跨国公司生产网络与地方空间的耦合具有多样性，但相关研究的一般性规律仍然具有现实意义，即地方越来越被卷入全球经济网络中，彼此之间发生着各种复杂的关系，并在城市与区域内部形成一种等级阶层体系。这是企业内部等级组织结构在外部地理空间的复制，然而现实情况表现得更为复杂。

本章从新时期企业空间组织的两种重要表现形成——地方生产系统和全球生产网络的角度出发，尝试构建一个全球城市－区域形成的分析框架，理清全球生产网络、全球城市网络和全球城市－区域的逻辑关系，并分析新时期"地方"、"空间"和"国家"的重要性。

同时，本章探讨了企业总部区位与大都市区的关系。信息化时代的大都市仍然具有绝对的区位环境优势，这是由于相对丰裕的高级劳动力、产品的创新环境及市场、信息网络设施的集聚，高层人士的面对面交流，以及后现代炫耀性文化消费的需求（Castells，1996；Sassen，1991）。在世界范围内，跨国公司总部主要集中于各个全球城市。在国家层面，企业总部数量分布与区域城市体系相关性较强，也出现了总部的空间迁移现象，如向二级大中城市以及都市区之间的迁移。

在城市－区域内部，企业总部集聚模式具有多中心性，这些市场型、技术型、生产型、文化型等不同种类的总部，分别集中于都市CBD、高技术园区、新工业园区、文化产业区，以及各种专业化城市。并且，企业总部的迁移与企业发展战略、区域环境（宏观社会环境与微观城市环境）密切相关。

最后，本章对"总部经济"理论进行了探讨和评价，认为城市集聚企业总部可以获取企业网络体系优势，从而实现在全球或区域城市网络中地位的提高和城市功能的升级。本书的研究对于该论点的认识有以下两方面意义：①可以提升特大城市的国际经济控制功能，如通过壮大本地企业集团或吸引外来企业总部，增强对更大区域腹地的经济控制能力；②针对具有专业化功能的大中小城市，同样可以在网络体系中获取到发展机会，如研发、技术、商贸、创意、时尚等功能型城市，这基于新时期全球生产网络的区段化分工理论。

第五章

中国制造业企业集中度及其
空间组织网络模式

随着信息化和全球化的逐步深入,国外大型跨国公司已成为主导世界经济发展的重要力量,影响并改变着世界范围内的城市与区域空间组织。相比之下,中国自改革开放以后才开始现代企业制度的建设。20 世纪 90 年代以来,伴随中国经济的快速发展,一批大型企业集团逐渐崭露头角,被列入世界 500 强企业的数量越来越多。但与发达国家的跨国公司相比,中国大型企业集团全球化的进程才刚刚开始,目前真正具有国际影响力的大型跨国公司还不多。本章将在分析中国企业集团发展历程和特征的基础上,分析中国制造业企业的一般集中度、地理集中度和区域集聚效应,并从企业组织演化角度分析中国制造业企业空间组织的网络模式。

一、中国企业集团发展历程及其现状

(一) 企业集团的发展历程

2008 年是我国改革开放 30 周年,在从高度集中的计划经济体制到社会主义市场经济体制转变的进程中,通过不断调整优化所有制结构,正确处理企业、市场、政府以及所有者、经营者、劳动者之间的关系,企业在市场经济中的主体地位被逐步确立,企业活力和市场竞争力也逐步得到加强。从不同时期经济体制改革的重点、政策和实践来划分,中国企业集团的发展历程大体上可分为以下三个阶段(王忠禹,2008)。

1. 起步发展阶段 (1978 ~ 1992 年)

1978 年我国开始实施改革开放政策,首先在农村实行生产责任制,而后城市经济的改革也开始起步,重点是对国有企业放权让利并探索多种责任制的改革，同时允许个体户、私营企业乃至外商投资企业的发展等。

早在改革开放初期，一批具有务实思想的学者提出社会主义经济的"企业本体论"，即社会主义经济的基本单元仍然是企业（蒋一苇，1989）。中国国有企业改革开始于 1978 年 10 月四川省对 6 个国有企业扩大企业自主权的试验（董辅礽等，1995）。1979 年 7 月，国务院发布了《关于扩大国营工业企业经营管理自主权的若干规定》等 5 个文件，标志着以放权让利为重点的企业改革在全国范围内正式展开。1984 年国务院发布了著名的"扩权十条"，同年，中共中央作出《关于经济体制改革的决定》。从此，中国企业改革发展开始探索所有权和经营权相互分离，先后推行了利润留成、利改税、承包和租赁经营等多种经济责任制形式。1992 年国务院通过《全民所有制工业企业转换经营机制条例》，从而使企业生产经营自主权又得到进一步提高。

在此期间，国家也在积极推进横向经济联合、企业改组联合、实行企业兼并及企业破产、发展企业集团等一系列战略政策（章迪诚，张星伍，2008）。其中，股份制与国企改革相伴而生。1980 年，国务院颁发了《关于推动经济联合的暂行规定》，指出走联合之路，组织各种形式的经济联合体，是调整好国民经济和进一步改革经济体制的需要，是我国国民经济发展的必然趋势。1986 年国务院发布的《关于进一步推动横向经济联合若干问题的规定》，倡导通过企业之间的横向经济联合形成一批企业群体和企业集团，这是在政府文件中首次出现"企业集团"这一名词。1987 年以后，企业集团的发展形式主要表现为企业兼并和组建新企业集团。1988 年，全国有 2856 家企业兼并了 3424 家企业，建立企业集团 1630 个。从行业分布看，机械、纺织、电子等行业内的企业集团发展较快，分别占整个行业企业数量比重的 10%、8%、5%。在地区分布方面，经济比较发达的沿海地区企业集团发展较快，广东有 240 家，上海有 163 家，江苏有 109 家，山东有 81 家。这时，大约有 20% 的企业集团形成一个以大型企业为核心，拥有 10 个乃至几百个企业，分属紧密层、半紧密层和松散层等不同层次的结构（章迪诚，张星伍，2008）。到 1992 年年底，中国冠以企业集团名称的经济联合体已经有 2600 多家，其中有些企业集团发展成为跨地区、跨部门、跨行业的大型企业集团，子企业分布于全国许多省市，甚至出现了跨国经营发展的趋势。

同时，私营、个体、三资等不同所有制企业在国民经济中的地位和作用也开始受到重视。1987 年党的十三大提出允许私营经济的存在和发展，随之在全国范围内出现了"温州模式"、"苏南模式"等民营企业发展的不同模式。截至 1991 年年底，我国私营企业达 10.8 万多家，从业人员达 184 万人。外资企业的发展则与中国对外开放的格局密切相关，重点是在四个经济特区和沿海 14 个开放城市，但外商的投资还受到很多限制，尽管一批著名的跨国公司，如花旗银行、德国大众、可口可乐、摩托罗拉等开始进入中国，但 1978～1991 年中国年均吸引外商投资仅 19.3 亿美元。

2. 战略性调整阶段（1992～2002 年）

1992 年，党的十四大明确了经济体制改革的目标是建立社会主义市场经济体制，由此中国的企业改革发展也进入一个新时期。该时期也是中国企业发展的最重要、最关键阶段，国有企业进行战略性结构调整和制度创新，大面积进入市场；民营企业成为社会主义市场经济的重要组成部分，得到迅猛发展；跨国公司也开始了对中国大规模的投资活动，使中国年均吸引外资的数量呈大幅度增长的态势。

1993 年，中共中央通过《关于建立社会主义市场经济体制若干问题的决定》，指出建立现代企业制度是国有企业的改革方向。同年，我国《公司法》颁布，为公司制的建立和公司运作提供了法律保障。1997 年中共十五大提出"以资本为纽带，通过市场形成具有较强竞争力的跨地区、跨行业、跨所有制和跨国经营的大企业集团"，鼓励兼并，支持优势企业低成本扩张；发展资本市场，拓宽企业融资渠道；培育和发展多元化投资主体，建立和健全公司治理结构；提出和鼓励国有小企业实行股份合作制。1999 年中共中央通过《关于国营企业改革和发展若干重大问题的决定》，明确提出从战略上调整国有经济布局，对国有企业进行战略性改组的主张。由此，一批大型国有控股企业集团、大型公司得到了逐步发展，许多私营企业也建立了现代公司制度，跨国公司通过合资、独资等方式直接在中国投资。2001 年，私营企业达 200 多万家，实现销售总额 1 万多亿元；世界 500 强企业已经有 400 多家在华投资，当年全国外商投资企业工业增加值达 6622 亿元（王忠禹，2008）。

3. 快速发展阶段（2002 年～）

随着中国正式加入世界贸易组织，其对外开放逐步向着更大范围、更广领域、更高层次方向发展。该时期企业改革进一步深化，党的十六届三中全会通过《关于完善社会主义市场经济体制的决定》，强调产权是所有制的核心和主要内容，倡导国有资本、集体资本和非公有资本等参股的混合所有制经济，即股份制是公有制的主要实现形式。其后，成立了国有资产监督管理委员会。2002～2005 年，全国国有及国有控股企业户数减少了 20%，国有资产总量增加了 34.4%，销售收入增长了 71.1%，利润增长 157.2%（章迪诚，张星伍，2008）。2003 年以来，共有 30 多家中央企业在境内外上市，中央企业户数从 196 家减少到 150 家。同时，私营企业和外资企业也得到迅速发展，截至 2007 年年底，登记注册的私营企业达 538.7 万家，注册金额 8.8 万亿元。中国实有外商投资企业 28.6 万家，投资总额达 2.1 万亿美元，创造了中国约 1/3 的工业产值、1/5 的税收 （王忠禹，2008）。

进入 21 世纪后，中国大中小企业及不同所有制企业均得到快速发展。以 2007 年规模以上工业企业为例（表 5-1），大中小型企业数量分别为 2910 个、 33 596 个和 30 万个，它们分别创造了 1/3 左右的工业总产值，但在资产、主营收入、利润等经济效益指标方面，大型企业都超过了中型企业和小型企业。按所有制分，国有及集体企业产值所占比重为 11.5%，外商企业产值所占比重为 31.5%，其余超过 50% 的产值是由有限责任公司、股份有限公司及私营企业创造的，其中私营企业占的比重达 23.21%。在各类型企业迅猛发展的推动下，中国国内生产总值已经从 1978 年的世界第 10 位提高到 2007 年的第 4 位，进出口总额由第 27 位升至第 3 位。同时，中国已经培育出一批具有较强竞争力的大型企业集团，入围世界 500 强的企业由 1995 年的 3 家增加到 2008 年的 26 家，对外投资和经营企业 3 万多家，遍布 170 多个国家和地区，累计对外投资金额 900 多亿美元。

表 5-1 2007 年中国规模以上工业企业分类型企业主要经济指标

企业类型	企业/家	企业个数/%	工业总产值/%	资产/%	主营收入/%	利润总额/%	从业人数/%
按企业规模分							
大型企业	2 910	0.86	34.76	39.30	36.30	42.02	23.15
中型企业	33 596	9.98	30.04	33.50	29.75	30.25	32.76
小型企业	300 262	89.16	35.20	27.20	33.95	27.72	44.09
按注册类型分							
国有企业	10 074	2.99	8.98	15.50	9.12	9.68	8.21
集体企业	13 032	3.87	2.51	1.63	2.47	2.36	3.13
有限责任公司	53 326	15.83	22.30	28.26	22.84	26.62	22.37
股份有限公司	7 782	2.31	9.91	10.80	10.00	13.57	6.15
私营企业	177 080	52.58	23.21	15.10	22.59	18.61	28.61
其他企业	8 018	2.38	1.60	1.42	1.58	1.43	1.66
港澳台投资企业	31 949	9.49	10.47	9.65	10.37	9.27	14.08
外商投资企业	35 507	10.54	21.03	17.65	21.03	18.45	15.80
总计	336 768	100	100	100	100	100	100

注：规模以上企业为年主营业务收入在 500 万元以上的企业。

资料来源：中华人民共和国国家统计局，2008。

(二) 企业集团的现状、特征

随着我国社会主义市场经济体制的逐步建立，企业已经成为市场经济发展中的主体。2007年，中央企业实现销售收入9.84万亿元，同比增长19.3%，地方国有及国有控股企业实现销售收入5.04万亿元，同比增长25.4%，二者利润增长率分别为30.9%、60.7%。与之相比，私营企业利润同比增长50.9%，增幅均相对较快[①]。

2007年，中国企业500强中，钢铁行业有64家企业入选，占总数的比重最高，为12.8%；其次是建筑业和煤炭采掘业，分别有33家和23家；再后分别为有色金属行业、汽车及零配件制造业，均在18家以上，这5类企业共占中国500强总数的31.2%。同时，若将中国企业500强与世界企业500强进行对比，前者入围企业主要集中在制造业领域，企业数量和营业收入分别占58.6%和40.5%，后者主要分布在服务业，两项指标分别占54.2%和53.6%，由此显示出中国仍然处于工业化的发展阶段，制造业企业是推动我国经济增长的主要动力。

1978~2006年，中国规模以上制造业增加值，按可比口径计算，年均增长约15%，高于全部工业和GDP的年均增幅，"中国制造"已经成为当前世界经济中的重要特点。据统计，中国制造业增加值占世界制造业的比重，1993年仅为3.5%，2003年增加到6.9%，2006年一跃达到了14%（图5-1），其经济总量上已超过日本，成为仅次于美国的世界第二制造大国。在制造业企业中，500家最大的企业是中国制造业的"精华所在"[②]。

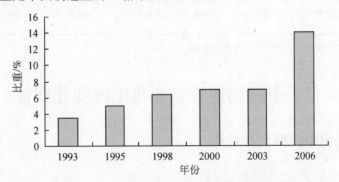

图5-1　1993年以来中国制造业增加值占世界制造业的比重
资料来源：中国企业联合会和中国企业家协会，2008。

---

① 引自《2008中国500强企业发展报告》，其中相关数据均截至2007年年底，以下同。

② 2005年，中国企业联合会首次评选出"中国制造业企业500强"，这不同于20世纪90年代的"中国500家最大工业企业"，前者不再包括一般采掘业和电力热力供应业。

2007 年，中国制造业企业 500 强中达到世界 500 强标准的有 10 家企业，主要集中在钢铁、有色金属、汽车、计算机设备等领域。但是，在中国制造业企业的发展过程中，仍然存在着竞争力不强、国际化程度较低、创新能力较弱等问题。在营业额、利润等指标方面，中国各行业中的最大企业与世界 500 强领先企业相比仍有较大的差距。例如，石油业中的中国石油化工集团公司（简称中国石化）营业额占埃克森美孚石油公司的 45％，利润额仅为后者的 10.68％；钢铁业中的宝钢集团营业额占世界钢铁领先企业——阿赛诺米塔尔的 29.63％，中国第一汽车集团公司（简称中国一汽集团）营业额仅为丰田汽车的 12.4％，电子行业中的联想集团的营业额为惠普公司的 19.19％，利润额则仅为 4.14％（表 5-2）。总体而言，规模较小、效率不高是中国制造业企业 500 强面临的主要问题。

表 5-2 2007 年中国 500 强与世界 500 强领先企业比较 单位:%

指标	炼油业	金属业	汽车业	化学品业	计算机设备业	电器设备业	饮料业
领先企业	中国石化/埃克森美孚	宝钢集团/阿塞诺米塔尔	中国一汽集团/丰田汽车	中国化工/巴斯夫	联想集团/惠普	海尔集团/西门子	娃哈哈/可口可乐
营业收入	45.09	29.63	12.40	18.55	19.19	15.20	12.24
资产总额	56.30	36.51	5.53	24.73	20.20	6.94	5.63
利润	10.68	33.63	9.48	5.50	4.14	3.80	6.84

资料来源：中国企业联合会和中国企业家协会，2008。

二、中国制造业企业集中度变化特征

（一）产业集中的概念与理论

1. 产业集中的概念及分析方法

产业集中、产业集聚、产业集群是近期经济学和经济地理学比较关注的几个理论概念。产业集中可以用来表述产业或企业在市场竞争中的优势状况或在地理空间上的聚集状态；产业集聚是由于其"规模收益递增效应"从而引起新贸易理论和新经济地理理论所强调的一个产业组织概念；产业集群则是某一个领域内地域上接近的相互联系的公司集团和关联的组织，通过商品生产和辅助活动而发生网络联系。由于本书主要关注中国地域范围内制造业的集中状况，所以，首先需要辨析产业集中的概念与理论。

集中（concentration）有三层含义：①表示一个行业（部门）中普遍的竞争状况；②描述一个部门或经济社会中企业的规模分布状况；③指人类经济活动的地理分布情况，即一种经济活动聚集在少数几个地区（魏后凯，2001）。在经济学研究中，产业集中和市场集中是较为常用的两个概念，产业集中是指在特定产业内，生产要素投入和产出被少数大企业所控制的程度。广义的产业集中包括市场份额、劳动力、资本、技术、产量、利润等的集中；狭义则是指在特定产业内，市场销售额控制在少数大企业手中的程度，当产业划分较细时，大体接近于一个市场，就可以指代市场集中。在地理学领域，产业集中是指产业或就业集中在少数地区，其原因是内部规模经济或资源优势导致少数几个大企业在少数区域的集中，或者是外部经济吸引大量中小企业而导致的地理集聚，并有可能通过大量的相互联系形成产业集群（贺灿飞，2007）。

产业集中的分析方法通常包括集中度、赫芬达尔指数和熵指数，它们可以用来衡量一个行业的市场集中程度。集中度是指规模最大的前几家企业的销售额（或增加值、职工人数、资产总额等）占整个市场或行业的份额，行业分析一般采用前 4 家和前 8 家企业的集中率（CR_4 或 CR_8）。集中度的计算公式为

$$CR_m = \sum_{i=1}^{m} X_i / \sum_{i=1}^{n} X_i = \sum_{i=1}^{m} S_i,$$

式中，S_i 为企业所占的市场份额；n 为全部企业数；m 为所考察的最大企业数量（$m < n$）。

赫芬达尔指数（简称 H 指数）是衡量产业集中状况的重要综合性指标，指某行业内所有企业的市场份额的平方和。计算公式为

$$H = \sum_{i=1}^{n} S_i^2,$$

式中，S_i 为第 i 个企业所占的市场份额；n 为全部企业数；H 越大表明市场集中度越高，反之市场集中度越低。

熵指数（E 指数）是借用信息理论中熵的概念提出来的，具有平均信息量的含义。计算公式为

$$E = \sum_{i=1}^{n} S_i \log(1/S_i)$$

与 H 指数不同的是，E 越大表示集中度越低；反之，E 越小，则集中度越大。

此外，产业集中度的测度方法还有洛伦兹曲线、基尼系数、胡弗系数、锡尔系数等，它们均可测量产业的地理集中和专业化程度。

一般来说，研究一个国家或地区的产业集中问题，可以从两个角度进行考察（魏后凯，2001）。第一，分析整个经济或者制造业、服务业等大产业部门中若干家最大企业生产要素和产出的集中状况。较常用的办法是研究 50 家、100 家、200 家或者 500 家最大企业的集中状况，特别是随着大企业跨行业多样化经营的迅速发展，考察这种一个经济或者大产业部门的一般集中状况，将具有十分重要的意义。第二，研究特定产业部门各个企业的规模分布情况，这种方法称为行业集中。

2. 产业集中研究的理论回顾

目前，与中国制造业集中相关的研究主要包括两种类型，即行业集中和地理集中。Holmes 和 Stevens（2002）发现企业规模与产业地理集中显著相关，地理集中程度高的产业，平均企业规模也较大，即产业集中度高的产业，其地理集中程度一般也高。也有学者认为行业集中主要是从市场空间来衡量产业集中程度的，反映的是市场的竞争和垄断关系；而地理集中则是从地理空间来衡量产业的集中程度，反映的是地域经济发展的差异（罗勇，曹丽莉，2005）。总体而言，相关研究成果对产业地理集中的关注相对较多，基本上都认为中国制造业有越来越趋于区域集中的发展态势。

魏后凯（2002）采用 1995 年第三次全国工业普查 521 个制造业、近 60 万个企业的系统数据，考察了中国制造业的市场集中状况、行业特征及其国际比较。研究发现，中国绝大多数制造业行业的集中度都非常低，产业组织结构高度分散。这一发现与当时中国企业集团发展尚比较落后的状况是相吻合的。文玫（2004）也利用第二、第三次工业普查数据分析了中国工业的区域集中程度，结果表明，至 1995 年中国制造业高度集中在几个沿海省份，但自改革开放以后呈现进一步集中的发展态势。其中，钢铁、有色金属、机械、建材、农副和化学等类型产业存在分散化趋势，但运输成本较高，同时，也有集中化的资源密集型产业，而许多"落脚自由型"（即对区位条件要求不高）的产业集中在沿海地区。

白重恩等（2004）利用行业分类较细的 2 位代码行业数据对中国 29 个省区、32 个行业进行考察，发现在同一时期中国的行业区域聚集程度呈上升趋势。罗勇和曹丽萍（2005）分别采用产业地理集中指数和市场集中指数对中国 20 个制造行业和 5 个沿海省市的集聚程度进行了测定，结果表明 20 世纪 90 年代（1993～1997年）集聚程度有所下降，90 年代后期（1997～2003 年）至今则处于增长态势，并具体表现在以下方面：①技术密集型、资本密集型、劳动密集型等产业集聚度由高到低依次递减，电子及通信设备制造业的集聚程度最高；②江苏、广东、山东、浙江、上海的集中度较高，西部边远地区则远远落后。同时，制造业的集聚程度与工业增长表现出较强的正相关性。

路江涌和陶志刚（2006）对 1998~2003 年的中国 2861 个县区、539 个 4 位代码行业进行分析，发现中国制造业的区域聚集程度仍然处在一个上升阶段，但仍低于西方发达国家近期的水平。贺灿飞和谢秀珍（2006）利用 1980~2003 年中国各省区两位数制造业数据，对产业地理集中状况进行分析，发现中国制造业在空间上越来越趋于集中，即由 20 世纪 80 年代趋于分散转向 90 年代更加集中，而各省区的产业结构趋于多元化并在 90 年代显示出专业化的迹象。其中，经济全球化、比较优势和规模经济等因素导致产业空间的集中，市场竞争推动了产业空间分散，同时经济地理模型中的外部经济并没有促进产业的地理集中。

20 世纪 90 年代以来中国企业两次普查的时间正处于我国企业集团发展的初期阶段和中期阶段，因此上述研究的结果大致相似，即 90 年代中期我国制造业的集中度总体上较低，进入 21 世纪后，无论是地理集中度还是行业集中度都呈现上升的趋势。

（二）产业集中度变化特征

1. 产业的一般集中度变化

20 世纪 90 年代中国工业特别是制造业市场集中程度不高，并远低于发达国家的水平。按第三次全国工业普查数据，1995 年中国前 100 家工业企业的销售集中率只有 16%，前 200 家企业为 20%，前 500 家企业为 27%，相比之下，大型企业的资产集中度和利税的集中度更高，如前 100 家企业的利税几占总额的 1/3，前 500 家企业的利税占总额的近半，反映了大型企业经济效率更高（表 5-3）。中国企业评价中心的数据显示前 100 家大型企业的集中度更低，1996 年中国 100 家最大工业企业按销售收入计算的集中度为 13.40%，1999 年提高到 14.39%，表现出中国工业集中度不断提高的变化特征（表 5-4）。然而，与之相比，20 世纪 70 年代以来，美国、日本、德国等主要制造业国家前 100 家工业企业的销售收入集中率均在 25% 以上，其中，1992 年美国制造业前 100 家企业的集中率超出 30%，前 200 家企业则高于 40%，从中可知，中国工业集中度水平相对于西方发达国家较低（魏后凯，2001）。同时，据美国《财富》杂志所公布的 1998 年世界 500 强企业中，美国有 185 家，日本 100 家，德国 42 家，英国和法国各 39 家，共计 405 家，占世界 500 强的 81%，这些数据表明当时的中国还缺乏能与世界大型跨国公司相抗衡的企业。

表5-3　1995年中国工业集中状况

最大企业	销售收入		资产总额		利税总额	
	总额/亿元	集中度/%	总额/亿元	集中度/%	总额/亿元	集中度/%
100家	8 206.1	16	13 676.3	17	1 597.6	32
200家	10 531.3	20	17 311.1	22	1 941.3	38
500家	14 054.6	27	23 639.1	30	2 439.5	48
全部企业	52 936.2	100	79 233.9	100	5 050.3	100

资料来源：魏后凯，2001。

表5-4　1996～1999年中国100家最大工业企业的集中度　　　　单位：%

年份	总资产	销售收入	利润	税收	职工人数
1996	13.34	13.40	39.21	22.87	5.24
1997	14.06	13.86	37.77	21.59	5.46
1998	14.82	14.06	32.90	16.24	6.25
1999	15.06	14.39	29.51	16.25	6.47

资料来源：魏后凯，2001。

　　2002年以来，中国企业联合会、中国企业家协会连续8年推选出中国500强企业，并从2005年开始对"中国制造业企业500强"进行评选，由此可以观察进入新世纪后中国制造业的集中变化特征。2004～2006年，按照以企业营业收入所计算的产业集中度来看，2004年前100家企业集中度为18.82%，前500家为30.84%（表5-5），若相对于1995年中国工业集中状况（表5-3），制造业集中度有所提升。然而，其后两年无论是前100家的集中度还是前500家的集中度都出现了下降的趋势，到2006年，前100家的集中度为16.86%，前500家的集中度为28.30%，分别比2004年下降了1.96个百分点和2.54个百分点。2007年，中国制造业企业500强总营业收入占全部国有及规模以上非国有制造业企业为29.22%，比上年有所回升，而资产总额集中度为33.63%，相对于1995年增加明显，特别是前100家企业的地位有所上升（表5-6）。

表5-5　2004～2006年中国制造业企业500强的营业收入集中度

500强	2004年		2005年		2006年	
	总额/亿元	集中度/%	总额/亿元	集中度/%	总额/亿元	集中度/%
前100家	30 707	18.82	37 237	17.45	45 536	16.86
前200家	39 277	24.07	48 261	22.60	59 397	22.00
前500家	50 321	30.84	62 893	29.45	76 427	28.30
全部企业	163 161	100	213 562	100	270 049	100

　　注：全部企业采用"全部国有及规模以上非国有工业企业"中的制造业经济指标，并依次为2004年、2005年、2006年数据（以下类同）。

　　资料来源：中华人民共和国国家统计局，2005，2006，2007；中企联合网2005～2007年发布的数据。

表 5-6　2007 年中国制造业企业 500 强的集中度状况

500 强	营业收入		资产总额		利润总额	
	总额/亿元	集中度/%	总额/亿元	集中度/%	总额/亿元	集中度/%
100 家	60 612	17.46	55 966	21.10	3 064	15.63
200 家	78 252	22.54	69 232	26.10	3 971	20.26
500 家	101 461	29.22	89 205	33.63	5 074	25.89
全部企业	347 207	100	265 231	100	19 598	100

注：全部企业采用"全部国有及规模以上非国有工业企业"中的制造业经济指标。

资料来源：中国企业联合会，中国企业家协会，2008；中华人民共和国国家统计局，2008。

与 2004～2007 年中国制造业集中度"先降后升"的发展特征相对应，中国制造业企业 500 强所有制结构也表现出规律性变化态势。其中，大型国有及国有控股企业数量在 500 强中不断减少，2004 年为 274 家，到 2007 年减少到 229 家，相应的营业额比重由 68.24% 降低到 62.93%（表 5-7）。但尽管国有企业数量上的比例表现出持续下降的趋势，大型国有企业在中国经济中仍然具有绝对的控制力。私营企业数量所占比重不断上升，2004 年 500 强中有 113 家，2007 年达到 159 家，增长速度较快，营业额比重也由 14.27% 提升到 19.26%。与中国制造业集中度变化特征较为一致的是外商投资企业的发展态势，2004～2007 年中国制造业企业 500 强中的外资企业比例不断下降，由 74 家减少到 65 家，2007 年则出现大幅度跃升，企业数量和营业额比重分别达到 83 家和 12.46%，后者高于历年 2～3 个百分点，表明中国经济所受到的外商投资企业的影响有所扩大。

表 5-7　2004～2007 年中国制造业企业 500 强所有制结构变化

企业性质	2004 年		2005 年		2006 年		2007	
	营业额/%	企业/家	营业额/%	企业/家	营业额/%	企业/家	营业额/%	企业/家
国有及其控股	68.24	274	65.80	265	66.66	249	62.93	229
私营	14.27	113	17.40	139	17.63	147	19.26	159
外资	10.65	74	10.60	65	8.96	65	12.46	83
集体	6.84	39	6.20	31	6.74	39	5.36	29
全部企业	100	500	100	500	100	500	100	500

资料来源：中国企业联合会，中国企业家协会，2008；中企联网 2005～2007 年发布的数据。

总之，经过改革开放 30 多年的发展，中国制造业的整体发展水平出现了突破性进展，经济总量在世界上占有举足轻重的地位，为跨国大型企业集团的培育创造了良好的基础性条件，如入选世界 500 强的制造业企业数量不断增多。然而，与世界级大企业相比，中国制造业仍然存在着产业组织分散、集中程度不高、竞争力较弱、自主创新水平较低等缺点，这将影响中国大型制造业企业的跨国生产与经营以及实现全球配置资源的能力，并阻碍着具有一流竞争力的世界级跨国公司的出现。因此，在未来发展过程中，中国制造业企业 500 强如何继续提升产业集中度，增强企业集团组织能力，提高自主创新水平，不断推进跨国经营范围，并减少对国有扶持政策和外商投资贸易的依赖程度，将是中国制造业发展的重点所在。

2. 产业的地理集中度变化

　　一般来说，一个地区的制造业企业实力是该地区工业经济实力的基础，可以反映出该地区工业经济发展的基本状况。由此，中国工业发展的地区不平衡也决定了中国制造业企业 500 强在地域空间分布上的不平衡。以下采用 2004～2007 年中国制造业企业 500 强相关数据分析中国制造业的地理集中变化状况。

　　首先，从中国制造业企业 500 强的整体分布特征来看，东部地区成为 500 强主要集聚区域，并呈现出逐年集中化的发展趋势（图 5-2）。2004 年，东部地区拥有 339 家 500 强企业，约占总数的 68%，远高于其他地区。其次是中部地区 69 家，西部地区和东北地区分别为 56 家和 35 家，在企业数量上，后三个区域明显处于弱势地位。2007 年，东部地区增加到 357 家，增长幅度较大；中部地区和东北地区均出现了明显减少态势，西部地区则"先减后升"，变化趋势不太突出。由此可以看出，中国东部地区对 500 强企业具有强烈的集聚效应，并对相邻的中部地区、东北地区甚至西部地区产生吸纳作用，这也是由于改革开放以来中国东部地区成为率先实现经济快速增长的主要区域，国有控股垄断、市场经济发达、外商投资活跃均是主要影响因素。

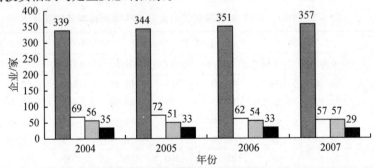

图 5-2　2004～2007 年中国制造业企业 500 强地区分布变化示意图

注：《2008 中国 500 强企业发展报告》采取了将中国区域划分为东部地区（北京、天津、河北、山东、
　　上海、浙江、江苏、福建、广东）、中部地区（河南、安徽、山西、湖南、湖北、江西）、西部地区
　　（四川、重庆、陕西、云南、广西、内蒙古、甘肃、贵州、新疆、青海、宁夏、西藏）、
　　东北地区（辽宁、吉林、黑龙江）的划分方法，其中，海南省另计。
　　资料来源：中国企业联合会和中国企业家协会，2008。

　　其次，利用 2004～2007 年中国制造业企业 500 强数量和营业额比重来分析其地理集中度的变化状况（表 5-8）。第一，对比上海、北京和天津三大直辖市的制造业企业集中度。2004 年，三者分别拥有 26 家、23 家和 26 家 500 强企业，总营业额以上海居首，占 13.52%，其次是北京，比重为 12.41%，二者位居中国各省区 500 强企业集中度的第一、第二。其次，天津制造业企业的集中度也相对较高，仅次于山东、广东、江苏和浙江 4 大沿海地区制造业大省。2007 年，北京的地位得到明显的提升，制造业 500 强企业数达到 39 家，比 2004 年增加 16 家，占 500 强总数的 18.02%，在各省（自治区、直辖市）中位居第一，成为中国制造业企业 500 强的控制之都。究其原因，与这几年中央企业的重组有密切关系。在北京的 39 家 500 强中，"中国"字号打头的企业就有 17 家，约占总数的 44%。由此，北京制造业 500 强企业营业额占总数的比重也由 12.41% 上升到 18.02%。2004～2007 年，上海拥有的制造业 500 强的数量减少了 3 家，营业额所占比重减少到 8.34%，低于北京、山东、广东和江苏，居第五位；天津的地位得到一定的提高，500 强企业的数量增加 3 家，其营业额所占比重上升到 6.38%，位居浙江之后，相对于 2004 年的位序没有出现变化。

表 5-8　2004～2007 年中国制造业企业 500 强地理集中度变化

地区	2004 年		2005 年		2006 年		2007 年	
	企业/家	营业额比重/%	企业/家	营业额比重/%	企业/家	营业额比重/%	企业/家	营业额比重/%
上海	26	13.52	21	10.55	25	9.54	23	8.34
北京	23	12.41	33	15.15	37	16.83	39	18.02
山东	55	9.75	59	10.18	42	8.69	42	8.52
广东	52	9.05	44	8.13	32	7.03	30	8.87
江苏	44	8.02	38	7.11	56	8.50	82	10.36
浙江	61	7.15	70	7.81	81	8.46	66	7.17
天津	26	5.20	28	6.89	30	6.99	29	6.38
辽宁	28	5.18	29	5.21	27	4.65	22	4.11
河北	43	4.95	36	4.66	36	4.05	34	4.07
湖北	7	3.25	7	3.17	9	3.20	8	3.18
吉林	2	2.65	2	2.21	2	2.11	3	2.24
河南	22	2.17	25	2.29	16	1.83	16	1.95
安徽	14	2.09	13	2.09	13	2.23	12	2.03
四川	11	2.03	12	2.34	11	2.26	12	1.98

续表

地区	2004 年		2005 年		2006 年		2007 年	
	企业/家	营业额比重/%	企业/家	营业额比重/%	企业/家	营业额比重/%	企业/家	营业额比重/%
云南	9	1.89	8	2.06	8	2.18	7	1.46
湖南	13	1.82	11	1.59	10	1.63	9	1.68
福建	9	1.28	15	1.59	12	1.55	12	1.71
江西	7	1.13	9	1.54	7	1.57	7	1.61
重庆	11	1.10	7	0.78	10	0.99	10	0.98
山西	6	1.03	7	1.09	7	1.15	5	1.33
内蒙古	4	0.84	4	0.90	4	0.90	4	0.83
黑龙江	5	0.76	2	0.19	4	0.64	4	0.50
广西	5	0.70	5	0.68	5	0.68	9	0.95
甘肃	3	0.68	2	0.38	3	0.89	2	0.38
陕西	5	0.44	6	0.67	6	0.75	5	0.56
贵州	3	0.32	3	0.36	2	0.27	3	0.34
新疆	3	0.28	3	0.27	2	0.12	2	0.15
海南	1	0.19						
宁夏	1	0.07	1	0.08	1	0.14	1	0.10
青海	1	0.04			2	0.20	2	0.19
合计	500	100	500	100	500	100	500	100

资料来源：中国企业联合会，中国企业家协会，2008；中企联合网 2005～2007 年发布的数据。

第二，山东、广东、江苏和浙江四省是中国最重要的制造业大省。其中，江苏的发展最快，500 强企业的数量从 2004 年的 44 家增加到 2007 年的 82 家，数量居各省（自治区、直辖市）第一名，其营业额所占比重达 10.36%，仅次于北京，在各省中替代山东位居首位。山东的地区集中度出现"先升后降"的趋势，2005 年曾达到 10.18% 的最高比重，2007 年下降到 8.52%。民营企业的集中地浙江拥有的制造业 500 强数量在 2006 年的时候曾达到 81 家，2007 年减少到 66 家，仅次于江苏，其营业额所占比重位居第六。

第三，除以上七大省市之外，其他省（自治区、直辖市）的集中度变化出现了分化，其中辽宁、河北、湖北和吉林等老工业基地所在地的集中度相对较高，但呈下降的趋势；福建、江西、山西、广西等传统制造业相对欠发达的省（自治区）的集中度虽较低，但呈上升态势。

总体上，上述格局的变化充分反映了中国改革开放大格局对地区经济发展的

影响。为进一步分析中国制造业地区集中的状况，参考赫芬达尔指数构造地理集中度指数，公式为

$$C_i = (\sum_{i=1}^{n} p_i^2 - 1/n)/(1 - 1/n)$$

式中，C_i 为集中化指数；p_i 为当年各地区的企业总营业额比重；n 为当年拥有 500 强企业的地区数目，$0 < C_i < 1$。当 C_i 趋于 1 时，产业分布趋于集中；C_i 趋于 0 时，产业则趋于分散。

根据 2004～2007 年中国制造业企业 500 强数据，得出的计算结果表明中国制造业正处于集中化的发展态势（表 5-9）。2004 年，全国 30 个省（自治区、直辖市）均拥有 500 强企业，集中化指数为 0.0434；2005 年，拥有 500 强的地区减少为 28 个，集中化指数也稍有下降；2006 年和 2007 年，拥有 500 强省区的数量增至 29 个，集中化指数则重新出现明显增加的趋势，分别达 0.0446 和 0.04963。结合以上分析，可以看出中国制造业正趋向于东部地区集中，特别是个别超大城市的 500 强总部控制能力明显提高。

表 5-9　2004～2007 年中国制造业企业 500 强地理集中度指数变化

指数	2004 年	2005 年	2006 年	2007 年
n	30	28	29	29
C_i	0.043 4	0.042 2	0.044 6	0.049 3

（三）产业集聚的区域效应

1. 企业聚集的区域模式

通过对中国四大区域和 30 个省（自治区、直辖市）产业集中状况的分析，基本上可以了解到中国制造业企业的区域集聚特征。同时，本书认为上述产业地理集中存在着不同于传统地区分类的区域模式，这是因为中国四大区域划分掩盖了其中地区之间的关系，而 30 个省区（自治区、直辖市）行政单元又忽视了地区与地区的联系。由此，可以在两者之间整合出一个新的产业集聚模式，这也与当前中国的区域新发展相互呼应，如都市连绵区、城市群、都市圈等区域新概念。

现利用 MAPINFO6.0 软件和中国省区分布矢量地图，将 2004 年和 2007 年中国制造业企业 500 强的省区集中度进行空间属性表达，从中可以看出中国制造业企业的地理空间分异的特点和变化，如图 5-3 和图 5-4 所示。

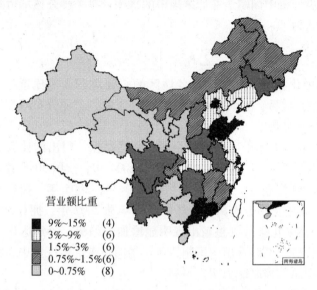

营业额比重

- 9%~15%　(4)
- 3%~9%　(6)
- 1.5%~3%　(6)
- 0.75%~1.5%(6)
- 0~0.75%　(8)

图 5-3　2004 年中国制造业企业 500 强的营业总额地区分布

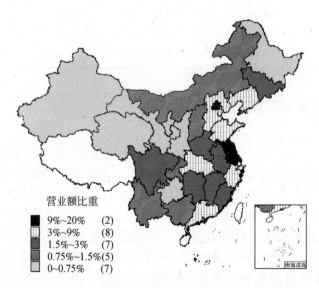

营业额比重

- 9%~20%　(2)
- 3%~9%　(8)
- 1.5%~3%　(7)
- 0.75%~1.5%(5)
- 0~0.75%　(7)

图 5-4　2007 年中国制造业企业 500 强的营业总额地区分布

第一，东部沿海省区是产业的主要集中区，并形成三大企业集聚地：①环渤海地区，以北京为核心，包括天津、河北、辽宁、山东。②长江三角洲地区，以上海为核心，包括江苏、浙江。③珠江三角洲地区，主要是广东省。

第二，与沿海省区相邻的地区成为产业扩散带，对比 2004 年和 2007 年的中国制造业企业500强分布图，发现传统中西部地区正在成为东部沿海发达省区的产业扩散带，如安徽、江西、广西的集中度增长明显，并由此与相邻发达地区重组为新的区域空间模式。

第三，传统东北地区和西部地区内部均存在着空间分异现象，如辽宁的产业集聚水平明显高于吉林、黑龙江，四川、重庆、云南、广西、内蒙古等，也超出了其他西部地区，这与每个省区所处的经济发展带密切相关。

由此，可以归纳出中国制造业企业集聚的新区域模式，其中，共包括七个大区域，每个区域包含着内部具有密切联系的各个省（自治区、直辖市）单元（表5-10）。例如，泛长三角地区，上海、江苏、浙江属于核心地带，安徽是产业扩散的外围地区；泛环渤海地区以北京、天津、河北、辽宁、山东为中心区域，内蒙古、山西则属于前者吸纳或辐射作用的外部地带。泛珠三角地区以广东为核心区域，福建、江西、湖南、贵州、广西、云南、海南组成外围扩散地区。在每个大区域中，核心地带属于产业集中水平较高的地区，并依次向外围区域逐步递减。

表 5-10　中国制造业企业集聚的区域模式

区域	省（自治区、直辖市）	数量/个
泛长三角地区	上海、江苏、浙江、安徽	4
泛环渤海地区	北京、天津、河北、辽宁、山东、山西、内蒙古	7
泛珠三角地区	广东、福建、湖南、江西、云南、广西、贵州、海南	8
长江中上游地区	四川、重庆、湖北	3
黄河中下游地区	陕西、河南	2
东北地区	吉林、黑龙江	2
西北地区	甘肃、新疆、宁夏、青海、西藏	5
合计		31

2. 企业集聚的区域经济效应

当前，中国正处于工业化加速推进阶段，其中，制造业企业仍然是地区经济增长的重要动力，因此，产业集中程度的不同也是造成区域经济空间差异的重要原因。

首先，从2007年中国省区生产总值的分布状况来看（图5-5），其空间分异特征与中国制造业企业500强分布较为相似，特别是表现在地区税收收入的空间格局上，这是由于制造业企业营业收入是后者的主要源泉。

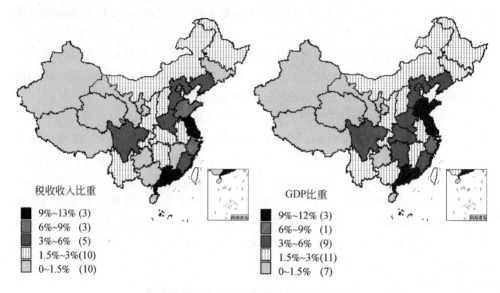

税收收入比重

■ 9%~13% (3)
▨ 6%~9% (3)
▦ 3%~6% (5)
▥ 1.5%~3%(10)
□ 0~1.5% (10)

GDP比重

■ 9%~12% (3)
▨ 6%~9% (1)
▦ 3%~6% (9)
▥ 1.5%~3%(11)
□ 0~1.5% (7)

图5-5　2007年中国税收收入和国内生产总值（GDP）地区分布

其次，利用 SPSS12.0 分析软件，将 2007 年中国各省（自治区、直辖市）GDP 总量、人均 GDP 和税收收入，分别与其所拥有的中国制造业企业 500 强的营业总额作相关性分析，共计 29 个样本。结果发现，三者与企业营业收入都具有较强的相关性，相关系数在 0.6 以上，特别是地区税收收入和人均 GDP 均超过了 0.8，显著性都在 0.01 之上（表 5-11）。这些表明，产业集聚与地区经济增长密切相关，同时也会导致各个地区经济发展水平出现空间分异现象。

表 5-11　2007 年中国省区税收收入、GDP、人均 GDP 与 500 强营业额的相关分析

项目		税收收入	GDP	人均 GDP
营业总额	相关系数	0.809＊＊	0.622＊＊	0.824＊＊
	假设检验值	0	0	0
	样本数	29	29	29

注：＊＊表示显著性水平在 0.01（双尾检验）；＊表示显著性水平在 0.05（双尾检验）。

三、中国制造业企业空间组织网络模式

第二次世界大战以后，作为企业地理主要研究客体的企业组织，加速向多部门、多区域、跨国经营和全球性经营方向发展（李小建，1999）。20 世纪 60 年

代，钱德勒发现采用 M 型组织或设立分部的企业属于以汽车、电子、化工为代表的新兴产业，而不是资源或能源依赖型企业（表 5-12）。时至 20 世纪 90 年代，尽管信息技术、企业战略与组织都发生了各种变化，但钱德勒仍然看到那些资金雄厚、技术先进的工业企业所使用的基本组织结构与早期"钱氏模型"相似，即分部或子公司负责一系列紧密相关的产品线或某地区运营，而公司总部负责监管各运营部门的绩效，以及整个公司长期资源的分配。

表 5-12　企业类型与企业组织特征

企业类型	资源能源类	机械化工类	电子信息类	商业销售类
组织结构	U 型或 M 型	M 型	M 型	变异型
总部特征	单结构或多分部结构	多分部结构	多分部结构	集权或分权结构
典型行业	钢铁和石油	汽车和化工	消费电子	大众零售

资料来源：根据艾尔弗雷德·D. 钱德勒（2002）部分内容总结。

　　为了证实中国的企业发展历程是否遵循钱德勒的观点，笔者查询了中国制造业企业 500 强中约 300 家企业的网站信息，以及相关二手文献资料，对企业发展史和现状进行了归纳，根据企业组织成长的纵向发展特点，以及企业之间的横向比较，可以归纳出四种空间组织网络模式：①内聚型网络模式，多属于职能型结构（U 型组织）或控股型结构（H 型组织）；②跨区域网络模式，出现了多分部结构（M 型组织），部分仍然是控股型组织；③国家区域网络模式，基本上都属于多分部结构或控股型结构；④全球辐射网络模式，形成母子公司组织结构，基于产品、区域的多分部结构特征明显，但控股型结构仍然存在。可见，中国制造业企业集团较多实施控股型组织结构，而多分部组织也正在不断涌现。

（一）　内聚型网络模式

　　内聚型网络模式主要指企业成长初期或较为成熟的纵向一体化企业的空间组织特征，前者结构表现为职能型（U 型），而后者一般为控股型（H 型）。一方面，这是由于企业在成长初期，规模相对较小，产品战略较为单一，采取权力便于统一或集中的职能型组织形式，这样有利于增强企业的凝聚力。另一方面，纵向一体化企业在没有实施多元化战略之前，其结构也表现为职能型，有助于协调各个部门之间的关系，提高产品的生产效率。若从二者的空间组织形式来看，可以发现均为据点式增长，如发端于某一个城市或地区，随着企业规模的不断扩大，围绕该城市或地区相继出现并不断集聚着子企业或子公司，并且相互之间保持密切的联系，从而形成城市内部或地区内部的内聚型网络模式。

　　在中国制造业企业中，该类型企业占据着很大的比重，这是由于处在发育中的企业为数较多，同时，有些成熟的企业产业特征也表现为内聚型网络模式。前者的案例相对较多，既有资源依赖型或资金密集型企业，如钢铁、有色金属和汽车及工程机械等产业，也有技术密集型或劳动密集型企业，如电子、电器、纺织和食品等产业。后者主要表现为钢铁、有色金属或纺织类型企业，如首钢集团，尽管已经实施了跨区域、跨行业的发展战略，但由于其母公司的纵向一体化产业特征，所形成的约 42 家下属成员单位主要集聚在北京市，部分通过兼并收购或搬迁的企业则布局在临近的河北地区，由此，所形成的企业生产网络主要覆盖以北京为核心的城市－区域范围，其组织结构也明显表现出控股型和职能型相混合的特点。另外，天津纺织集团（控股）有限公司具有 20 多家全资子公司和子企业，控股和参股公司各 1 家，这些企业均位于天津市，其产品类型相对多元化，如丝绸、染织、针织、毛纺、棉纺、印染、化纤、毛毯等，这些不同的企业或生产流程在天津地区相互交织成密集的联系网络，从而也影响着该城市的经济形态和空间形态。

（二）跨区域网络模式

随着企业跨区域或跨部门战略的实施，企业组织开始出现调整和重构，如从传统职能型结构（U 型）转变为多分部型组织（M 型），以适应多地区或多样化产品的有效率生产运营，由此，在空间组织上形成了相应的跨区域网络模式。该模式企业行业类型相对多元化，如电子、电器、食品、饮料，以及汽车、机械等，其中，电子信息类企业是实施该跨区域网络模式的先锋。这是由于电子信息产业兼具管理、设计、生产、服务等特征，一方面对融资、技术研发具有相应的需求，另一方面劳动力、土地及集聚效应等因素也影响着企业的区位选择，由此决定了壮大后的企业加快实施跨区域战略的步伐，这也是电子信息产业价值链不同环节所决定的不同空间区位的体现。同时，电子、电器及食品和饮料类型企业均具有接近市场消费地的特点，从而促进了大型企业集团的跨区域生产和经营；而汽车、机械和钢铁等资本密集型企业的区域生产网络的形成，与实现规模效应和交易内部化、接近相似产业基地、销售市场及原料产地等有较大的关系。

改革开放以后，在中国制造业企业中快速成长起来一批跨区域的大型企业集团，以电子、电器类企业为代表，大部分为私营或民营企业性质。首先，从该类型企业组织结构特征来看，较多属于多分部的 M 型结构，以同方股份有限公司为例。1997 年，清华同方股份有限公司成立，并投资控股江西泰豪；1998 年兼并江西无线电厂，建立电子产品生产基地，同时收购上市公司山东鲁颖电子，并在北京密云县建立清华高科技工业园，用于生产人工环境设备、大型集装箱检查系统等；2000 年，清华同方计算机销售量跃居国产 PC 品牌第四名，并成立软件股份有限公司，同时在深圳设立数字音频技术与产品开发公司。2003 年，清华同方形成四大产业的"本部制"架构，即应用信息系统本部、计算机系统本部、数字电视系统本部、能源与环境系统本部（图5-6）。

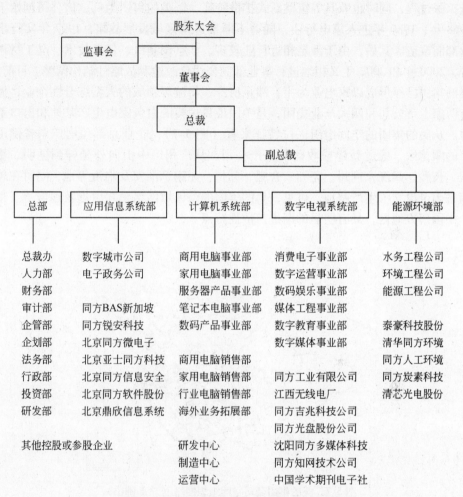

图 5-6　同方股份有限公司的多分部组织结构

资料来源：同方股份有限公司网站，http://www.thtf.com.cn。

　　自此以后，清华同方加快了跨区域战略的步伐。例如，2004 年先后在沈阳、鞍山、无锡投资建设大规模科技园，作为 IT 及数码技术高科技产品、数字广播电视、能源环保、计算机、人工环境与照明等产业的研发和生产基地；2005 年，清华同方相继在无锡清华同方科技园和廊坊经济技术开发区分别设立新的计算机工厂和空调设备公司。至 2007 年年末，同方股份有限公司资产总额超过 174 亿元，年度实现营业收入 146 亿元，入选"中国科技 100 强"、"世界品牌 500 强"，位居"2008 中国制造业企业 500 强"第 172 位。可见，跨区域网络模式的形成与多分部的组织结构密切相关，而后者又是企业实施跨区域、跨行业战略的必然结果。

　　其次，从企业跨区域网络模式特征来看，其基本上经历了一个由近及远的渐进扩张过程，同时也兼具等级跳跃式扩散特征。以美的集团为例，该公司创始于1968 年，1980 年进入家电行业，随着不断推进跨区域发展战略，1997 年实行事业部制改造。其后，由于涉足相近行业较多，如空调制冷、信息技术、电工材料等，2000 年和 2002 年又相继进行事业部制公司化改造和战略性结构调整。目前，美的集团已经形成以家电业为主，涉足房产、物流等领域的大型综合性企业，拥有两家上市公司和四大产业集团，是中国最具规模的白色家电生产基地和出口基地。从美的集团的空间组织区位特征来看（图 5-7），企业总部位居广东省佛山市的顺德区，通过新建或收购的生产公司，从广州、中山向外延伸到昆明、重庆、长沙、武汉、荆州、芜湖、合肥、苏州、无锡、淮安及临汾等地，同时在越南平阳也设立了生产基地。可见，美的集团的跨区域网络模式由近及远覆盖了整个中国南方地区，具有明显的渐进扩散性特点。

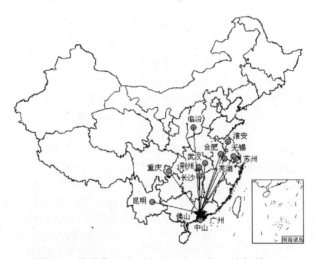

图 5-7　美的集团公司空间组织网络（总部佛山）

资料来源：根据美的集团相关信息整理绘制，http://www.midea.com.cn/midea2008/。

　　同时，具有跨区域网络模式的也包括纵向一体控股型企业集团，其扩张过程表现出等级跳跃式特征，钢铁企业是其代表。以宝钢集团为例，近年来，宝钢集团连续进入世界 500 强，并位居 2007 年中国制造业企业 500 强的首位。目前，宝钢集团在上海宝山区和浦东新区直辖 20 余家子公司及子企业，形成城市内部集聚式组织网络模式。同时，除了宝钢股份（上海）之外，近年来宝钢集团相继对外重组控股广钢、韶钢、八一钢铁和宁波钢铁等大型钢铁企业，而这些企业所拥有的生产型子公司遍布于上海、杭州、宁波、南京、南通、青岛、烟台、天津、沈阳、乌鲁木齐、黄石、重庆、广州、韶关等地（图 5-8）。当前，中国有大小钢铁企业1200家左右，其中大中型企业约70家，宝钢集团的跨区域重组并购战略不但利于增强企业规模实力，提高中国钢铁产业集中度，而且所形成的空间组织网络也影响着城市与区域的发展，对提升上海对外经济辐射能力作用重大。

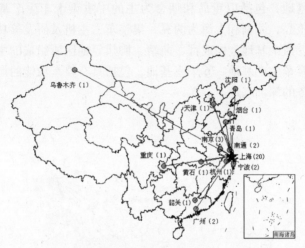

图 5-8 宝钢集团公司空间组织网络（总部上海）

注：括号内为城市所拥有子企业或机构的数量。

资料来源：根据宝钢集团相关信息整理绘制，http://www.baosteel.com/group/index.asp。

（三）国家级区域网络模式

国家级区域网络模式属于跨区域网络模式的一种，即在后者基础上企业组织进一步向外扩散，最终形成能够覆盖整个国家的生产网络。从该模式涉及的企业类型来看，其所属行业和所有制性质相对多样化，电子、汽车、工程机械、农副产品、食品饮料等均出现了国家级区域网络模式，既包括私营企业或民营企业，也有国有控股企业集团，其中，前者组织结构为M型居多，后者则大部分属于H型。以下分别以中国一汽集团、海信集团和北京燕京啤酒集团为例，来进行详细分析和阐述。

1. 汽车产业案例：中国一汽集团

中国一汽集团属于国有控股大型企业，建于1953年，总部在吉林省长春市，现有总资产达1340亿元，员工13.2万人，拥有职能部门18个，全资子公司28个，控股子公司18个，并划分为研发、乘用车、商用车、毛坯零部件、辅助和衍生经济等六大业务板块。从中国一汽集团的国家级区域网络模式来看（图5-

9)，其生产型子公司已经形成六大主要生产基地：①东北基地，包括以长春为核心，吉林、四平、辽源、哈尔滨、大连、辽阳等城市为外围的东北部地区，集整车、主机和零部件等生产系统为一体，形成一种密集的区域性汽车生产网络。②京津基地，指由 2002 年联合重组的天津汽车集团所形成的京津地区轿车生产基地。③山东基地，包括以青岛和烟台为主的中重型卡车生产基地。④华东基地，以无锡为核心，芜湖和上海为两翼，集整车、主机及研发等功能的长三角汽车生产基地。⑤西南基地，由成都、曲靖、柳州等地区所组成的中重型卡车、轻型车及大中型客车生产基地。⑥华南基地，包括具有整车功能的海口生产基地和组装及营销服务的深圳基地。

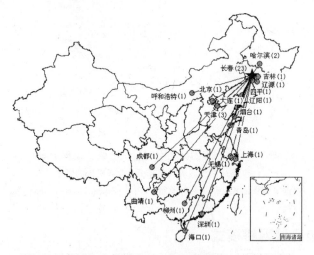

图 5-9　中国一汽集团公司空间组织网络（总部长春）

注：括号内为城市所拥有子企业或机构的数量。

资料来源：根据中国一汽集团相关信息整理绘制，http://www.faw.com.cn/。

近年来，中国一汽集团连续入选世界 500 强，位列中国制造业企业 500 强第 2 位。2008 年，集团汽车销售量达 153 万辆，占全国总销量的 16%。2009 年年初，中国出台了《汽车产业调整和振兴规划细则》，明确指出鼓励以上汽集团、中国一汽集团、东风汽车集团、长安汽车集团为核心的大型企业在全国范围内实行兼并重组。由此可见，中国一汽集团的空间组织网络不但实现了由区域型向国家型模式的转变，而且随着以后的跨区域重组兼并战略，该网络模式将会覆盖得越来越密集。

2. 电子信息产业案例：海信集团

海信集团是国有性质的特大型电子信息产业公司，成立于 1969 年，总部位于山东省青岛市。目前，已经形成多媒体、家电、通信、IT、房地产、服务等六大产业板块，下设近40家子公司或子企业，其中，白色家电生产基地近20个，黑色家电生产基地有六个。从海信集团的跨区域生产网络构成来看（图5-10），研发中心分别设于青岛、北京、深圳和佛山（顺德），构成全国范围内的研发体系。生产基地主要包括三大区域，即环渤海地区（北京、青岛、淄博、临沂、营口等），长江三角洲地区（南京、扬州、芜湖、湖州等），珠江三角洲地区（以深圳、佛山为核心分布的数家企业）。另外，在西南地区（成都、贵阳）和西北地区（新疆喀什）也相继建立生产企业。由此，海信集团在中国地区形成一个跨越幅度较广的空间组织网络，同时也将这些子公司所在城市密切地联系在一起。

若尝试分析海信集团的地区投资选择，可以发现电子类企业具有一定的区位偏好，既能够接近主要销售市场，又可以充分利用当地企业集聚优势，有效地获取技术创新知识，如深圳、南京、成都均属于电子信息产业实力较强的特大城市，佛山（顺德）则集中了美的集团、格兰仕集团、志高空调等多家中国制造业企业500强电子类公司。

图5-10　海信集团公司空间组织网络（总部青岛）

注：括号内为城市所拥有子企业或机构的数量。

资料来源：根据海信集团相关信息整理绘制，http://www.hisense.com/index.html。

3. 食品和饮料产业案例：北京燕京啤酒集团

燕京啤酒集团组建于1993年，是中国大型啤酒企业集团之一，2008年产销量42.2亿升，居世界排行榜第9位，在国内市场占有率达12%，其中在华北市场的占有率为 50%，北京市场的占有率为 85%。目前，燕京啤酒的生产网络和营销网络已经基本上覆盖了整个国家，形成以北京总部为中心并向外辐射的网络模式，生产基地遍布华北、东北、华中、华东、华南、西南、西北等地区。

从其空间扩张历程来看（图5-11），1995 年，燕京啤酒集团兼并北京华斯啤酒集团，完成了内聚式规模增长过程；1999 年以后，燕京啤酒集团加快了跨区域扩张步伐，同年和次年相继在江西、湖南、湖北等华东和华中地区，收购了 5 家生产型企业。2000 年和 2001 年，燕京啤酒集团在山东、内蒙古两地新建或兼并 5 家企业；2002 年和 2003 年，燕京啤酒生产基地扩展到广西、福建、浙江等华南及华东地区，新设或收购 4 家企业，并组建华南事业部，同时，对珠江三角洲市场形成合围之势。2004～2008 年，燕京啤酒集团空间扩张版图取得重大突破，分别在广东佛山、新疆石河子、辽宁沈阳、四川南充等华南、西北、东北、西南四大地区，以及湖北仙桃、河北沧州、山西运城等地新建 7 个生产基地，从而形成了一个完整的全方位覆盖中国地区的生产及营销体系。

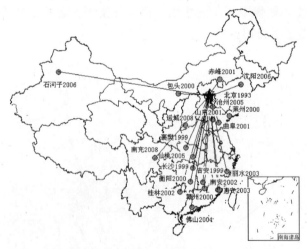

图 5-11　北京燕京啤酒集团公司空间组织网络（总部北京）

注：城市之后数字为企业或机构成立的年份。

资料来源：根据燕京啤酒集团相关信息整理绘制，http://www.yanjing.com.cn/。

从经济地理学视角分析燕京啤酒集团的国家级区域网络模式，可以认为位居消费市场和减少运输成本是该类企业实施空间扩张及区位选择的重要因素。与之相比，青岛啤酒股份有限公司也是于 20 世纪 90 年代后期，通过兼并重组、破产收购、合资建厂等多种资本运作方式，相继在中国 18 个省市（区）设立 50 多家啤酒生产基地，并完成了全国性的战略布局。目前，青岛啤酒的中国市场占有率达 13%，成为世界第八大啤酒企业。

（四）全球辐射网络模式

全球辐射网络模式是企业国家级区域生产网络的进一步延伸，突破国家界限的约束，从而演化为产品生产及销售面向全球的辐射网络，其中，全球市场需求、全球资源搜寻及全球科技获取是企业全球辐射网络模式形成的主要动因。事实上，以上三种模式所对应的企业的销售范围基本上也均辐射到了海外市场，并在海外各个国家或地区设立相应的销售机构，然而，从其生产网络的覆盖范围来进行考虑，所具有的全球辐射网络还相对欠缺或稀疏。所以，以下分别选用以联想集团和海尔集团为代表的典型跨国公司来分析该模式的形成及其特征，因为电子信息类企业仍然是实施跨国扩张战略的先锋者。

1. 全球集中生产型：联想集团

联想集团是联想控股有限公司最重要的子企业，后者成立于 1984 年，总部设在北京（海淀区中关村），这也是联想集团的前身。联想控股有限公司采用母子公司治理结构，初步形成了包括 IT、投资、地产等三大行业和五大业务单元的非相关多元化经营格局。

2005 年，联想集团完成对 IBM 个人计算机（PC）事业部的收购，组合成为一个规模庞大、辐射全球的世界第四大计算机制造商——新联想集团。同时，新联想集团在企业结构上也进行了相应调整，形成集团总部、全球产品集团、全球研发系统、全球供应链系统、全球销售系统等五大管理与运营部门，以及面向全球销售和客户服务的五大区域总部，即亚太区域总部、中国区域总部、美国区域总部、欧洲区域总部和印度区域总部（图 5-12）。目前，联想集团在全球 66 个国家拥有分支机构和 166 个国家开展业务，并在全球范围拥有 2.5 万名员工。2008 年，联想集团首次荣登美国《财富》杂志公布的全球企业 500 强排行榜，居第 499 位，年营业额达 167.88 亿美元。

联想集团的全球总部设在美国纽约，并在中国北京和美国罗利成立有两个全球运营中心，前者服务于国内业务，后者负责国际业务。同时，其全球研发中心分别位于中国北京、美国罗利、日本东京，构成一个"三位一体"的全球研发体系，而中国的研发中心相继设在北京、深圳、上海、成都，基本上也覆盖了中国几个大区（表 5-13）。从联想集团的生产基地布局来看，该模式具有明显的全球集中生产型特征，即生产单元主要集中在中国地区，包括北京、上海、深圳、惠州、厦门等，海外生产基地相对不多。同时，中国各城市之间又形成专业化相互分工，如北京集总部、研发、生产等功能于一体，惠州主要生产 PC 整机、QDI 主板和高精密线路板等计算机及配套产品，上海负责生产台式电脑、笔记本

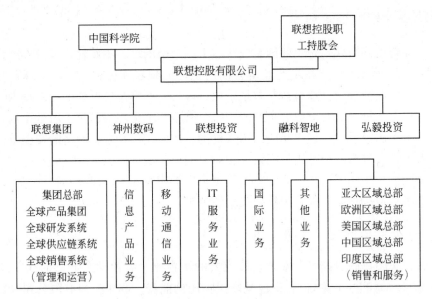

图 5-12　联想控股有限公司的母子组织结构

资料来源：根据联想控股有限公司和联想集团有限公司网站信息整理。

电脑，并具有相应的研究开发和市场销售功能，而厦门是联想集团开展移动通信设备业务的主要生产基地。

表 5-13　联想集团的全球空间组织构成

机构	城市或地区
企业总部	全球总部：纽约
	全球运营中心：北京（中国业务）、罗利（美国北卡罗来纳州）（国际业务）
	全球研发管理中心、全球采购供应中心：北京
	全球市场中心：罗利
研发中心	全球：北京、东京、罗利
	中国：北京、深圳、上海、成都
生产基地	中国：北京、上海、惠州、深圳、厦门
	海外：印度、墨西哥、波兰

资料来源：根据联想集团网站及相关信息资料整理，http://appserver.lenovo.com.cn。

　　从联想集团构筑的全球生产网络来看，各企业组织机构的空间分布均充分发挥了所在城市或地区的区位优势。第一，在全球范围内，纽约是名副其实的"世界之都"，这里聚集着众多具有全球控制力的金融、银行、广告、法律等生产型服务公司，以及大量跨国公司总部或分部机构，具有开展全球业务管理和运营的区位优势,因此,联想集团的全球总部即设立于此。中国北京、美国北卡罗来纳州罗利和日本东京大和分别是联想集团、IBM 集团 PC 事业部及研发机构的发端地,均具有科研技术集群支撑的巨大优势,联想集团将全球运营中心、全球研发管理中心、全球市场中心等职能机构区位选择在北京和罗利,并与东京大和一起成为全球研发中心,近年来罗利逐步具有企业总部的管理职能。

第二,在中国区,联想集团除了继续保持北京的生产及研发功能之外,分别在上海、深圳和成都设立国家研发中心,后三者均是电子工业科研实力较强的中国特大城市,并属于华东、华南、西南三大区域经济中心。联想集团的第二大生产基地建设于惠州(惠阳),一方面是由于该地区具有接近深圳、香港的区位优势,有利于借助海内外市场的贸易窗口;另一方面则是为了发挥惠州较为完备的电子产品生产体系和本地化产业环境优势,即这里集聚着大批国内外电子类企业,以及较低的生产制造成本,如劳动力供应、土地成本和税收政策等。随后,联想集团选择在上海成立第三大生产基地,也是基于上海的研发优势及其与周边地区所形成的 IT 及 ICT 产业生产系统,并具有辐射海内外市场的营销优势。由此,联想集团在国家地区范围内构架起了"三足鼎立"的跨区域生产网络模式。

2. 市场地生产型:海尔集团

海尔集团总部设于中国青岛,是世界第四大白色家电制造商、中国最具价值品牌。目前,海尔在全球 30 多个国家建立了 29 个本土化制造基地,8 个综合研发中心,19 个海外贸易公司,全球员工超过 5 万人,已经发展成为集家电、计算机、集成电路、新材料等于一体的大规模跨国公司。2008 年,海尔集团实现全球营业额 1220 亿元,在中国家电市场的整体份额达到 26%,其中,高端产品领域的市场份额近 30%,居中国制造业企业 500 强第 11 位。

首先,对海尔集团的发展战略及组织结构变化过程进行解析。海尔集团将自身的发展战略划分为四个阶段:①名牌战略阶段(1984~1991 年),在这一阶段该集团由于仅仅拥有冰箱一个产品,因而实施全面质量管理方式。②多元化战略阶段(1992~1998 年),逐步从白色家电进入黑色家电领域,采用 OEC("日清日高")管理模式,并以吃"休克鱼"的方式进行资本运营。③国际化战略阶段(1998~2005 年),即变直线职能金字塔式的组织结构为扁平化的事业部管理模式,此时产品销售面向全球市场,并拥有相对完整的海外经销商网络和售后服务网络,创立了"市场链"流程再造管理方法。④全球化品牌战略(2006 年至今),实施人单合一与 T 模式(time, targent, today, team)的管理方式,从立足中国辐射全球的国际化战略,逐步转向创造出每个国家本土化的海尔品牌。

由此,从海尔集团的战略与结构变化来看,该演变过程具有明显的"结构跟随战略，战略决定结构"的特征，印证了钱德勒的著名观点。同时，海尔集团多分部组织之下的管理模式也更具有创新性，如"市场链"流程和人单合一的经营方式，不但可以提高员工的工作积极性和创新性，还可以应对不断变化的市场需求，而直接面对客户的大规模定制模式，明显可以减少库存量并增加市场份额。

其次，分析由企业战略与结构变化所带来的全球空间组织网络形成。随着国际化战略和全球化战略的相继实施，海尔集团已经形成立足亚太、欧洲和北美的全球生产网络体系（表 5-14 和图 5-13）。第一，企业总部扎根于青岛，并在纽约设立北美地区总部，同时，将研发中心相继设于青岛、北京、首尔、东京、米兰、洛杉矶、大阪、哥本哈根、阿姆斯特丹、慕尼黑等世界著名都市，从而构架起能够覆盖发达国家或地区的全球研发网络，这样有利于掌握世界最前沿的技术创新成果及本土化市场需求资料。第二，海尔集团分别在亚太、西亚、北美、南美、西欧、北非、南非等地区设立全球信息中心，进行动态市场信息的搜索和反馈活动，以便更好地完善全球生产网络及营销网络。第三，生产基地的布局属于典型的市场地生产型，除了中国沿海及内陆部分中心城市之外，东南亚、西亚、中东、北非、欧洲、北美等地区均有海尔集团的工业园区，这样有利于实施企业全球化的本土化战略。例如，海尔集团确立了 3 个 1/3 的战略，即 1/3 的产品国内生产国内销售，1/3 的产品国内生产国外销售，1/3 的产品当地生产当地销售（朱传耿，2003）。

表 5-14　海尔集团的全球空间组织构成

机构	城市或地区
企业总部	青岛、纽约（北美地区总部）
研究中心	青岛、北京、首尔、东京、米兰、洛杉矶
设计中心	首尔、大阪、洛杉矶、南卡、哥本哈根、阿姆斯特丹、慕尼黑、米兰
信息中心	中国香港、中国台湾、新加坡、巴基斯坦、纽约、蒙特利尔、巴西、阿根廷、伦敦、巴黎、法兰克福、米兰、悉尼、突尼斯、开普敦、迪拜
生产基地	青岛、济南、合肥、大连、武汉、重庆、北京、上海、深圳、苏州；美国南卡罗来纳州、意大利、印度、巴基斯坦、马来西亚、泰国、印度尼西亚、孟加拉国、越南、伊朗、约旦、突尼斯、尼日利亚

资料来源：根据海尔集团网站整理，http://www.haier.cn。

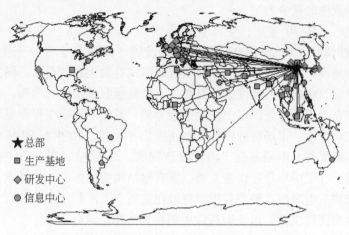

★ 总部
■ 生产基地
◆ 研发中心
● 信息中心

图 5-13 海尔集团公司空间组织网络（总部青岛）

资料来源：根据海尔集团网站相关信息整理绘制，http://www.haier.cn。

最后，利用经济地理学原理阐释海尔集团全球辐射网络模式的形成机制。第一，尽管海尔集团的生产基地及研发机构遍布世界各地，然而各子企业或子公司主要受青岛总部的控制，所以，该网络模式仍然属于辐射型并非均质型。这是由于在企业运作方式上，海尔集团采取"联合舰队"的运行机制，总部作为"旗舰"以"计划经济"的方式协调下属企业，而各下属企业在集团内部是事业本部，对外则是独立法人，发展"市场经济"，但在企业文化、人事调配、项目投资、财务预决算、技术开发、质量认证及管理、市场网络及服务等方面必须听从总部统一协调。第二，20世纪90年代后期，海尔集团开始实施国际化战略首先从东南亚国家着手，这是因为该地区不但与中国具有相互临近性，而且经济发展相对活跃，对外开放程度较高，并拥有华侨文化的认同性。第三，2000年海尔集团开始进入北美地区，在美国南卡罗来纳州设立生产基地，随后在纽约设立北美地区总部。期间，海尔工业园区相继入驻西亚、中东、北非等地，从而完成了一个全球性扩张的过程。以上表明对全球市场的占有是海尔集团组织规模增长的最大动力，同时，在世界各地设立研发机构及信息中心，获取全球技术创新与市场需求信息，这也有助于海尔集团跨国生产网络的形成。

四、小　结

当前，中国企业集团正处于一个快速发展的阶段，兼并、重组、收购等各种战略性扩张方式并存。这有利于提高中国企业的产业集中度，增强大型企业的控制能力，并推动经济社会稳定发展、科技创新能力增强，以及提高城市、区域、国家在全球范围的竞争力。

回顾改革开放 30 多年，中国企业集团先后经历了起步发展（1978～1992年）、战略性调整（1992～2002年）、快速发展（2002年至今）三个主要阶段，实现了企业规模大中小型并存、多种所有制形式互动发展的局面。同时，大型企业集团在世界 500 强中的地位逐步提高，入选数量明显增多。然而，中国企业发展也明显存在着不足之处，以中国制造业为例，其集中程度在行业领域内表现为企业规模相对较小、市场份额较低、创新能力不强等。20 世纪 90 年代，中国工业集中度不断提高，但明显低于西方发达国家。21 世纪以来，中国制造业集中度增长缓慢，并受中小企业快速发展、所有制结构变化影响，如私营企业、外资企业增长较快。但当前这种产业组织分散化的特点，不利于形成具有全球资源配置能力的大型跨国企业，以及提高自主创新水平和全球竞争力。

中国制造业企业地理集中度的重心位于东部沿海发达地区，并呈现出进一步集中化的发展态势。其中，北京、上海、天津、山东、广东、江苏、浙江等 7 省（直辖市）属于中国最重要的制造业地区，其整体集中度趋于提高，与之相邻的省份也出现集中度增大的态势，如福建、江西、山西、广西等。另外，近几年北京的集中度逐步超出上海位居中国省市首位，江苏替代山东而仅次于北京，表明这些城市与区域的经济控制能力正在增强，这分别与它们国有控股、外商投资、私营经济的发展密切相关。从整体上看，中国制造业集聚已经形成以环渤海地区、长江三角洲、珠江三角洲为核心地带的空间组织模式。这种制造业分布的非均质性也暗示着区域经济发展水平空间分异的重要原因，通过各省区 GDP 及税收收入与之相关性分析，其结果也证明了此观点。

目前，可以将中国制造业企业空间组织网络划分为内聚型网络、跨区域网络、国家区域网络和全球辐射网络四种模式。这些空间模式的形成印证了钱德勒的"战略与结构"观点，即战略决定结构，结构决定形态。其中，M 型结构被多数企业在发生组织空间分离后所采用，但通过联合重组的国有企业往往采用 H 型控股结构。整体上，企业空间组织多属于内聚型和跨区域网络模式，仅有位居500 强前列的国有控股及私营大型企业，初步具备了国家区域和全球辐射网络模式，但还没有形成全球性的生产网络，这表明中国企业空间组织目前还处于相对较低的发育水平。

第六章

基于企业网络视角的中国城市空间网络分析

在全球化和信息化时代，资本的快速流动促使企业或公司管理控制和研发功能的高层次集聚，以及生产制造的低层次扩散，这对不同功能组织所在的城市－区域产生着重塑性作用，并导致了传统城市体系的巨大变化，即从等级性中心地体系向网络体系转化。所以，新时期城市体系研究需要采用特性法和联系法，其中，网络分析是研究的技术支撑（顾朝林，张勤，1997）。

本章将总结国内外城市网络体系研究的理论与方法，从企业组织网络视角，对中国大型制造业企业空间组织网络构成进行阐述，并在对本土和跨国公司在华典型电子信息企业空间组织进行研究的基础上，揭示在其影响下的中国城市网络体系的两种特征。

一、从城市体系到城市网络的理论研究

（一）国外城市网络体系理论

城市网络的相关研究产生于城市体系理论，传统城市体系主要指具有等级性的中心地体系（表6-1），该体系特征表现在：①位于等级体系最高级的是国家级的大城市，并具有广阔的腹地或服务范围；②每个大城市的腹地内都包含若干个等级体系中间层次的区域中心；③在每个区域中心腹地，又包含若干个位于等级体系最低层次的小城市，它们是周围地区的核心（于洪俊，宁越敏，1983）。城市体系是城市地理学研究的核心内容之一，其对城市体系的研究集中在城市规模分布、城市职能分类和城市空间结构等三个方面，研究方法上多运用数量统计分析的手段，并形成中心地学说等重要的理论。

近20年来，城市网络研究成为城市空间结构研究中的一个新兴领域。这是因为自20世纪80年代以来，随着信息技术的快速发展以及全球化程度的加深，

城市间的人流、物流、信息流、资金流，无论是规模、速度、方向，还是组织形式都发生了根本性的变化，对世界城市体系的等级结构也产生了重要影响，由此促进了学者对这些"流"或"网络"研究的关注。Batten 等认为当前的城市网络体系与传统的中心地体系相比在很多方面显示出不同的特点（表 6-1）。然而，城市网络体系并没有完全替代传统的中心地体系，现实中的城市体系仍然具有传统等级特征，呈现出一种"双体系"形式（汪明峰，2007）。这是因为，一方面，国家或疆域仍然对各种"流"的空间指向具有约束性作用，"无国界的世界"也受到各种传统因素的限制；另一方面，规模经济和集聚经济效益也决定了城市规模是影响各种"流"汇集的重要因素，城市规模仍然是决定城市在网络体系中节点性的重要因素。

表 6-1　中心地体系和网络体系的比较

中心地体系	网络体系
中心性	节点性
受规模限制	不受规模限制
倾向于首位和替代	倾向于柔性和补充
同质性的产品和服务	异质性的产品和服务
垂直可达	水平可达
主要是单向流动	双向流动
运输成本	信息成本
空间上的完全竞争	有价格歧视的不完全竞争

资料来源：Batten，1995；顾朝林和张勤，1997。

城市网络的相关研究主要涉及城市间的信息通信及交通网络和全球城市网络两个方面（表 6-2）。城市地理学很早就开始了信息流和城市网络关系的研究，如格林把电话呼唤方向作为划分纽约和波士顿边界的指标之一（Green，1955）。此后，借助各种通信网络分析城市之间联系的研究越来越多，"如 20 世纪 60 年代的电话网络分析成为运输和通信地理学的一个重要分支"（Haggett，Chorley，1969）。90 年代以来伴随着互联网的崛起，更是形成了互联网地理学（Moss，Townsend，2000）。全球城市网络的研究产生于世界城市的研究（Friedmann，1986），这是由于传统世界城市分析主要通过各种国际金融机构、跨国公司总部、全球商务服务部门、交通信息枢纽等的集中度来探索全球范围内城市的等级体系，即延续了传统城市体系研究对城市特性的关注，而后来的学者（Taylor，2002，2004）认为新时期全球城市体系分析更应该注重城市间的联系性，并可以采用公司空间组织网络进行描述。

表 6-2 跨国城市网络相关理论研究及方法

对象选择	企业组织		基础设施	
	生产服务公司	跨国公司	通信设施	交通设施
相关研究	Taylor, 2004; Derudder, Taylor, 2005	Alderson, Beckfiels, 2004; Rozenblat, Pumain, 2006	Moss, Townsend, 2000; Townsend, 2001	Smith, Timberlake, 2002; Derudder; Witlox, 2005
网络指标	城市间的信息流、知识流、指令流等	城市间公司总部与子公司数量	城市间的电信及互联网	城市间旅客数量

资料来源：Derudder, 2006。

目前，采用跨国公司组织对城市网络进行研究的方法有两种：①采用全球生产服务业公司作为样本。每个跨国服务公司在各全球城市中拥有多个分支机构，形成一个由信息、知识、计划、指令、建议等各种"流"组成的全球服务网络，从而将各个全球城市连接为相应的世界城市网络。由此，Taylor（2002，2004）收集了分布于全球范围内 315 个城市中的 100 个全球服务公司信息资料，来分析世界城市网络的联系状况。②利用跨国公司及其附属机构在各城市中的分布研究所组成的空间网络，如基于 500 个大型跨国公司和子公司在 3692 个城市中的区位，Alderson 和 Beckfield（2004）分析了这种由跨国公司作为引擎的城市体系，并认为这是一种城市之间的关键联系。另外，有日本学者也通过企业总部和分支机构的集聚和分布来判断中心城市经济管理职能，以及日本主要城市之间功能联系的发展变化（日野正辉，2007；阿部和俊，2007）。

（二）国内城市网络体系研究

中国学者也陆续开展了地域空间范围内的城市网络关系分析，基本上可以划分为两大类型。第一，利用通信及交通基础设施网络进行研究。例如，虞蔚（1988）利用城市间的长途电话信息资料，研究了中国大城市之间的信息相互作用；金凤君（2001）、周一星和胡智勇（2002）对中国民航客流网络进行了分析；汪明峰和宁越敏（2004）通过互联网关注了中国城市体系的分布等；金凤君和王姣娥（2004）探讨了中国铁路客运网络组织的空间格局等；曹小曙等（2005）则对中国干线公路网络联结的城市通达性进行了研究，等等。第二，通过企业组织网络揭示城市或区域之间的关系。例如，郑伯红（2003）参考世界城市网络研究方法，利用全球服务公司机构分布资料，对世界范围内 120 个主要城市进行了网络分析；王成金（2005）对中国物流企业网络进行研究，并探讨了物流企业的城市网络和区域网络；金钟范（2008）也选择了企业空间组织角度，对中国与韩国之间的城市网络联系进行了有益探索。总的来看，利用现有的交通及通信网络设施研究城市或区域之间关系的相对较多，而选择企业空间组织网络视角的相对较少，这主要是由于前者所形成的网络"有形"而易于把握，后者相对"无形"难以着手，但共同面临的难题均是各类信息资料收集较为不易。

作为推动经济社会发展的主要动力主体，企业组织对城市与区域结构产生着重要的影响。结合相关研究发现，由于企业内部不同分支机构的空间分离而形成的关系网络，对城市空间网络的形成具有重要意义。这是由于企业内网络可以作为城市间网络的基础而起作用，沿着这种组织性联系网络生产资本、信息、人力、设备、技术、经营文化等的持续流；而由外部或转包关系形成的企业间网络，尽管在生产层面具有柔性特点的益处，但在多种实物流或非实物流的生成上意义不大，并具有较大的断层可能性（金钟范，2008）。宁越敏（1998）指出，改革开放以来，跨国公司和乡镇企业对中国城市化进程起到重大推动作用，那些投资机构集中在北京和上海的跨国公司在华开始出现管理和生产分离的等级结构，这对于中国城市等级体系的重构具有重要意义。由此可知，随着全球化和信息化的深入推进，现阶段不断壮大的中国本土企业和持续涌入的跨国公司的空间组织网络，正在促进着中国城市网络体系的形成。

本书认为，无论是何种"流"所形成的各类型"网络"，基本上都是围绕企业空间网络来运转的，大量"流"的进出口或节点往往也就是各种企业总部的重要集聚地，由此，也形成相应的网络体系中的节点城市。所以，本书重点分析企业空间组织网络影响下所形成的城市网络，主要从中国制造业企业的空间组织网络入手，通过分析企业的空间网络构成来阐释处于中国企业空间组织网络中的城市体系特征，并将中国本土企业和跨国公司的空间组织区别对待。

二、中国制造业企业空间组织网络构成

（一）企业空间组织网络理论

从网络理论的观点来看，构成经济活动的基本单元是"企业网络"，这是由于企业网络属于一种企业组织结构，它是随着企业组织向多部门、多区域和国际化方向发展而形成的空间结构。在企业组织的扩张过程中，企业不同部门开始独立承担不同企业职能，并产生企业内部职能分工，同时，企业与企业之间也进行一定的分工，与此对应，不同企业或企业不同职能部门在地域上分别选择不同区位，实现了企业内部不同部门和外部不同企业的空间分离，从而形成了企业网络（王成金，2005）。

在各类型网络中，企业内网络和企业间网络是企业组织的主要表现形式。企业经济学认为企业内部存在技术分工而企业间存在社会分工，这种技术分工和社会分工就是产生企业网络内部各种经济联系的根源，其中，技术分工产生了企业内部网络，而社会分工和空间的共同作用产生了企业外部网络。企业内网络是依据生产活动的劳动分工而形成的企业内部各个不同单元之间所形成的网络关系，其在区位空间上的分离表现也正是企业地理的重要研究对象，如跨国公司的全球生产或研发活动区位。企业间网络以经济利害关系为中心，由于各种劳动分工关系或社会关系而形成企业外部的生产系统，反映在空间上则表现为区位远离或相互集聚，这些是最近新产业区或企业集群研究的关注对象。

依据以上分析，与商业公司组织相对集中或均质的空间结构相比，制造业公司空间组织相对分散化或多样化，由公司总部、子公司、研发机构及生产单位等所组成的企业网络，有利于揭示城市或区域结构的分布特征，以及城市网络或区域网络关系。

由于难以获取完整的中国企业组织数据资料，因此分析中国制造业企业 500 强的空间组织网络构成，所采用的企业数据以近年来中国企业联合会、中国企业家协会所评选的中国制造业企业 500 强为代表，包括国有、集体、私营、外资及合资多种所有制形式，相关数据来源于 2007 年和 2008 年的《中国 500 强企业发展报告》，并查询了相应企业的网站及万方企业数据库。

（二）企业空间组织网络构成

1. 企业空间组织网络核心——公司总部

公司总部是公司运营的指挥中心，其功能，一是制定影响公司未来发展方向的战略决策，如公司是否应进入（或抽回）某新产品或者新市场，是否扩张或压缩公司的生产规模，是否收购、兼并其他企业或出售本公司的一部分；二是对公司日常经营的管理。总部最重要的角色就是资金控制，以及代表公司与其他公司进行高层协商、谈判，与政府交涉、与金融市场接触（李小建，1999）。因此，在企业空间组织网络中，公司总部必然处于核心部位，其区位分布特征表现为集中在大城市及城市中心的商务区，因为这里集中了其他企业总部或分支机构，以及各种商业、金融、保险、广告、法律、政府等生产服务部门，有利于总部功能的充分发挥。

从 2007 年中国制造业企业 500 强总部区位特征来看（图 6-1），企业总部主要集中在以北京、天津为核心的环渤海都市圈、以上海为核心的长三角都市圈、以深圳、广州为核心的珠三角都市圈，以及中西部地区的特大城市或省会城市，如重庆，长沙，成都，武汉等（表 6-3）。各都市圈中的二级城市往往也是总部的集聚地，如南京、苏州、无锡、杭州、绍兴、宁波、青岛、大连等。2007 年，这些城市所拥有的企业总部超过 500 强的 2/3。具体来说，首先，北京和上海分别是中国的政治中心和经济中心，属于人口规模 1000 万以上的超级城市，商贸商务、金融保险、交通运输等生产服务业非常发达，并具有实力雄厚的工业基础，是跨国公司投资最为青睐的城市，因此，二者均是中国企业总部最重要的集中地（以营业额计）。其次，苏州、杭州、深圳、广州、青岛、绍兴、宁波、厦门、大连等在全球化背景下崛起的新兴先进制造业城市，作为各大都市圈范围内的次级经济中心城市，生产服务业发展水平相对较高，铁路、港口等交通运输便利，也是本土制造业企业总部和跨国公司投资企业分部的集聚地。最后，中西部地区的重庆、武汉、长春、长沙、成都、沈阳、济南、太原、昆明等直辖市或省会中心城市或为直辖市，或为省会城市，一方面传统重工业基础相对较好，另一方面生产服务业相对比较发达，所以也都是区域范围内企业总部的集聚地。

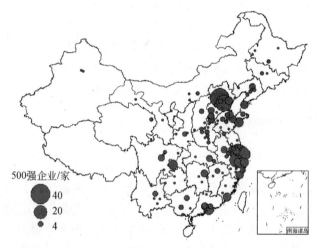

图 6-1　2007 年中国制造业企业 500 强总部的空间分布

注：《2008 中国 500 强企业发展报告》对总部所在地以省区单元进行了归类，本书通过查询企业集团详细的地理位置，最后以地级大中城市为划分单元，并对城市内部的布局特征进行总结，详见第七章。

表 6-3 分析了企业总部在城市内部的区位特征，发现总部主要集中于中心城区，而近郊区或开发区也是总部的集聚区。北京的总部数量为 39 个，其中 30 个集中于中心城区，如朝阳区、西城区、海淀区等金融商贸区及科技园区。上海的企业总部有 23 个，其分布相对比较分散，其中中心城区拥有 13 个总部，开发区有 10 个总部，这是由于随着城市空间结构"退二进三"的调整，许多制造业公司总部随着企业郊迁搬迁到近郊的工业园区。深圳的 13 个企业总部则主要集中在开发区或工业园区，表明深圳属于新兴制造业城市，工业园区成为城市空间增

长的重要元素，如鸿海科技（台资企业）投资的富士康集团直接选择在深圳宝安区的龙华镇。总体来看，城市中的企业总部分布符合制造业的区位特征，即具有生产制造功能的工业园区往往成为总部重要的集聚地。

表6-3 2007年中国制造业企业500强总部数量分布的前10位城市

城市	总部/个	中心城区/个	开发区 （近郊区）/个	外围县市/ （区）/个	总营业额/亿元
北京	39	30	9		18 240
苏州	33	1	5	27	3 773
天津	29	14	14	1	6 471
无锡	28	3	6	19	3 724
杭州	25	12		3	3 082
上海	23	13	10		8 458
绍兴	14	1	3	10	1 167
深圳	13	3	10		5 114
青岛	11	5	5	1	2 665
重庆	10	3	7		994
合计	225	85	79	61	53 688

资料来源：根据《2008中国500强企业发展报告》及各企业网站信息分类整理。

2. 企业生产网络结点——研发机构和生产部门

研发机构和生产部门是企业空间组织网络的重要结点，前者对公司长期成长的作用非常重要，特别是在产品技术创新生命周期日益缩短的今天，研发能力已成为企业的核心竞争力；后者作为产品的生产部门，是企业实现利润的基础。两者都在总部的指挥之下运营，与总部形成企业网络的三个主要组成部分。这种企业内部网络是所有网络类型中的主体，也是影响城市与区域发展的重要力量。

与总部大都集中于大都市区的中心区相比，研发和生产部门的区位有各自的特点。前已讲述到跨国公司R&D机构趋于大都市区和科研集中区，并表现出与公司总部区位特征的相似性，但二者的空间区位并非完全耦合，相对于总部区位，研发部门的区位选择更加灵活或多样化，更倾向在智力资源丰富区布局，而且往往在多个城市设立研发中心。

总部下属的生产制造业部门的区位更为分散，这是企业空间组织网络形成的重要条件，其空间布局特征在很大程度上可以运用韦伯工业区位论来进行解释，如接近原料产地、接近劳动力供应地、倾向于运输费用最小化的交通枢纽、位于消费市场地区等。针对企业组织发育水平较低或纵向一体化的单体型制造业公司，其在城市－区域内的分布也具有相应的规律，如有学者（Hortshorn，1980）根据不同工业部门的用地条件，将之划分为郊外区位型和城市区位型。前者一般属于追求规模经济效益的纵向一体化行业，用地面积较大，如钢铁、石油、汽车及工程机械等，后者则是规模较小且较为灵活生产的都市型工业，如服装业、出版印刷业等。所以，郊外区位型工业普遍处于城市外围或边缘区，城市区位型工业多布局在城市内部地区。

目前，相对于世界大型跨国公司，中国制造业企业组织发育水平较低，尽管总部与研发机构及生产基地空间分离的案例已经陆续出现，但能够实现全球化生产的跨国公司仍较为少见。然而，有相当部分企业空间组织网络化态势已经初露端倪，特别是位居中国制造业企业 500 强中的电子信息类企业（表 6-4）。从这些典型电子信息类企业的空间组织来看，第一，总部集中在北京、天津、上海、深圳、青岛等沿海发达城市；第二，研发机构仍集中在上述城市，但由于一些企业有多个研发中心，南京、西安、成都、武汉、重庆等高校及科研机构众多、生产服务业发达、高素质人才充裕的经济中心城市也成为研发中心城市；第三，企业生产基地和服务机构的分布更为广泛，涉及更大的空间范围，一些中西部的中小城市也可能被纳入企业网络之中。

表 6-4　中国制造业企业 500 强电子信息类企业空间组织（部分）

企业	总部	研发中心（中国）	生产基地或服务机构（中国）
联想集团	北京	北京、上海、深圳、成都	北京、上海、惠州、深圳、厦门
京东方科技集团	北京	北京	北京、成都、河北固安、绍兴、苏州、厦门
北大方正集团	北京	北京	北京、上海、东莞、珠海、深圳、苏州、武汉
同方股份	北京	北京	北京、深圳、南昌、无锡、沈阳、鞍山、廊坊
紫光股份	北京	北京	北京、哈尔滨、沈阳、济南、西安、成都、昆明 武汉、上海、福州、厦门、广州、深圳
上海贝尔阿尔卡特	上海	上海	上海、北京、杭州、成都、乌鲁木齐
上海索谷电缆集团	上海	上海	上海、天津、重庆、武汉、温州、太原、南宁

续表

企业	总部	研发中心（中国）	生产基地或服务机构（中国）
上海胜华电缆集团	上海	上海	上海、青浦、合肥、温州、廊坊、新乡
天津三星通信	天津	北京、上海、南京	天津、上海、深圳、惠州、苏州、威海
摩托罗拉中国	天津	北京、天津、上海、南京、成都、杭州	天津、上海、杭州、苏州、广州
鸿富锦精密工业	深圳	深圳	深圳、北京、苏州昆山等
华为技术	深圳	深圳、上海、北京、南京、西安、成都、武汉	深圳、上海、北京、南京、西安、成都、武汉
中兴通讯	深圳	深圳、南京、上海、北京、重庆、西安	深圳、北京、太原、南京
比亚迪股份	深圳	深圳	深圳、惠州、北京、西安、上海、天津、青岛、香港
海信集团	青岛	青岛、北京、深圳、顺德	青岛、北京、深圳、成都、营口、临沂、淄博、贵阳、南京、扬州、芜湖、佛山、湖州、喀什
海尔集团	青岛	青岛、北京	青岛、合肥、大连、武汉、济南、重庆、顺德
TCL集团	惠州	惠州、深圳	惠州、无锡、深圳、中山、广州、成都、青岛、武汉、南海、香港
侨兴集团	惠州	惠州、北京、上海、深圳	惠州、深圳、北京

资料来源：根据中国制造业企业500强相关网站整理。

根据总部、研发中心和生产基地三者布局的相关性，大致可以将其划分为以下两种类型：

（1）城市内部分散型，系指集中于同一个大城市的企业集团，总部、研发机构和生产基地在城市内部实现空间分离，如广州医药集团有限公司，总部及其老生产基地均位于老城区——荔湾区、海珠区和东山区，新设企业则建于中心城区外围——白云区、番禺区及广州开发区（图6-2），这是由城市土地利用价值曲线所决定的。该类企业一般属于成长中的企业集团或拥有纵向一体化的企业组织，如钢铁、化工企业集团等。

（2）区域内分散型，指除了总部所在城市兼有生产子公司之外，在其他大中小城市也出现了制造基地，如汽车及工程机械、电子电器、食品等类型的企业集团。这种布局既有利于实现合理的产品劳动空间分工配置，也便于接近消费地市场，在此以联想集团和海尔集团为例（图6-3）。联想集团总部位于北京，研发中心分设于北京、上海、深圳等中国区域中心城市，生产基地与研发中心相互配套布局，有利于技术创新、试制生产、接近中国三大都市圈及海外消费市场，并在惠州建立了子公司，这是由于该城市电子类企业较为众多，便于产品学习，具有劳动力供应、共享服务等优势。海尔集团总部设于青岛，并在北京建立研发中心，充分利

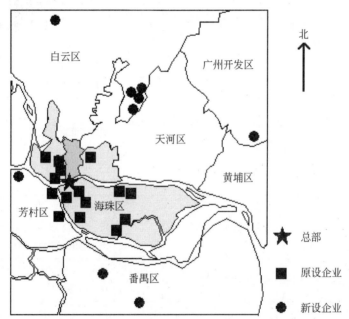

图 6-2　广州医药集团的城市内部空间组织

资料来源：由广州医药集团有限公司网站有关信息整理绘制。

图 6-3　联想集团和海尔集团的空间组织分布

用北京的科研技术集聚优势，而生产基地已经扩散到合肥、大连、武汉、重庆等大城市及青岛周边中等城市，一方面，这样容易深入中国各大电器消费市场；另一方面，也有利于借助各特大城市的科研优势，从而实现企业技术的不断创新。

三、中国城市内向型网络和外向型网络

（一）城市网络体系动力及类型

改革开放以来，在中国城市化进程中企业所发挥的作用越来越大，并引起了诸多学者的关注与探讨。随着 20 世纪 80 年代乡镇企业开始在推动城市化过程中崭露头角，其后研究焦点主要放在乡镇企业与城市化关系方面，如长江三角洲地区乡村工业化的"自下型"城市化（崔功豪，马润潮，1999）。同时，又有学者认识到外向型经济对城市化的促进作用（许学强，胡华颖，1988），如珠江三角洲在外资影响下创建出的"外向型城市化"新模式（薛风旋，杨春，1997）。宁越敏（1998）认为传统城市化动力机制研究主要放在经济增长特别是工业化进程上，城市化的深层次解释需要区分其资本来源，这样则可以从经济运行的主体即政府、企业和个人的角度来着手分析。由此，一方面，外资企业带来了市场机制下的经营模式；另一方面，中国的国有企业也开始了逐步扩大经营自主权的进程，二者的投资在共同推动中国城市化。周一星和曹广忠（1999）也认为可以从资本的来源角度对城市化模式进行分类，如可将吸引内资的城市化称为"内联型"，利用外资的城市化则为"外联型"。

进入 21 世纪以后，中国本土化企业持续快速成长，国内利用外资水平也在不断提高，跨国公司源源不断地涌入，不但促进了经济社会的飞速发展，也推动了城市与区域的演变与重构。据《2008 中国 500 强企业发展报告》分析，1999～2007年，中国企业经济效益连续 9 年保持高速增长，创造了历史上有记录以来最长的黄金增长期。同时，国内利用外资已经进入了一个新阶段，截至目前，外商投资企业创造了中国约 1/3 的工业产值，提供了全国超过 1/5 的税收，雇佣了 2000 多万名员工，世界 500 强跨国公司已有 480 多家来华投资或设立机构，其中，以各种形式设立的研发中心超过 980 家。同时，《2008 跨国公司中国报告》指出，经济全球化背景下跨国大型企业的最新发展趋势是由跨国公司（transnational corporations）向全球公司（global corporations）转型，全球公司把全球战略延伸到中国，如设立营销机构开发中国市场，设立制造基地加工组装，设立研发机构从事技术开发，中国已经成为全球公司的全球产业链上的重要环节，而全球公司多中心网络化管理模式也提升了中国在全球网络中的地位。

中国的城市与区域正是这些企业经济活动的主要空间载体，这些企业既包括本土各种性质的企业，也涵盖了跨国公司各类型投资机构。企业空间组织在持续增长过程中，通过使用城市空间，促进城市规模日渐扩大，同时也明显提升了城市与城市之间的相互联系程度。在企业空间组织中，总部与分部、分部与分部之间不断进行着相互交流，形成物质、资金、信息、劳动力和技术大规模的流动。正是这些"流"的不断运转，才促使中国城市空间网络出现。因此，如果能够很好地阐释城市网络的性状特征，就可以更好地解析每个城市在网络中的地位以及未来发展取向。相比传统中国城市体系研究，城市网络分析更易于从横向联系和动态演化的角度来把握城市的本质特征，这是因为前者主要是基于已经完成的经济活动或城市化过程，如根据人口或经济指标界定城市规模地位，从而推导出城市未来的发展选择，而后者却可以依据所集聚的各种"流"，来预测城市的动态演化方向，这是由其所处于网络中的地位所决定的，而不仅仅是等级体系中的规模地位。

基于中国城市化动力机制的多样性，本书注重从作为动力主体之一——企业组织的角度来分析中国城市空间网络。因此，根据城市网络形成的动力源泉，即中国本土企业和跨国公司子企业，将之划分为"内向型"和"外向型"两种空间网络。前者主要指由中国制造业企业组织所形成的城市网络，后者则是跨国制造业公司影响下的城市联系网络。考虑到企业网络联系的复杂性，本章分别从中国制造业企业 500 强和跨国公司 500 强中，仅选取以电子信息产业为代表的典型企业[①]，来阐述中国城市网络的内向型和外向型特征，从而为传统中国城市体系研究提供一个全新的理论探索视角。

（二）中国城市内向型网络

1. 中国制造业企业 500 强分布状况——电子信息产业

首先，2007 年，在中国制造业企业 500 强中，电子信息类（主要包括电子、计算机、通信，电气及家用电器等）企业有 109 家，仅次于钢铁及有色金属行业类企业（129 家）；在总营业额方面也居第二位，超出汽车及工程机械类企业。这一方面表明中国电子信息产业的发展抓住了全球化和信息化带来的机遇，另一方面中国电子信息产业的内部竞争和并购重组行为较为频繁，这既有利于产品技术不断创新，提高电子信息行业集中度，也反映了市场需求容量的持续扩大。从

---

① 这是由于电子类企业既属于产业中最为活跃的行业，也是许多地区在未来发展中的朝阳产业，并受信息化和全球化影响程度最深。据对外贸易经济合作部统计，国际电子行业的跨国公司几乎全部都在中国建立了合资、合作或独资企业，这表明跨国公司中的电子信息行业在华投资行为最为频繁。2008 年，中国企业联合会、中国企业家协会发布的"中国制造企业 500 强"包含了多种所有制企业，以下所反映的中国企业空间组织没有将外资型企业排除，即所表述不属于严格意义上的"内向型"城市空间网络。

109 家电子信息类企业所有制构成来看，国有及国有控股有 21 家，私营 48 家，外资 22 家，合资 15 家，占总营业额的比重分别是 21%、41%、24% 和 8%。可以看出，私营及外资企业已成为推动中国电子信息产业发展的主体动力，而国有经济占的比重相对较低。与之相比，中国制造业企业 500 强中的国有及国有控股企业营业额占 63%，私营企业为 19%，而外商企业为 12%。

其次，中国电子信息产业主要集中于沿海三大都市圈，即京津冀都市圈、长江三角洲和珠江三角洲，同时，山东半岛、辽东半岛、浙江南部、福建沿海等地区也有聚集分布（图6-4）。从分行业布局情况来看，电子通信类企业的布局以沿海地区为主，电气电器类企业的布局则较为分散，这是由于电子通信行业是外资企业的强项，其在中国的布局与外资企业投资的区位选择有关，如深圳和苏州的电子通信企业集群就主要以外资企业为主。电气及电器行业是中国工业化进程中的重要支柱产业之一，所以，国有及国有控股、私营、集体等多元化所有制类型兼备，骨干企业主要分布在长三角和环渤海地区，在中西部地区也有一定的分布。

企业/家

14
7
1.4

■ 电子通信
□ 电气电器

图 6-4　2007 年中国制造业企业 500 强电子信息产业分布

从由电子信息产业所主导的中国城市等级体系来看（表6-5），深圳、北京的总营业额和就业人数分别位居第一、第二位，随后依次是天津、青岛和上海，而苏州、佛山、无锡、温州和惠州也均处于前 10 位城市之列。究其原因，首先，深圳、青岛、苏州、佛山、无锡、温州、惠州等城市是改革开放以来沿海发达地区崛起的新兴制造业城市，即属于民营经济、外资经济的优先受惠地区，持续增长的经济实力也决定了其在传统城市等级体系中的地位跃升，如深圳、青岛、苏州均是所在区域城市体系的"双中心"之一，其他城市也都是地区经济的重要"增长极"。其次，作为中国三大直辖市，北京、天津和上海的地位得益于传统工业基础的优势发挥，并将继续引领着中国城市体系的演化和发展，同时也表明这些城市正在受到沿海地区其他城市的挑战。最后，位于第 11～24 位的城市多属于沿海发达地区的经济中心城市和内陆地区的省会城市，但也有一些总体经济实力相对较低的大城市，如四川的绵阳和河南的新乡，这主要是因为它们分别拥有长虹和新飞两大知名品牌。

表 6-5　中国制造业企业 500 强电子信息类企业营业收入过百亿元的前 24 位城市

位序	城市	企业数/家	营业收入/亿元	从业人员/千人
1	深圳	10	4 400. 42	470. 74
2	北京	7	3 831. 13	190. 90
3	天津	9	2 457. 83	99. 41
4	青岛	3	1 696. 21	82. 09
5	上海	6	1 310. 55	125. 13
6	苏州	13	1 116. 81	67. 92
7	佛山	4	1 064. 26	138. 87
8	无锡	9	1 055. 95	43. 09
9	温州	6	803. 32	70. 59
10	惠州	4	720. 64	93. 89
11	厦门	2	459. 70	10. 06
12	杭州	5	365. 23	25. 53
13	绵阳	2	319. 42	69. 46
14	大连	3	318. 57	34. 25
15	福州	1	317. 18	15. 00
16	哈尔滨	1	300. 39	26. 79
17	宁波	2	227. 39	18. 06
18	南京	1	224. 62	14. 10
19	广州	2	187. 69	18. 79
20	金华	1	170. 80	52. 37
21	新乡	1	152. 96	3. 89
22	常州	2	145. 26	2. 18
23	合肥	2	112. 08	10. 29
24	西安	1	111. 82	17. 01

资料来源：根据 2008 中国 500 强企业发展报告及各企业网站信息分类整理。

2. 城市网络体系构成——基于企业空间组织网络

处于全球化和信息化进程中的中国制造业正在经历着空间结构的集聚和扩散，尽管相对于世界性跨国公司来说并不是非常明显，但其发展趋势却正在影响着传统中国城市体系的变化和重构。前面的研究曾把中国制造业企业空间组织网络划分为四种类型，其中电子信息类企业跨区域的网络模式占据50%以上，个别大型企业已经形成国家级区域网络模式。下面以具有代表性的典型企业来探讨电子信息产业的空间组织网络特征。

通过分析109家中国电子信息类企业，发现其空间组织网络可以划分为两种类型：①南北纵向扩散型（图6-5），主要指发达城市或地区之间的相互扩散，如北京-上海、北京-深圳、深圳-南京等，也兼具由发达城市向欠发达地区有选择性的扩张；②东西横向扩散型（图6-6），主要表现为发达地区与相对不发

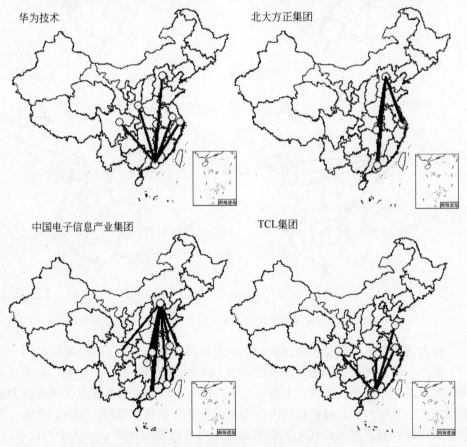

图6-5 若干500强电子信息企业空间组织网络（纵向扩散型）

达地区之间的相互扩散，如成都（绵阳）－上海、乌鲁木齐（昌吉）－天津、温州－乌鲁木齐等。前者以华为技术（深圳）、中国电子信息产业集团（北京）、北大方正集团（北京）、TCL集团（惠州）等为代表，后者以四川长虹电子集团（绵阳）、德力西集团（温州）、特变电工（乌鲁木齐）、上海胜华电缆等为代表，这些集团的子企业扩张主要包括研发型机构和生产型基地。

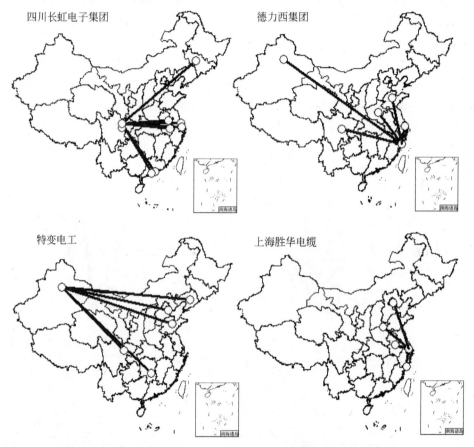

图6-6　若干500强电子信息企业空间组织网络（横向扩散型）

由上述典型电子信息企业反映的空间组织网络形成了以下三个特征：

第一，研发机构扩散相对集中在若干个区域经济中心城市。例如，华为技术将中国研发中心布局在深圳、上海、北京、南京、西安、成都和武汉等科技力量雄厚的中心城市；中兴通讯把国内技术型子企业分别放在深圳、南京、上海、北京、重庆和西安；四川长虹电子集团的研发中心设置与此类似。从中可以看出，以北京、上海、深圳、天津、重庆、南京、西安、武汉、成都等为代表性的中国特大城市是国内电子信息产业研发机构的重要集聚地。

第二，生产型企业随研发机构集聚地分布明显，或分散在内陆中心城市以及特大城市边缘区。北大方正集团将生产基地主要布局在长江三角洲和珠江三角洲，如上海、苏州、深圳、东莞、珠海等地；TCL集团总部位于惠州，生产型企业或研发机构分散在深圳、广州、中山、南海等周边地区，以及武汉、成都、青岛、无锡等特大城市。同时，内陆地区中心城市和特大城市边缘区也均是生产型子企业的重要集聚地，前者如合肥、南昌、长沙、济南等城市，后者包括南通、湖州、芜湖、廊坊等地区。

第三，特大城市之间相互扩散现象明显，发达地区和欠发达地区交流相对微弱。这是由于我国电子信息类企业主要集中在沿海发达地区三大都市圈，从而形成了这些地区之间高强度的相互扩散和交流；内陆地区则以武汉、成都、重庆、西安等特大城市以及个别省会中心城市为企业空间组织网络节点，由此构架出一个完整的中国城市体系轮廓。然而，发达地区和欠发达地区之间的微弱扩散，既不利于中国区域协调发展，也将会造成许多内陆城市结点在整个网络体系中被边缘化。

3. 城市网络体系特征——基于企业空间组织分布

将109家中国电子信息类企业空间组织机构进行统计归类，其中，总部109家，集中在36个城市，生产型或技术型子企业296家，分布于63个城市，由此，根据企业总部和子企业的不同赋值对各个所在城市进行功能计分，并得出城市的最后排序结果（表6-6）。

表6-6　2007年中国制造业企业500强电子信息类企业所在城市功能得分

城市	总部	子企业	综合	城市	总部	子企业	综合
深圳	30	56	86	惠州	12	14	26
苏州	39	46	85	武汉	3	20	23
上海	18	44	62	佛山	12	10	22
北京	21	38	59	青岛	9	12	21
无锡	27	28	55	南京	3	18	21
天津	27	26	53	厦门	6	12	18
杭州	15	22	37	合肥	6	12	18
温州	18	16	34	广州	6	12	18

续表

城市	总部	子企业	综合	城市	总部	子企业	综合
大连	9	8	17	台州	3	2	5
珠海	3	14	17	邢台	3	2	5
成都	0	16	16	铜陵	3	2	5
宁波	6	8	14	保定	3	2	5
常州	6	6	12	许昌	3	2	5
西安	3	8	11	扬州	3	2	5
绵阳	6	4	10	昌吉	3	2	5
重庆	0	10	10	金华	3	2	5
绍兴	3	6	9	长沙	0	4	4
廊坊	3	6	9	昆明	0	4	4
沈阳	0	8	8	太原	0	4	4
中山	0	8	8	东莞	0	4	4
镇江	3	4	7	淄博	0	4	4
哈尔滨	3	4	7	乌鲁木齐	0	4	4
福州	3	4	7	荆州	0	4	4
新乡	3	4	7	呼和浩特	0	4	4
南昌	0	6	6	南通	0	4	4
芜湖	0	6	6				

注：1个总部赋分为3，1个生产型或技术型子企业赋分为2，综合得分为前二者之和；以上所列城市至少包括2个及其以上生产型子企业。

从由电子信息企业空间组织网络所构成的城市网络体系来看，综合功能在10分及以上的24个城市中，18个城市均位于沿海三大都市圈，其中，深圳、苏州、上海、北京、无锡、天津都超过50分，这也证实了沿海发达地区之间的相互交流非常密切的观点。同时，武汉、合肥、成都、西安、重庆等内陆特大城市的网络体系地位也相对较高，这得益于各地区经济实力较强、科研水平较高、技术资源丰富、高级劳动力充足等因素，其中，合肥更受益于长江三角洲地区的经济扩散作用。

另外，在该特定的城市网络体系中，综合功能得分较低的城市多数属于发达地区的边缘区域或内陆中心城市，如廊坊、芜湖、南通等大城市，以及南昌、昆明、太原、长沙、呼和浩特、乌鲁木齐等省会城市。这一方面表明该类城市在网络体系中的地位相对较低，另一方面也说明这些节点城市仍然存在着发展机会，正是由于其仍然还属于网络体系中的节点，由此，若将该城市网络体系特征与上述章节的等级体系结构对比，可以发现，苏州、上海、无锡地位的跃升正是由于其作为关键网络节点的重要性，如拥有更多的技术型或生产型机构，而成都、重庆、武汉、南京等城市功能地位的提升，同样也是由于其所拥有的网络体系优势。

通过分析由电子信息产业空间组织所主导的中国城市网络体系，可以认为城市的快速发展既取决于各自的原有规模实力，即在传统城市等级体系中的地位，同时也与该城市在区域网络体系中的地位，或者是否属于网络节点有关。因此，对于发达城市或地区来说，巩固所在区域城市网络体系中的地位是其发展所在，那些内陆或欠发达地区城市所面临的关键将是如何接入区域城市网络体系。

（三）中国城市外向型网络

迅速的资本国际化使世界空间经济朝着两个似乎相反却又紧密联系的方向发展：一方面，世界经济转向由极少数世界性大城市操纵；另一方面，制造业的空间分布正向国际而非仅在国家层面扩散。跨国资本的流动、企业投资行为的跨国化及全球生产的重组促进了各国和地区之间的相互联系和依赖（薛凤旋，杨春，1997）。通过跨国公司所协调的网络流而形成的跨地域的组织内和组织间的这些关系网络，不仅把各个组织以及组织的各个部分连接在一起，也把高度分散的各个地方联系在了一起。因此，从某种意义上来说，地方经济反映了它们嵌入跨国公司组织空间的不同方式，或者直接作为具有特定职能的地理单元，或者间接地通过与其他（本地）企业形成的供销关系而嵌入。

为了与我国电子信息企业的空间组织网络相对比，以下选取 2007 年世界 500 强在华跨国公司中的 42 家电子信息类大型企业集团的数据资料①，揭示这些跨国公司在中国所形成的空间组织网络特征，并以此分析跨国公司空间组织作用下的中国城市网络。

1. 世界 500 强电子信息企业在华分布特征

至 2007 年年底，世界 500 强在华设中国投资总部机构的电子信息类企业约有 45 家，其中 42 家都拥有相应的跨区域研发或生产机构，共计 939 个，分布于 60 个大中城市。相比中国大型企业集团的空间组织网络，跨国公司在华空间组织网络显得更为密集。从分类型机构在华空间分布来看，北京、上海是世界 500 强设立地区总部（中国投资公司）和地区研发机构的主要城市，其中，北京的

---

① 包括通用电气、西门子、惠普、IBM、三星、日立、松下、索尼、LG、东芝、诺基亚、微软、摩托罗拉、富士通、NEC、飞利浦、戴尔、英特尔、思科、佳能、夏普、爱立信、鸿海等（此外均采用公司品牌简称，不再列全称），共计 42 家，基本上覆盖了世界 500 强电子信息设备制造、技术研发及软件服务类企业，在华实体机构分布的城市不少于两个。

地区总部和研发机构分别为 32 家、55 家,上海为 9 家和 56 家。相比之下,跨国公司在华生产基地的分布相对分散,上海拥有 176 家,数量居第一,北京次之,有 92 家,其他生产基地主要聚集在沿海大城市,如深圳、苏州、南京、广州、天津、杭州、大连、无锡、厦门、东莞、青岛、沈阳、珠海等地,以及个别的内陆经济中心城市,如西安、成都、武汉等(表6-7)。

表 6-7 世界 500 强电子信息类企业空间组织(部分)

跨国公司	总部	研发机构	生产基地或服务机构
通用电气(中国)	上海	上海	上海(20)北京(4)无锡(4)惠州(1)厦门(3)大连/深圳/成都/南京/常州/东莞/中山/沈阳/杭州/温州/广州
西门子(中国)	北京	北京(3)上海(4)南京(4)西安/无锡/佛山/深圳/杭州	北京(3)上海(19)南京(7)苏州(4)杭州(1)广州(4)无锡(4)佛山/济南/天津(2)深圳(2)长春/西安/芜湖/惠州/株洲/沈阳/抚顺/葫芦岛/镇江
三星(中国)	北京	北京/南京/上海/苏州/杭州	北京/威海/上海(2)天津(4)深圳/惠州/苏州(2)
日立(中国)	北京	北京/苏州/上海(2)	北京(11)苏州(11)上海(19)福州(2)南京(2)无锡(3)东莞(3)佛山/深圳(6)宁波/南通(2)广州(4)/哈尔滨/海口/嘉兴/常州/长沙/合肥/芜湖/西安/大连(2)青岛
松下电器(中国)	北京	北京/上海/大连/天津/苏州	北京(9)上海(7)杭州(8)苏州(3)青岛(3)广州(4)珠海(4)厦门(2)唐山/安阳/大连(3)沈阳/天津(3)无锡(3)深圳/济南(2)
索尼(中国)	北京	北京/上海	北京(4)上海(3)苏州/无锡(2)惠州/成都/广州
LG 电子(中国)	北京	北京/天津/南京	北京(2)惠州(2)广州/南京(4)/上海/青岛/烟台/沈阳/苏州昆山/杭州/福州/泰州/天津/长沙/秦皇岛
东芝(中国)	北京	北京(2)/上海	上海(6)大连(5)杭州(3)沈阳(2)深圳(3)佛山顺德(2)常州/无锡(2)/厦门/赣州/南京(2)/宁波/平顶山/珠海/广州(3)/廊坊/福州西安
诺基亚(中国)	北京	北京(4)/杭州/成都	北京(7)上海(2)东莞/大连/苏州/福州/重庆/香港/台湾

注:括号中括注的为各地所分布的机构的个数。

资料来源:王志乐,2008。

若与中国电子信息企业空间组织相比,跨国公司电子信息企业在华机构分布较为集中。2008 年,中国制造业企业 500 强的 109 家电子信息类企业总部分散于

36个不同城市，而世界500强电子信息企业地区总部主要集中于北京和上海，同时，这两个城市也集中了跨国公司64%的研发机构和35%的生产型企业。除此之外，跨国公司在华分支机构主要集聚地与中国企业空间组织分布特征具有一定的相似性，如深圳、天津、大连、苏州、无锡、广州、南京、成都、武汉等均是重要城市（表6-7）。分析结果显示，跨国公司在华投资的区位更明确，主要集中于沿海发达地区，如环渤海地区、长江三角洲地区和珠江三角洲地区，这相对于中国企业空间组织来说更为集中。例如，温州虽然也属沿海地区，并以电器类中小企业集群著称，但因与消费市场交通相对不便而成为外商投资的遗忘区。

2. 世界500强电子信息企业在华空间组织网络

按照世界500强企业在华跨区域投资路径，每家跨国公司都将形成相应的内部空间组织网络，而这些组织网络又将不同的城市与地区联系起来，组成广度和密度相异的城市联系网络。以松下电器和飞利浦集团为例，二者分别在北京和上海设地区总部，目前，松下在华机构或企业约60家，位于16个不同的城市或区域，其投资路径使北京地区总部与其他15家城市的机构形成等级联系体系，同时，松下电器在北京、上海、天津、大连、苏州等地设立了研发机构，这些机构既与北京地区总部进行联系，也会相互之间或和其他生产基地发生协调关系，从而在空间上形成平行的联系网络；同样，设立在上海的飞利浦地区总部，也与其他城市形成相应的关系网络。因此，根据集团地区总部、子企业或机构之间的投资路径和协调路径，可绘制出相应的城市联系网络示意图（图6-7），其中，北京与上海之间发生的关系属于双向投资联系，而其他城市如苏州、杭州、厦门、深圳等与北京、上海同时产生投资联系。

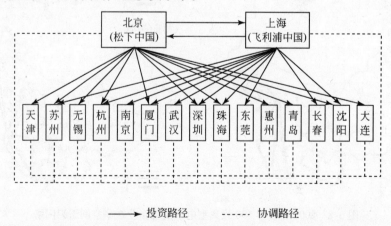

图6-7　基于松下、飞利浦在华部分企业空间组织形成的城市联系网络案例

我们将跨国公司地区总部与 1 个子企业或研发机构的投资关系，作为 1 个城市联系键①（不包括协调联系），若总部在另外 1 个城市拥有 5 个子企业，即为 5 个联系键。以通用电气、西门子、日立、鸿海科技等典型电子企业空间组织网络为例（图 6-8），从中发现每个跨国公司空间网络的密度和广度都不同，并具有相应的核心城市和节点城市，如以北京为核心的西门子和日立公司，以上海为核

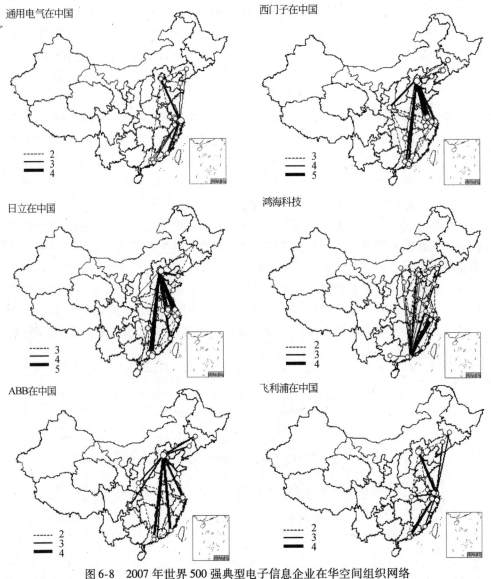

图 6-8　2007 年世界 500 强典型电子信息企业在华空间组织网络

----

① "联系键"概念借鉴金钟范（2008）。

心的通用电气公司，以深圳为核心的鸿海精密科技公司（富士康科技）。其中，西门子和日立拥有较多的城市联系键，表明它们在华子企业或机构数量较多，并促使城市或区域之间产生相对密集的联系。

与中国企业空间组织网络类型相比，跨国制造业公司具有明显的"南北纵向扩散型"特征，即表现为发达地区之间的垂直交流居多，如北京－上海、北京－深圳、深圳－上海等，但三者间的横向联系比较薄弱，这说明了跨国投资区位选择的趋利性，这也是和中国本土企业较为相异的一面。因此，跨国公司的投资扩散虽然也促进了不发达地区的经济增长，但更多是使地区之间的"强者越强，弱者越弱"的发展矛盾更加突出。因此，在某种意义上，中国城市与区域的均衡发展可能更依赖于本土化企业的培育和成长。同时，对于不发达地区或城市来说，通过营造优越而适宜的外来投资环境，或者借助信息技术或软环境建设改善经济区位条件，将是区域经济增长的必要条件。

3. 基于世界 500 强电子信息企业空间组织所形成的中国城市网络

依据以上认识和分析，现将 42 家世界 500 强电子信息企业空间组织网络进行汇总，该网络中有 60 个节点城市，708 个联系键，其中，以北京与上海之间的联系程度最强，城市联系键数量达到 165 个（图 6-9）。为了确定每个节点城市在网络中的地位，可以利用节点连线数量来进行衡量，每个联系键为 1 条连线，并连接 2 个节点城市，计算结果可以得出 60 个节点城市连线的位序－规模分布，并具有乘幂次函数分布特征（图 6-10）。

处于网络核心的节点城市是北京、上海，二者的节点对外连线分别为 289.5 个和 130.5 个，这与跨国公司地区总部及研发机构在这两个城市的集中分布有关。其中，作为跨国公司地区总部数量最多的北京其结节性又大大高于上海，其原因与北京的首都职能有密切关系。上海拥有的跨国公司地区总部数量虽然居第二位，但和北京相比有不小的差距，主要功能还是研发中心和生产基地。处于第二层次的网络节点城市是深圳、苏州、广州、南京、天津，以及大连、杭州和无锡，这些城市也都是跨国公司在华投资相对密集的地区，其功能以生产基地为主。

另外，包括沿海地区的厦门、东莞、珠海、青岛、沈阳、福州、佛山、宁波等在内，成都、西安、武汉、合肥、重庆、济南、长沙、长春等内陆城市也都成为网络中的重要节点城市。同时，仍然有个别省区中心城市对外连线较少，如呼和浩特、太原、南宁、海口等，石家庄、郑州、南昌等缺少对外连线，而甘肃、宁夏、青海、西藏和贵州等省区还没有出现网络中的节点城市。

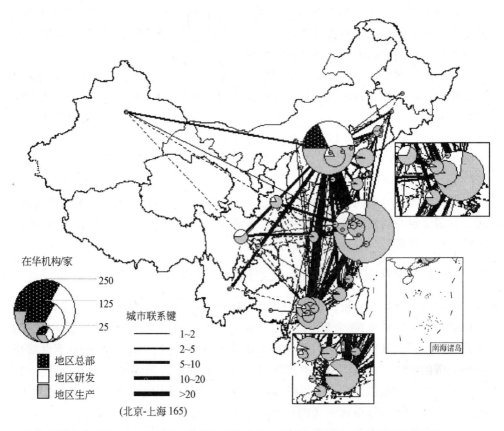

图 6-9　基于 42 家世界 500 强电子信息企业在华空间组织所形成的城市网络

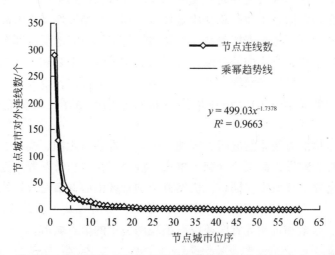

图 6-10　世界 500 强电子类企业生产网络节点城市对外连线的位序 – 规模分布

综合来看，处于世界 500 强电子类企业在华生产网络中的城市，主要以中国沿海三大经济区为主，并形成北京－天津、上海－苏州、深圳－广州为主要节点的城市联系网络，三大都市圈之间的联系相对紧密，这些城市和区域也是融入国际化进程步伐最快的地区，可以通过接入全球生产网络逐步向全球城市－区域转变。同时，沿海以及内陆地区那些没有加入跨国生产网络的城市，其全球化程度也相对较低。

四、小　结

信息化时代城市网络体系的形成，更多是由于企业组织对信息网络技术的应用。其中，信息通信设施、交通基础设施是企业组织网络出现的必不可少条件。由此，构成了地域上"有形"的通信、交通设施网络体系，以及隐含在其背后的"无形"的企业空间组织网络。本章首先对中国制造业企业 500 强的空间组织网络进行分析，结果显示总部趋向于以北京、天津、上海、深圳、广州等为核心的三大都市圈，以及中西部地区的特大城市和省会城市。研发机构分布与总部区位特征具有一定相似性，主要集聚在北京、上海、天津、深圳、南京、西安、成都、武汉、重庆等特大城市，这与其工业基础、科研实力、生产服务水平、高级劳动力等因素相关。生产基地布局则相对分散，但仍然主要分布于中国特大城市或其周边的大中小城市。其次，本章按照本土企业和跨国公司不同的空间组织网络把中国城市网络体系划分为内向型和外向型两种类型。两种类型网络的重心均处于沿海发达地区，并以东部及中西部特大城市为网络核心节点。其中，内向型网络密度相对稀疏，拥有企业总部的节点城市较多，其网络连接度较小。外向型网络比较密集，北京和上海是网络中的核心城市，对外联系程度较高。但外向型网络具有使城市"强者越强，弱者越弱"的特点，即跨国公司投资趋向于发达的城市与区域，如多个中西部省会城市在网络中的地位明显偏低，甚至还不属于节点城市。

相对于传统城市等级体系，网络体系对节点城市具有更大的包容性和连接性，即使缺少企业总部作为网络流量主要进出口的城市，同样可以凭借研发或生产功能在网络中具有较强的连通性，那些专业化功能城市在网络体系中的地位相对较高，如上海、苏州、无锡、南京、成都、武汉、重庆等。以上这些就是网络体系的优势所在，而处在网络体系中的许多城市都面临着新的发展机会。

第七章

企业总部集聚特征
与中国城市区位环境评价

20世纪70年代以后，国外学者就开始关注公司总部的区位问题，认为公司总部趋于选择主要大都市区，因这里拥有三种优势：①具有面对面接触的可能性；②提供了金融、法律、广告等方面服务的便捷性；③具有与其他大都市高度的接近性（Pred，1974）。近年来，国内学术界出现了"总部经济"这一概念，并引起相关学者的诸多热议和质疑（赵弘，2004；顾海兵，2006）。同时，部分大城市更是把吸引跨国公司总部或地区总部作为提升城市功能地位的重要举措。

目前，国内相关研究多属于基于经济学视角的总部经济探讨，所选择的企业和城市的个案样本较少。同时，其城市总部经济发展能力的评价指标体系构建，大多基于城市的各项经济、基础设施等外部指标，并非建立在对大量代表性企业总部区位的分析之上（赵弘，2008）。总体而言，目前国内针对中国企业总部集聚特征的实证研究还较为少见。本章首先以中国制造业企业500强为分析对象，揭示其总部区位的分布特征、发展趋势及其与城市发展的相互关系，在此基础上构建评价指标体系以分析中国大城市总部区位的环境。

一、中国制造业企业 500 强总部区位

（一）企业总部区位的相关研究

20世纪80年代初，美国学者科恩（Cohen，1981）和弗里德曼和沃尔夫（Friedmann，Wolff，1982）分别发现在全球范围内，一批数量较少的城市拥有全球大部分跨国公司总部或地区总部，这些城市起着世界经济指挥中心和控制中心的作用。90年代以来，总部区位问题开始成为国外学术研究热点，Holloway和Wheeler（1991）、Shilton和Stanley（1999）、Klier和Testa（2002）等相继对企业总部在美国大都市区的分布模式进行了深入探讨。

20 世纪 90 年代中期，国内学者费洪平系统地分析了企业空间组织模式，以及中国工业大型企业总部区位问题，发现 90 年代初期中国大城市集中了约 78% 的工业 500 强总部，其管理职能与研发活动的分布较为一致，但在改革开放以后企业地理空间模式不断发生变化（费洪平，1995）。宁越敏（1998）在研究中国城市化进程时发现，北京和上海集中了跨国公司在华设立的绝大多数投资性公司和跨国银行的分支机构，使跨国公司在华投资开始出现管理与生产的分离，这将影响中国城市体系等级结构的重构。其他相关研究主要针对跨国公司地区总部及其研发活动的区位模式，以及国外企业空间组织理论介绍。例如，李小建（1999）对跨国公司总部区位相关理论的引进；杜德斌将跨国公司 R&D 区位模式作为研究对象（杜德斌，2001）；贺灿飞等从产业结构角度分析了中国制造业集聚与分布（贺灿飞等，2007）。近期，有学者从 1481 家中国上市公司中选取 86 个企业进行总部迁移行为分析，发现其迁移目的地以东部发达地区为主，针对北京的数量最多（魏后凯，白玫，2008）。

在此通过分析中国制造业企业 500 强总部的城市与区域分布模式，以及当前所出现的企业总部空间迁移案例，来揭示基于企业空间组织视角的中国城市 – 区域空间结构特征。数据来自 2008 年中国企业联合会、中国企业家协会所评选的中国制造业企业 500 强（2007 年数据），并查询各个企业网站和万方企业数据库，完善了企业总部统计数据，所涉及的城市数据来源于 2007 年各市统计公报和《中国城市统计年鉴 2007》。本章研究方法是以中国大中城市为统计单元，将县域单元所涉及的企业总部归类于所属地级市单元，并在局部对中小城市企业进行考察，这有别于传统以省区为统计单元的相关研究。来源数据通过计算处理后，分别利用 MAPINF0.0 软件和 SPSS12.0 软件进行空间属性表达与分析。其中，企业总部集中度计算公式为

$$CR_n = \left(\sum_{i=1}^{n} X_i \bigg/ \sum_{i=1}^{全部} X_i \right) \times 100$$

式中，CR_n 指数是衡量拥有企业总营业额（或利润额、资产额、就业人数等）较多的各大区域或城市占中国制造业企业 500 强的总份额，$n = 1 \sim 10$。

（二）企业总部宏观区位特征

参考传统的中国区域类型划分方式[①]，把全国（不包括港、澳、台地区）划分为 7 个一级经济区，22 个都市圈或地区，127 个城市。其中，7 个一级经济区

---

① 传统区域分类一般利用产业或区域的经济指标进行静态的孤立划分（方创琳等，2005；顾朝林等，2005），较少考虑到城市或区域之间的经济联系性，特别是沿海特大城市对内地的吸引作用。上文表明，本书从企业空间组织角度着手，可以得出空间相互作用较强的区域归类结果，如北京对内蒙古、山西的企业总部的吸纳作用，上海对安徽的经济辐射力，以及湖南、江西属于珠江三角洲影响区。

分别是泛长三角地区，包括上海、江苏、浙江和安徽共一市三省；泛环渤海地区，即在属于环渤海地区的北京、天津、河北、辽宁、山东之外增加山西和内蒙古两省（自治区）；泛珠三角地区，包括广东、广西、湖南、江西、福建、贵州和云南等七省（自治区）；长江中上游地区，包括四川、重庆和湖北三省（直辖市）；黄河中下游地区，包括陕西和河南两省；东北地区，包括吉林和黑龙江两省；西北地区，包括甘肃、青海、宁夏和新疆等四省（自治区）。而后根据 2007 年中国制造业企业 500 强总部数据，以中国大中城市为统计单元，统计各市 500 强总部的数量。由表 7-1 可以得到以下分析结果。

表 7-1　2007 年中国制造业企业 500 强总部在大中城市分布状况

一级经济区	二级都市圈	核心城市（总部数）	合计/个
泛长三角地区	长江三角洲	上海（23）苏州（33）无锡（28）杭州（25）绍兴（14）宁波（9）温州（8）常州（7）南京（4）镇江（3）台州（3）徐州（2）湖州（2）嘉兴（2）扬州（1）泰州（1）南通（1）盐城（1）丽水（1）衢州（1）金华（1）	170
	安徽	合肥（6）芜湖（3）铜陵（2）马鞍山（1）	12
	合计		182
泛环渤海地区	京津冀都市圈	北京（39）天津（29）唐山（8）石家庄（6）邯郸（6）邢台（5）廊坊（3）保定（2）秦皇岛（1）沧州（1）衡水（1）	101
	辽宁	大连（8）沈阳（6）鞍山（2）本溪（2）营口（2）辽阳（1）朝阳（1）	22
	山东	青岛（11）济南（3）潍坊（7）东营（6）烟台（3）滨州（3）淄博（2）莱芜（2）临沂（1）济宁（1）聊城（1）威海（1）日照（1）	42
	内蒙古中部	呼和浩特（2）包头（1）鄂尔多斯（1）	4
	山西	太原（3）长治（1）运城（1）	5
	合计		174
泛珠三角地区	广东	深圳（13）广州（5）佛山（5）惠州（4）东莞（1）珠海（1）江门（1）韶关（1）	31
	福建	厦门（9）福州（1）龙岩（1）三明（1）	12
	广西	柳州（4）南宁（3）玉林（1）防城港（1）	9
	贵州	贵阳（1）六盘水（1）遵义（1）	3
	云南	昆明（弥勒）（5）玉溪（1）个旧（1）	7
	湖南	长沙（7）衡阳（1）娄底（1）	9
	江西	南昌（4）鹰潭（1）新余（1）萍乡（1）	7
	合计		78

一级经济区	二级都市圈	核心城市（总部数）	合计/个
长江中上游地区	成渝地区	重庆（10）成都（6）绵阳（2）德阳（1）达州（1）宜宾（1）攀枝花（1）	22
	湖北	武汉（5）黄石（2）宜昌（1）	8
	合计		30
黄河中下游地区	中原地区	郑州（3）洛阳（2）焦作（济源）（3）许昌（2）驻马店（2）安阳（1）新乡（1）平顶山（1）漯河（1）鹤壁（1）	17
	关中地区	西安（3）渭南（1）宝鸡（1）	5
	合计		22
东北地区	吉林	长春（2）吉林（1）	3
	黑龙江	哈尔滨（2）伊春（1）齐齐哈尔（1）	4
	合计		7
西北地区	甘青宁地区	西宁（2）嘉峪关（1）吴忠（1）白银（1）	5
	新疆	昌吉（1）石河子（1）	2
	合计		7
中国			500

资料来源：根据中企联合会"2008 中国制造业企业 500 强"相关报告及各企业网站信息整理。

1. 企业总部的区域分布模式

（1）总部集中于沿海三大经济区，并以四大都市圈为主导。依据企业总部分布状况（图 7-1），以及营业额、利润额、总资产和就业人数等区域集中度（表 7-2），企业总部在中国地域范围成集聚分布模式。从整体分布来看，沿海三大经济区共同拥有企业总部 434 个，其中，位于长江三角洲都市圈、京津冀都市圈、山东都市圈和珠江三角洲都市圈等四大都市圈的总部数量占 500 强总数的 69%，营业总收入占 72%；其中，长江三角洲都市总部数量占 500 强总部数量的 34%，京津冀都市圈的总部营业额和就业人员分别占 500 强总数的 28% 和 33%。

另外，处于长江中上游的成渝鄂地区和黄河中下游的关中 - 中原地区也是企业总部的主要分布区之一。与之相比，经济边缘区的总部数量较少，如内蒙古、山西、贵州、吉林、黑龙江、甘青宁、新疆等地的总部数量明显偏少，这既与所在区域的大城市数量相关，更直接和地区经济发育水平密切相连。

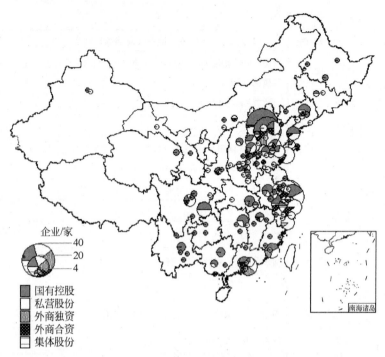

图 7-1 按所有制性质划分的 2007 年中国制造业企业 500 强空间分布

表 7-2 2007 年中国制造业企业 500 强总部主要都市圈的集中度

都市圈	省市	营业收入/亿元	利润/亿元	纳税总额/亿元	总资产/亿元	从业人数/万人
长江三角洲	合计	26 146	1 413	1 567	21 393	176
	CR	25.77	27.58	22.08	23.87	18.38
京津冀	合计	28 748	1 230	1 690	28 525	320
	CR	28.33	24.01	23.82	31.83	33.29
珠江三角洲	合计	9 095	419	392	5 168	90
	CR	8.96	8.18	5.52	5.77	9.35
山东	合计	8 648	377	431	5 992	80
	CR	8.52	7.36	6.07	6.69	8.39
四大都市圈	合计	72 637	3 439	4 079	61 077	666
	CR	71.59	67.12	57.49	68.16	69.41

资料来源：中国企业联合会，中国企业家协会，2008。

（2）北京、上海、天津和深圳具有较强的企业总部控制能力。依据每个城市拥有的 500 强的营业总额数量，排列出前 38 位城市，并排除 6 个资源依赖性大城市及中小城市，依次增加营业收入总额较高、产业多样化的 6 个大城市，共计 38 个①，其中，直辖市 4 个，副省级城市 15 个，其他省会城市及地级市 19 个；该 38 个主要城市所拥有总部数量达 371 个，占 500 强数量的 74.2%，总营业收入的 80.8%，因此属于企业总部的主要集中地。现采用各企业的营业额、纳税额和总资产额三项指标，分别进行标准化处理，构造城市的企业综合能力指数 1 和指数 2，来衡量城市的总部控制能力（表 7-3）。标准化公式为

$$INDEX_{ij} = (DATA_{ij}/\max [DATA_{ij}]) \times 100$$

式中，$INDEX_{ij}$ 为指数；$DATA_{ij}$ 为原始数据；i 为不同的指数；j 为不同的企业总部。

表 7-3　2007 年中国制造业企业 500 强总部所在的 38 个主要城市综合能力指数

城市	总部数量	指数1	指数2	城市	总部数量	指数1	指数2
北京	39	100	98.9	潍坊	7	5.1	5.5
上海	23	46.8	64.5	济南	3	5	6.1
天津	29	27.9	42.1	厦门	9	4.8	5.2
深圳	13	20.5	20.9	南京	4	4.6	4.4
苏州	33	16.2	15.4	成都	6	4.6	4.3
武汉	5	15.7	27.5	佛山	5	4.6	4.1
无锡	28	15.6	13.4	沈阳	6	3.7	4.2
杭州	25	13.9	18.1	东营	6	3.5	3.3
青岛	11	10.8	11.5	南昌	4	3.3	5
长春	2	9.9	16.8	温州	8	3.3	4.2
长沙	7	8.3	17.1	惠州	4	2.8	2.6
唐山	8	8.2	9.1	石家庄	6	2.6	2.4
广州	5	6.9	9.4	烟台	3	2.4	2.1
宁波	9	5.7	5.2	常州	7	2.4	2
昆明	5	5.6	14.8	哈尔滨	2	2.3	2.2
太原	3	5.5	5.8	合肥	6	2.2	2.2
大连	8	5.5	4.9	郑州	3		5.3
重庆	10	5.3	6.3	西安	3	1.7	1.8
绍兴	14	5.2	4.5	徐州	2	1.6	1.5

注：指数 1 可以很好地衡量出企业的规模等级，指数 2 中含有企业纳税额指数，这样考虑到了总部对当地的经济贡献能力。统计表明，同等规模而不同所有制或行业的企业之间纳税能力差别较大。

$$综合能力指数 1 = \sum_{i=1}^{m} X_i；其中，X_i = \frac{（营业额指数 + 资产额指数）}{2}，m 为总部$$

_____

① 排除鞍山、本溪、滨州、邯郸、莱芜、芜湖等专业化城市或中小城市，按总营业额大小依次增加烟台、合肥、徐州、郑州、哈尔滨、西安等六大城市。

数量。

$$综合能力指数2 = \sum_{j=1}^{m} X_j ; 其中, X_j = \frac{(营业额指数 + 纳税额指数 + 资产额指数)}{3},$$

n 为总部数量。

首先，从各大城市总部数量来看，特大城市占据优势地位。北京、天津、上海、苏州、无锡、杭州等城市的总部数量都超过 20 个，其中苏州达到 33 个，仅次于北京（39 个），天津、无锡紧随其后。深圳、青岛、重庆、宁波、厦门、大连等省级或副省级城市的总部数量，甚至超出所在地区的省会城市，但省会中心在中西部及经济边缘区仍然据优势地位，如长沙、武汉、成都、太原、南昌、昆明、西安等。

其次，从城市的企业总部控制能力来看，指数 1 和指数 2 均反映出北京、上海、天津和深圳四个城市较为领先，其中北京和上海处于领军地位。由此可知，相比天津、苏州、无锡和杭州等城市，尽管上海在总部数量上稍落后，但却有较强的企业总部控制能力，其中，上海 500 强总部的纳税额排在中国城市的第 1位；而苏州、无锡和杭州的总部数量与指数大小相关性较弱，表明这些城市的总部大多是 500 强中排名较后的企业，并多属于私营及外资性质。

指数 1 和指数 2 相差较大的城市主要是因企业所有制或行业类型不同产生的纳税水平的差异。武汉、杭州、长春、长沙和昆明的指数 2 相对较高，因为这些城市拥有较高营业收入及较强纳税能力的国有大型企业，分属钢铁、有色金属、汽车及机械、烟草等行业，重庆、济南、厦门、南昌和郑州也是如此。在这 38个城市之外，部分城市总部的营业额和纳税额相对较大，多属于资源依赖型国有控股企业，如鞍山、本溪、邯郸和莱芜等。

（3）沿海特大城市较高的市场化水平有利于企业总部集聚。北京、上海、天津三直辖市都聚集了较多的 500 强总部，其原因与它们的城市功能和地位有关，深圳、苏州、无锡、杭州、宁波和绍兴等市则是在全球化背景下出现的新兴制造业城市，高度发达的私营经济和外资经济有利于大中型企业在这些城市中发育。在拥有总部数较多的前 20 位城市中，苏州、无锡、绍兴、深圳、青岛、宁波、温州、常州等地的国有企业总部数比重均不足 10%，而北京、天津、上海、重庆等直辖市则都在 40% 以上（图7-2）。同时，从 2006 和 2007 两个年份的前12 个城市总部营业额排名变化来看（表7-4），深圳和苏州的位次移动幅度较大，分别从 2007 年的第 8 位、第 10 位跃入 2007 年的前 5 强，这主要是由于外资企业的主导作用所致，如深圳的鸿富锦精密工业有限公司（台资企业），位列 2007 中国制造业 500 强的第 3 位，而苏州在 2007 年所新增的 22 个企业总部之中，外资或合资企业达 13 个。

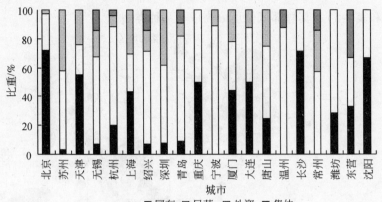

图 7-2　2007 年中国制造业企业 500 强总部数量前 20 位城市所有制构成

表 7-4　2006～2007 年中国制造业企业 500 强总营业额排名前 12 位城市

位序	1	2	3	4	5	6	7	8	9	10	11	12	CR₁₂
2007 年	北京	上海	天津	深圳	苏州	无锡	杭州	武汉	青岛	长春	广州	唐山	
总部/个	39	23	29	13	33	28	25	5	11	2	5	8	44.2
营业收入/亿元	18 240	8 458	6 471	5 114	3 773	3 724	3 082	2 849	2 664	2 203	1 650	1 639	59
2006 年	北京	上海	天津	无锡	杭州	武汉	青岛	深圳	长春	苏州	唐山	广州	
总部/个	38	26	29	28	30	7	10	14	2	11	10	7	42.4
营业收入/亿元	12 864	7 291	5 340	2 944	2 633	2 307	2 242	2 121	1 616	1 406	1 357	1 326	56.85

资料来源：根据中国企业联合会、中国企业家协会 "2007、2008 中国制造业企业 500 强" 相关报告及各企业网站信息整理。

　　若从 2006 和 2007 两个年份前 12 位城市的总部集中度变化来看（表 7-4），无论是总部数量还是总营业额规模，企业总部都处于集聚化发展态势，如 2006 年的总部数量和总营业额占 500 强的 42.40%、56.85%，2007 年提高到 44.20% 和 59.00%，其集中化程度均在提高。

2. 企业总部的行业分布模式

　　企业总部的区域分布特征与其所属行业类型也具有较大相关性。整体来看，各行业企业总部区位仍然表现出韦伯区位论所遵循的最小成本原则特征，如劳动力指向、原料产地指向、交通枢纽指向及市场地指向等，并受到跨国投资区位选择的影响，即沿海发达地区和特大城市的区位优势。现将 2007 年中国制造业企业 500 强归类于 13 个主要行业部门，其中，电子信息、汽车机械、钢铁金属、重化工、纺织服装化纤及农副食品饮料等九大类型行业拥有 500 强企业达 452 个

（图7-3和表7-5），其总部区位可分为以下几种类型。

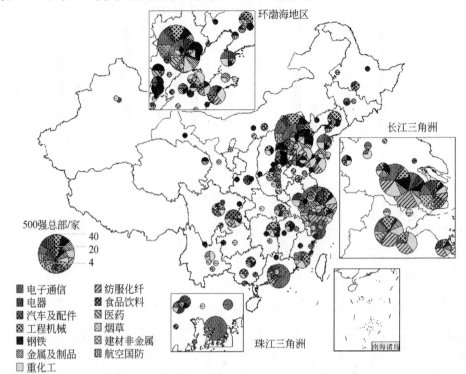

图7-3　2007年中国制造业企业500强分产业空间分布

表7-5　2007年中国制造业企业500强分产业主要地区分布　　　单位：家

地区	企业总数	各产业拥有企业数												
		1	2	3	4	5	6	7	8	9	10	11	12	13
长江三角洲	170	31	17	6	13	14	12	26	33	8	2	4	4	0
京津冀都市圈	101	14	5	3	6	27	7	9	2	11	0	7	5	5
山东半岛	42	2	1	2	2	7	6	12	4	4	0	0	2	0
珠江三角洲	31	16	5	2	1	2	1	2	0	0	2	0	0	0
辽中南地区	22	2	2	1	4	6	2	3	0	1	0	0	1	0
成渝地区	22	1	1	4	3	4	1	2	1	3	1	1	0	0
中原地区	17	1	1	1	1	2	2	5	0	1	1	1	1	0
福建	12	3	0	1	2	1	2	0	0	1	0	0	0	0
安徽	12	1	2	2	1	1	0	2	0	0	0	0	1	0
合计	429	71	34	22	33	64	35	63	40	28	5	15	14	5
中国	500	72	37	30	39	83	46	69	41	35	13	15	15	5

　　1. 电子通信；2. 电气电器；3. 汽车及零部件；4. 工程机械及设备；5. 钢铁；6. 有色金属及制品；7. 重化工；8. 纺织服装及化纤；9. 农副食品和饮料；10. 烟草；11. 医药；12. 非金属与建材；13. 航空与国防。

　　资料来源：根据中国企业联合会、中国企业家协会"2008中国制造业企业500强"相关报告及各企业网站信息整理。

（1）沿海都市圈区位指向型：电子信息企业总部。电子信息企业的分布主要以长江三角洲、京津冀、珠江三角洲三大都市圈为主，其中，苏州、深圳的总部数分别为 13 家和 10 家，天津、无锡、北京、上海、温州、杭州等城市的总部数量都超出 5 家，其后是佛山、惠州、青岛、大连、广州、宁波、厦门、合肥等城市。从城市总营业额分布来看（图7-4），电子信息产业形成以北京－天津、深圳－惠州－广州－佛山、上海－苏州－无锡－南京为核心的三个集聚区，其他沿海地区以青岛、温州、厦门－福州、大连等地为主要集中区。由于该类型企业受全球化和信息化的影响较大，其总部分布模式与外商投资区位密切相关。

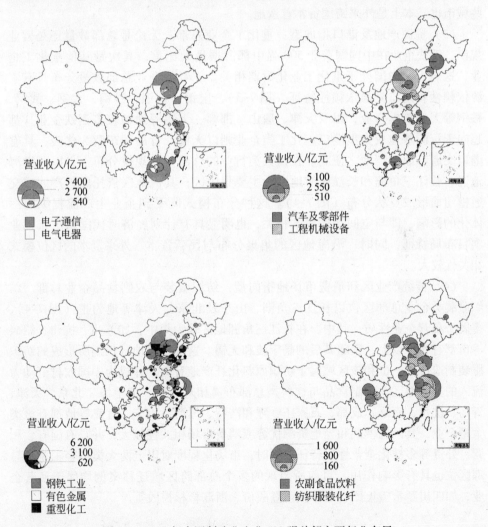

营业收入/亿元
5 400
2 700
540
■ 电子通信
□ 电气电器

营业收入/亿元
5 100
2 550
510
■ 汽车及零部件
▨ 工程机械设备

营业收入/亿元
6 200
3 100
620
■ 钢铁工业
□ 有色金属
■ 重型化工

营业收入/亿元
1 600
800
160
■ 农副食品饮料
▨ 纺织服装化纤

图7-4 2007 年中国制造业企业 500 强总部主要行业布局

（2）特大城市区位指向型：汽车与工程机械企业总部。该类型总部数量分布相对零散，但营业收入集中度较高，形成以北京、天津、长春、上海、武汉、广州等特大城市为核心的汽车类企业总部聚集区（图7-4），如中国一汽、上海汽车、东风汽车、广州汽车、北京汽车、天津汽车等都是2007年中国制造业前30强，而北京还拥有几个国家级的交通运输设备、兵器制造、航空船舶等行业总部。同时，重庆、西安、沈阳、杭州、厦门、合肥、长沙、徐州等特大城市，也是汽车及工程机械类企业总部集聚地。该类型企业性质以国有控股为主，其区位模式部分延续着计划经济时代特征，与国家战略性特大城市分布相对一致，这些城市也基本上是外来跨国资本首选地。

（3）资源产地及港口指向型：重化工企业总部。无论是总部数量还是营业规模，钢铁企业在中国制造业500强中都占据最大比重，其次是其他重化工企业，这与当前中国处于重化工业化时期相关。三者的企业总部数量分布具有资源依赖性和港口交通依赖性特征（图7-3），宝钢、首钢、沙钢、太钢、武钢、鞍钢等大型规模企业，以及天津、唐山、邯郸、无锡等地的较多钢铁企业，都趋向于资源基地或大型港口；化工类企业则以无锡、青岛和东营为代表，具有港口交通与原油产地之便利。在该大类行业的总部营业规模分布上，以环渤海地区、长江三角洲和长江中游地区为主要集中区，其他地区依托原料产地或交通枢纽而形成点状分布（图7-4）。这种分布模式既受到企业生产流程纵向一体化的影响，即与空间运输成本相关，也明显具有计划经济时代国家重点工业项目布局特征，同时，沿海地区的集聚分布与民营资本、外来资本的区位模式相关性较大。

（4）传统产业区和消费市场地指向型：纺织服装与农副食品企业总部。纺织服装类企业总部区位以长江三角洲、山东及北京、天津等地为主（图7-4），多属于私营企业性质；其中，在长江三角洲地区较为集中，如苏州、杭州、绍兴等市都有5家以上，紧随其后的是宁波和无锡。这既是该地区长期所形成的纺织服装制造传统，也和该区域属于纺织原料化纤产地有关，并成为中国农村劳动力流入的主要地区。农副食品与饮料类总部布局相对零散，如上海、北京、天津、青岛、杭州、南京、成都、石家庄、呼和浩特、漯河、南宁、宜宾等地都有该类大型企业，其区位模式和当地资源优势或消费市场相关性较大，并具有国有、私营、外资等多样化企业性质特征。同时，市场化程度对以上两大类型轻工企业总部区位也具有影响作用，目前所出现的多个总部跨区域迁移案例均属于私营企业，如四川新希望集团、江苏波司登股份、浙江杉杉控股等。

(三) 企业总部微观区位及其空间迁移

1. 企业总部的微观区位特征

在城区微观尺度上，企业总部分布也具有相应的规律。现将各大中城市划分为中心城区、近郊区和外围县市（区）三种空间类型。[①] 由此，根据 2007 年中国制造业 500 强总部的详细位置信息，划分出它们在城市的不同空间类型（表7-6）。从中可以发现，总部微观区位模式既体现出生产服务集聚地的区位优势，也与制造业行业特征、企业组织发育水平密切相关。

表7-6　2007 年中国制造业 500 强总部的城区分布比重

城市位序	企业总部/个	中心城区/%	近郊区/%	外围县市（区）/%
1	39	76.9	23.1	0.0
1~3	101	44.6	27.7	27.7
1~10	225	37.8	35.1	27.1
1~30	352	36.4	35.8	27.8
1~50	409	35.9	36.7	27.4
1~127	500	30.8	41.6	27.6

注: 城市位序按拥有总部数量大小依次排序，共计 127 个城市，如第 1 位即为北京市，39 个总部。

资料来源: 根据中国企业联合会、中国企业家协会 "2008 中国制造业企业 500 强" 相关报告及各企业网站信息整理。

（1）中心城区是特大城市企业总部的主要载体。尽管中心城区总部数量比重处于近郊区和外围县市（区）之间，但前 30 位城市吸纳了 352 个企业总部，而中心城区的比重也相对最大，这表明中心城区仍然是企业总部的主要聚集地。特别在特大城市中，中心城区承接的企业总部最多，如北京的中心城区有 30 个，天津、上海、杭州都超过了 10 个，青岛、宁波、厦门、沈阳、石家庄、广州、昆明、南昌、南京、太原等区域经济中心或省会城市，分布在中心城区的总部也占优势地位。这反映了特大城市的土地利用具有地租曲线的规律特征，位于中心城区的制造业总部一般实现了企业组织的空间分离，企业总部与城市生产服务业均位居土地价值较高的中央商务区，这也是特大城市生产服务集聚区的区位优势的体现。

---

①　中心城区基本上特指中央商贸区，近郊区主要指经济技术开发区、工业园区和高技术园区等，并将远离中央商贸区和未及中心区标准的城区也归为近郊区。在归类过程中，各大中城市地图参考《中国地图集》（中国地图出版社，2004 年）。

（2）城市近郊区是承载企业总部的重要空间单元。在拥有企业总部的 127 个城市中，除了个别中小城市或边缘城市外，大部分城市拥有自己的经济技术开发区或工业园区，这些区域单元成为 500 强企业总部的主要空间载体。位于城市近郊区总部数量的比重占到了 42%，天津、上海、杭州、北京、深圳等地开发区或工业园区的总部数量都在 10 个以上，其他如大连、无锡、苏州、青岛、宁波、厦门、长沙、合肥、成都等市的近郊开发区也有较多总部分布，由此表明近郊开发区或工业园区已成为大城市发展的重要经济单元。该分布特征与制造业的生产属性有关，企业总部和生产基地共同位于城市近郊区，承受着相对较低的土地地租。同时，这也与所面对的更大区域范围内的客户群体有关，区别于中心城区服务业的运营模式。

（3）外围县市（区）是企业总部的聚集地之一。外围县市（区）总部数量比重基本保持在 28% 左右，说明该类空间也是企业总部的重要聚集地。其中，苏州和无锡的县市总部最多，分别为 27 个、19 个，绍兴也达到 10 个，并具有弱市强县（市）的特征，另外如温州、东营、唐山、常州、邯郸、邢台、佛山等地也聚集了较多总部。改革开放以来，民营企业和外资企业的快速发展直接推动了县域经济的崛起，除了一些资源型县市之外，沿海地区许多县域成长出一批较大规模的制造业企业，而其企业组织还没有实现总部与生产单位的空间分离，因此，这些县市也是 500 强总部的重要聚集地。

2. 企业总部的空间迁移

通过对近两年（2006~2007）中国制造业 500 强的成长过程考察，发现已经陆续出现了企业总部的空间迁移现象，尽管其数量占 500 强的比重不足 4%，但其迁移行为已具有一定的规律。

（1）在区域层面上，北京、上海是吸纳 500 强总部的主要城市。本书将中国沿海地区主要划分为三大经济区，即泛环渤海地区、泛长三角地区、泛珠三角地区，并分别以北京、上海、深圳为主要核心城市，目前，这三大城市也是各经济区范围内企业总部主要迁入地，并以北京、上海的比重最大（图 7-5）。①在泛环渤海地区，经纬纺织机械（山西）、建龙重工集团（河北）、旭阳控股（河北）、鄂尔多斯羊绒集团（内蒙古）、天狮集团（天津）等众多企业总部或投资总部迁入北京；②在泛长三角地区，上海吸纳了波司登股份（江苏）、杉杉控股（浙江）、春兰集团（江苏）、安徽佳通轮胎、安徽楚江投资等企业的投资性总部；③在泛珠三角地区，TCL 集团（惠州）和深圳创维（香港）将投资总部或企业分部设在深圳；④在省区范围内，也出现了 500 强总部迁移现象，如浙江吉利控股（台州）、苏泊尔集团（台州）、浙江南方控股（绍兴）、浙江万马集团

（临安）将总部或投资销售总部设在杭州，而其他省区企业总部也是向该省经济中心城市聚集的。

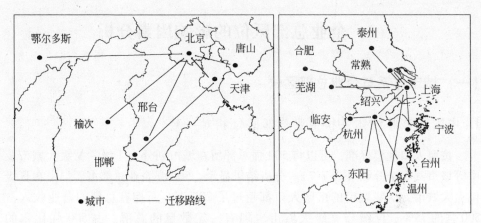

● 城市 —— 迁移路线

图 7-5 泛环渤海地区和泛长三角地区企业总部的迁移路径
资料来源：根据中国企业联合会、中国企业家协会"2007/2008 中国制造业企业 500 强"相关报告及各企业网站信息整理绘制。

同时，也有部分 500 强总部或投资销售总部出现跨经济区迁移现象，如新华联控股（湖南）迁往北京、新希望集团（四川）和三一重工（湖南）迁往上海等，由此体现出上述城市具有聚集企业总部的优越性。以上实施总部区域迁移的企业基本上属于私营或外资性质，而国有控股企业主要是通过跨区域兼并收购，实现中小企业总部向特大城市的隐性转移，如北京和上海所拥有的国家大型钢铁、有色金属、汽车、重工机械、化工、电子、航天国防等企业集团近几年不断在进行跨地区的企业兼并，使其企业生产网络的空间不断扩大。

（2）在城区层面上，专业化优势区域成为企业总部重要迁入地。在特大城市或大城市中，金融商贸区、高技术园区、专业制造基地等专业性产业集聚区，对企业总部的吸引能力较大。以北京为例，海淀区拥有的 500 强总部达 15 个，且以电子通信类企业居多，如联想控股、京东方科技（原朝阳区）、北大方正、紫光股份、同方股份、大恒新纪元、中国电子信息产业集团、中国航天科工集团等民营及国有企业都集聚在此；朝阳区则拥有 9 个总部，包括迁入该区的新华联控股和经纬纺织机械两个企业总部；而丰台区总部基地的形成主要通过吸纳外来企业总部的途径。另外，上海浦东新区、深圳南山区、苏州工业园区等新区主要也通过吸引外资和私营企业总部成为总部集聚区。

在城区层面发生的总部迁移现象，企业类型也较为多样化，既有私营和外资企业，也有国有控股或股份企业，这是由于前者较少受到行政管辖因素的制约，后者相对容易取得城市优势区域的优先使用权，如北京和上海的国有大中型企业集团总部，部分都迁居在城市中央金融商贸区。这些表明，城市专业性生产服务聚集区对企业总部具有较大吸引作用。

二、企业总部区位的影响因素分析

（一）城市体系与企业总部区位

1. 中国城市等级体系和企业总部区位相对一致

按照人口规模标准，可以将 500 强总部所在城市划分为Ⅰ级～Ⅴ级大城市及中等城市共 6 个等级（表 7-7）。分析结果显示，500 强企业总部主要集中在Ⅲ级以上大城市，这些城市的市区人口都超过了 200 万，所拥有总部的营业收入占500 强的 75%；Ⅳ级与Ⅴ级大城市也拥有一定数量的总部，占 500 强比重的32%；而中等城市 500 强总部的营业额仅占 3% 左右，由此表明大企业总部有向大城市特别是特大城市聚集的趋势。

表 7-7　2007 年不同规模中国城市的制造业企业 500 强总部分布

城市规模（市区人口）	城市数/个	总部数/个	营业总额/亿元	占 500 强比重/%
Ⅰ级大城市（大于 1 000 万）	2	62	26 698	26.31
Ⅱ级大城市（500 万～1 000 万）	11	87	21 412	21.10
Ⅲ级大城市（200 万～500 万）	20	170	27 431	27.04
Ⅳ级大城市（100 万～200 万）	34	88	13 582	13.38
Ⅴ级大城市（50 万～100 万）	39	72	9 145	9.01
中等城市（20 万～50 万）	19	21	3 193	3.15
合计	125	500	101 461	100

资料来源：根据中国企业联合会、中国企业家协会"2008 中国制造业企业 500 强"相关报告及各企业网站信息整理。

2. 中国城市能级与企业总部区位具有较强相关性

在 38 个主要总部城市中，每个城市总人口均超过 200 万、市辖区人口在 100万以上，都属于特大城市，GDP 均超过 1000 亿元，年末金融机构存款余额在800 亿元以上，邮电业务总量超出 30 亿元，全年专利授权数量高于 600 个。根据这些城市发展状况，基本上可以分析出企业总部区位特征的内在机制。本书结合500 强企业所在城市状况，以及相关总部区位理论研究，以城市规模、国内投资与消费市场、外商投资与出口贸易、城市经济水平、城市基础设施、金融能力、科技水平及城市区位等 8 个指标来衡量 38 个主要城市与企业总部区位的相关性。

分析结果表明（表 7-8），各城市所拥有的总部营业收入、总部数量与城市规模、国内投资与消费市场、外商投资与出口贸易、基础设施、金融能力、科技水平及城市区位等因素具有较强的正相关性。例如，地区生产总值、城市总人口、固定资产投资、社会消费品零售总额、外商实际投资、邮电业务总量、金融机构存款、授权专利数量及区位条件等 9 个二级指标与城市企业总部营业收入的相关系数均在 0.6 以上，显著性则都在 0.01 水平之上，其中，与社会消费品零售总额的相关系数达到 0.8，与金融机构存款余额的相关系数为 0.9；与之相比，与城市人均 GDP 和城镇居民年均可支配收入的相关性都较弱，这是由于城市经济发展水平与城市规模的相关性不大，平均化指标对总部区位解释性不强，而货运量相关系数较小是因为其中包含其他地区货物中转量。

表 7-8　2007 年 38 个主要城市与中国制造业企业 500 强总部区位的相关性分析

城市能级		城市规模		国内投资与消费市场		外商投资与出口贸易	
主要指标		地区生产总值	城市总人口	固定资产投资额	社会消费品零售总额	外商实际投资额	出口总额
营业收入	①	0.76	0.621	0.691	0.794	0.629	0.508
	②	0.000	0.000	0.000	0.000	0.000	0.001
总部数量	①	0.656	0.444	0.61	0.571	0.718	0.553
	②	0.000	0.005	0.000	0.000	0.000	0.000

城市能级		城市经济水平		城市基础设施		金融能力	科技水平	城市区位
主要指标		人均 GDP	城镇居民收入	货运总量	邮电业务总量	金融机构存款余额	授权专利申请数量	经济地理条件
营业收入	①	0.369 *	0.401 *	0.500	0.778	0.894	0.664	0.651
	②	0.023	0.012	0.001	0.000	0.000	0.000	0.000
总部数量	①	0.477	0.503	0.376 *	0.558	0.641	0.554	0.617
	②	0.002	0.001	0.000	0.000	0.000	0.000	0.000

注：①Pearson 相关系数，②t 检验值，＊表示显著性为 0.05，其他都为 0.01。

资料来源：38 个城市样本数据源于 2007 年各市统计公报，城市区位是按各市所处的经济地理位置在 1～100 之间进行打分，如北京、上海都为 100 分，太原、潍坊、合肥等为 50 分。

3. 中国城市的经济实力可以较好解释企业总部区位

现选择出与企业总部区位相关性较强的 9 个二级指标，并将总部营业收入作为独立变量进行解释。首先，分别取各个变量的对数值①，通过解释变量与独立变量的对数值的相关性分析，发现 Log（地区生产总值）、Log（实际利用外商投资）、Log（金融机构存款余额）、Log（授权专利申请）等 4 个变量和 Log（营业收入）的相关性较强，相关系数大于 0.636，显著性均在 0.001 水平之上。其次，采用向后筛选策略（backward）对上述 4 个解释变量与 1 个独立变量进行多元回归分析，经过 4 个模型选择，最后得出 1 个具有较强解释性的回归方程（表7-9），即模型 4。其中，调整的 R^2 达到 0.540，回归系数的显著性在 0.001 之上。

表 7-9　2007 年中国制造业企业 500 强总部区位的影响因素多元回归分析

模型	解释变量	偏回归系数	标准误差	标准化偏回归系数	t 检验值	显著性检验
1	常量	−0.224	0.804		−0.279	0.782
	Log（地区生产总值）	0.491	0.438	0.303	1.121	0.270
	Log（实际利用外商投资）	0.173	0.157	0.179	1.098	0.280
	Log（金融机构存款余额）	0.195	0.269	0.169	0.724	0.474
	Log（授权专利申请）	0.210	0.211	0.198	0.998	0.326
4	常量	−1.034	0.623		−1.660	0.106
	Log（地区生产总值）	1.204	0.181	0.743	6.670	0.000

注：该表省略了模型 2 和模型 3；在模型 4 中，调整的 $R^2 = 0.540$，$F = 44.492$，$N = 38$。

从中可以看出，在模型 1 中，地区生产总值、金融机构存款余额、实际利用外资额、授权专利数量等 4 项指标与企业总部营业收入的相关性较强；在模型 4 中，地区生产总值对城市所拥有的企业总部营业收入具有较大贡献性，事实上，这表明了企业营业收入与城市经济实力的密切相关性，即城市的规模实力也取决于所拥有企业总部的经济控制能力。

由此，城市总部区位的非标准化和标准化回归模型分别表达为

Log（营业收入）＝−1.034＋1.204×Log（地区生产总值）

Log（营业收入）＝0.743×Log（地区生产总值）

（二）城市区位优势与企业总部集聚

国内外研究表明，企业总部整体上趋向于向大都市区集聚，这是由于大都市区具备总部正常运营的各种区位环境，这些环境因素主要包括金融、信息、技术、市场、人才等各种条件，以及相应的城市基础设施，如商务中心、科技园

① 对数值可将各变量之间的非线性关系转化为新变量之间的线性关系，并运用 SPSS12.0 进行回归分析。

区、工业区、空港或港口等。研究证明城市规模是影响中国制造业企业500强总部区位选择的重要因素，特别是金融、市场、科技和信息等条件，而外资也是一个不可忽视的影响因素，它不但影响着总部区位选择，而且也正在通过企业空间组织网络改变着中国城市体系。北京-天津、上海、深圳-广州等特大城市是企业总部重要集聚地，也是中国三大经济区核心，具有总部区位的环境优势，以这些特大城市为中心的全球城市-区域正在形成，其中的二级城市也发挥着吸引专业性企业总部集聚的作用，如青岛、大连、沈阳、杭州、南京、苏州、无锡和宁波等。

按照企业所属的不同类型行业，其总部在同一个大都市区内部也会表现出不同的区位特征，如服务型企业总部一般都布局在城市中央商务区或专业性服务业集聚区，而制造型或高技术型企业总部较多处于城市的工业园区或高技术园区，甚至大都市周边的中小城市，这是由它们所面对的客户群体不同所决定的，由此，企业所属行业类型决定了中国制造业企业500强总部的微观区位特征，特大城市或大中城市的工业园区和高技术园区成为企业总部重要集聚地。目前，北京和上海都在城市近郊积极打造技术型或生产型总部基地，如北京的中关村、丰台总部基地、望京新城（朝阳）、亦庄新区（大兴）、上地"硅谷亮城"（海淀）等；上海则有虹桥国际商务花园、企业·大家民营企业上海总部基地（浦东）、紫竹科技园（闵行）、"大业领地"企业总部花园（松江）等。

（三）全球化、市场化和分权化因素

市场化、全球化、分权化是经济转型期重构中国区域经济格局的三种重要力量（Wei，2000）。随着经济全球化和信息化的推进，以及中国市场化发育程度的不断提高，外商投资和民营经济已经在中国沿海发达地区实现集中化，而信息通信设施分布重心也位于东部地区（汪明峰，宁越敏，2004），三者与企业总部区位相关性均较强，由此促进了总部的东向迁移以及在特大城市的集聚。但是，在未来发展过程中，若三种因素逐步实现区域分布的均匀化，可能会减少企业总部跨区域迁移或向特大城市集中的趋势。

同时，区域分权也是影响中国制造业地理格局的关键要素（贺灿飞等，2007），如"行政经济区"现象会对企业总部的跨区域迁移产生抑制作用[①]。这是由于企业总部具有推动经济增长、增加税收和就业等重要作用，其迁移行为将会关系到目的地和原属地重大利益的得失。因此，迄今为止国有企业之间的兼并

---

① 行政区经济是指由于行政区划对区域经济的刚性约束而产生的一种特殊区域经济现象，它表现为企业在区域市场竞争和扩张过程中渗透着强烈的地方政府经济行为，受地方保护主义的强力影响，使生产要素跨行政区的横向流动受到强烈阻滞（刘君德，2006）。

收购行为较多，但总部能够跨省区的迁移很少，即使是私营企业总部的迁移也受地方政府的影响，成功者不多。本书所涉及的迁移案例均为私营企业或外资企业，目的地指向北京或上海，但其比重不足 500 强的 4%。另外，魏后凯和白玫（2008）在 1481 家中国上市公司中，仅找出 86 家企业总部迁移样本，不仅证实了北京等东部发达城市是总部迁移的主要目的地，而且指出总部迁移属于市场行为，各地"总部经济"的政策对吸引本土公司总部迁移的作用并不大。

三、中国大城市总部区位环境评价

（一）总部区位环境评价的理论方法

企业总部区位选择主要是企业战略、组织与外部环境相互作用的结果。一方面，城市区位环境影响着企业总部的集聚与扩散，成为企业空间组织重组的重要作用因素；另一方面，企业总部集聚不但有利于城市经济的发展，而且可以提高城市的控制与指挥能力，从而实现在城市网络体系中地位的跃升。因此，国内外许多城市将改善区位环境作为吸引企业总部的重要举措，而学术界也出现了对城市总部区位环境或"总部经济"发展能力的研究，成为继城市竞争力评价之后的又一种分析手段，其中，二者所运用的理论方法具有一定程度上的共同性。

赵弘等（2006）设计了由 6 个一级指标、16 个二级指标和 55 个三级指标构成的城市总部经济发展能力评价指标体系，采用 IMD 的国际竞争力指数评价方法，对中国 35 个主要直辖市及省会城市进行了分析。结果显示，北京、上海、广州、深圳构成总部经济发展能力的第 I 级城市，南京、杭州、天津、成都、青岛、武汉列于第 II 能级城市，其他城市分别属于第 III－IV 能级城市。任永菊（2007）利用加权潜力指数法计算了中国各省市的市场、基础设施、金融和人的四大因素分值，对各地区吸引跨国公司地区总部的潜能进行了评价，并认为北京和上海的潜力位列中国省市前茅，且后者的潜力指数较前者上升的较快。另外，有学者对中国商务中心区区位分布进行了相关研究，选取了中国 26 个典型城市作为样本城市，采用聚类分析法对之进行了类型划分，并认为上海、北京、广州和重庆是中国现阶段商务中心区的主要区位分布（任继勤等，2004）。

对中国制造业企业 500 强总部区位的分析显示企业总部与城市规模能级相关性较强，经济、外资、金融和科技是影响总部集聚的重要因素。所以，本研究对这些要素指标进行了扩充，并参考城市竞争力的相关指标体系研究（宁越敏，唐礼智，2001），构建出一个大城市总部区位环境评价的理论模型（图 7-6）。该模型认为总部区位受四大城市环境因子作用，即综合经济、生产服务、基础设施和生活环境，其中，前三者对工业化时期的企业总部集聚作用明显，而生活环境对提升城市竞争力更具有重要意义，特别是对于工业化后期或后工业时期的城市总部区位环境。

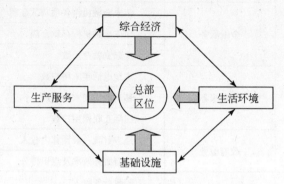

图 7-6　大城市总部区位环境评价理论模型

同时，四个因子均包括次一级的指标体系，如综合经济代表着城市的规模能级，包含生产能力、消费市场、经济水平和人力资源等方面指标；生产服务则包括科技、金融、信息和政府等评价指标；基础设施既指传统意义上的城市公共设施，也涵盖了城市开放程度及地理区位等基础条件；而生活环境主要从教育、卫生、文化和生态等方面进行衡量（表 7-10）。相对于已有的总部区位评价或"总部经济"发展能力的指标体系，本书的理论模型建立在对中国制造业企业 500 强总部区位的分析基础之上，而其他相关研究则缺乏大量总部样本数据的探索，所以，该城市总部区位理论模型更具有普遍的实践意义。

表 7-10　大城市总部区位环境评价的基本指标体系（42 个）

综合经济 （12 个指标）	生产能力	地区生产总值
		工业总产值
		全社会固定资产投资总额
	消费市场	社会消费品零售总额
		批发和零售业就业人数
	经济水平	第三产业占 GDP 比重
		城镇居民人均可支配收入
	人力资源	第二产业从业人员
		第三产业从业人员
		职工平均工资
		信息传输、计算机服务和软件业就业人数
		普通高等学校在校学生数

	科技服务	授权专利申请数量
生产服务 （10 个指标）		地方财政科学支出
	金融服务	年末金融机构各项贷款金额
		年末金融机构存款金额
		金融业就业人数
	信息服务	本地电话年末用户数
		移动电话年末用户数
		国际互联网用户数
	政府服务	地方财政一般预算内收入
		政府服务效率及意识得分
基础设施 （9 个指标）	基础设施	邮政业务收入
		电信业务收入
		全年公共汽（电）车客运总量
		民用航空客运量
		民用航空货邮量
	开放程度	当年实际利用外资额
		外贸出口额
	地理区位	城市区位赋值得分
		货运总量
生活环境 （11 个指标）	教育条件	教育就业人数
		地方财政教育支出
		中小学专任教师数
	文化卫生	医院、卫生院床位数
		卫生、社会保障和社会福利业就业人数
		剧场、影剧院数
		每百人公共图书馆藏书
	环境治理	环境污染治理投资额
		工业废水排放达标量
	环境绿化	建成区绿化覆盖面积
		城市环境基础设施投资额

　　同时，参考拥有中国制造业企业 500 强总部的 38 个主要城市，本书对总部区位环境的评价对象进行了重新界定和拓展，即中国主要大城市包括 4 个直辖

市、31 个副省级城市和省会城市（除了拉萨之外）、10 个较大的地级市，共计 45 个（表7-11）。这是由于前两者均属于中国重要的区域经济中心，而较大的地级市是成长中的区域中心城市，其经济总量和发展潜能甚至要超过部分副省级城市或省会城市，如苏州、东莞、无锡、佛山等，而这些城市往往被相关总部区位研究所忽略。与上述章节的 38 个主要城市相比，该 45 个城市增加了中西部地区一些省会城市，并排除了个别制造业实力较强的地级市，如潍坊、惠州、常州等，这是由于在每个省域范围内那些更具有区域经济中心功能的城市，对企业总部集聚更具有吸引力作用，并不仅限于制造业行业领域。

表 7-11　中国主要的 45 个大城市分布状况

地区	核心大城市	直辖市/个	副省级市/个	省会、地级市/个
泛环渤海地区	北京、天津、石家庄、唐山、大连、沈阳、青岛、济南、烟台、东营、太原、呼和浩特	2	4	3、3
泛长三角地区	上海、南京、杭州、苏州、无锡、宁波、绍兴、徐州、温州、合肥	1	3	1、5
泛珠三角地区	广州、深圳、佛山、东莞、福州、厦门、长沙、昆明、南昌、海口、贵阳、南宁		3	7、2
黄河中下游地区	西安、郑州		1	1、0
长江中上游地区	重庆、成都、武汉	1	2	
东北地区	长春、哈尔滨		2	
西北地区	乌鲁木齐、兰州、西宁、银川			4、0
合计		4	15	16、10

注：包括 4 个直辖市，31 个副省级城市及省会城市（除拉萨之外），10 个较大的地级市。

资料来源：根据以上指标体系，城镇居民人均可支配收入、外贸出口额、授权专利申请数源于 2007 年各城市统计公报；政府服务效率及意识指标参考《2007~2008 中国总部经济发展报告》及相关网络信息资料；其他数据均来自《中国城市统计年鉴2007》。另外，城市区位赋值得分区间 1~100，如北京、上海得分100，贵阳、银川得分50。

本项研究在总部区位环境评价上采用传统的因子分析法，利用 SPSS12.0 软件分别对城市区位环境四大指标体系进行主因子提取，并计算出四大主因子的综合得分，最后对该主因子得分进行层次聚类分析，归纳出中国大城市总部区位环境的等级分布体系。

（二）总部区位环境指标的因子分析

1. 城市综合经济实力指标分析

现利用 SPSS 软件对表示城市综合经济实力的 12 个指标进行因子分析，根据碎石图及特征根分布提取出 2 个主因子，解释方差累计 80.94%，经过正交旋转后，得到能够明确表征城市综合经济实力的主因子载荷矩阵（表 7-12 和表 7-13），并将 2 个主因子分别命名为工业经济和服务业经济。从各主因子方差贡献率来看，第 1 主因子（工业经济）达 62.700%，反映了 7 个经济指标信息，即工业总产值、地区生产总值、城镇居民可支配收入、职工平均工资、全社会固定资产投资总额、社会消费品零售总额和第二产业从业人数与之均具有较强的正相关性，这表现出工业经济因子不但可以表示城市经济规模和消费市场，而且也代表了城市的经济发展水平。第 2 主因子（服务业经济）方差贡献率达 18.241%，代表 5 个指标信息量，主要表现为第三产业及知识型服务业的人力资源状况，并呈现出较强正相关性，如第三产业从业人员、批发和零售业就业人数、信息传输、计算机服务和软件业就业人数、普通高等学校在校生人数等，同时与第三产业 GDP 比重也具有强相关性，这些均说明服务经济因子表达了城市服务产业高低级劳动力的丰裕程度，也表现了城市产业结构发育状况。

表 7-12　中国 45 个大城市综合经济实力的特征根和方差贡献

主因子	未旋转特征根			正交旋转		
	特征根	解释方差 百分比/%	累计 百分比/%	特征根	解释方差 百分比/%	累计 百分比/%
1	7.524	62.700	62.700	5.348	44.564	44.564
2	2.189	18.241	80.941	4.365	36.377	80.941

表 7-13　中国 45 个大城市综合经济实力主因子的载荷矩阵

主要指标	各主因子的载荷	
	1	2
工业总产值（当年价）/万元	0.948	0.077
地区生产总值/万元	0.890	0.410
城镇居民可支配收入/元	0.855	-0.186
职工平均工资/元	0.849	0.201
全社会固定资产投资总额/万元	0.758	0.491

续表

主要指标	各主因子的载荷	
	1	2
社会消费品零售总额/万元	0.747	0.639
第二产业从业人员/万人	0.713	0.536
第三产业从业人员/万人	0.471	0.851
批发和零售业就业人数/万人	0.410	0.849
信息传输、计算机服务和软件业就业人数/万人	0.371	0.800
第三产业占 GDP 的比重/%	−0.181	0.774
普通高等学校在校学生人数/人	0.051	0.703

从各城市的综合经济实力第 1、第 2 主因子得分来看（图 7-7），第 1 主因子（工业经济）高分区表现出明显的沿海地区指向型特点，上海、北京、深圳、广州、苏州位列中国大城市前 5 名，其得分均在 1.7 以上，其中上海达到 3.3。其他高得分城市均分布在环渤海地区、长江三角洲、珠江三角洲三大沿海区域，如天津、杭州、宁波、无锡、南京、东莞、青岛、佛山、烟台、绍兴、温州、东营等城市，内陆地区只有重庆的得分高于平均水平。

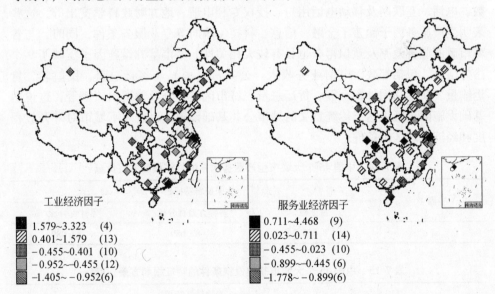

图 7-7　中国 45 个大城市综合经济实力第 1、第 2 主因子得分

第 1 主因子的低分区主要位于中西部地区，如太原、合肥、南昌、呼和浩特、贵阳、南宁、银川、乌鲁木齐、海口、兰州和西宁等城市，其他城市则介于

两者中间。这些说明了中国区域经济发展的不平衡性和东中西的阶梯形特征，45个区域中心城市代表了各地区的经济发展水平。

第 2 主因子（服务业经济）高分区主要位于直辖市或省会城市，相对于第 1 主因子布局，具有分散性或均质型特征，如北京、上海、广州、武汉、重庆、成都、西安、天津等城市得分均较高。其次是其他各省区的省会城市，即使是中西部的许多城市也都在平均水平以上，如郑州、长沙、昆明、太原、南宁、兰州、乌鲁木齐等。同时，第 2 主因子的低分城市分布于沿海地区较多，主要是部分副省级城市和地级市，这与各城市的产业结构、服务业状况、教育资源等因素发育程度不高有关。

2. 城市生产服务和基础设施指标分析

与以上因子分析过程相似，现分别对表达城市生产服务水平的 10 个指标和基础设施条件的 9 个指标进行相应的主因子提取，二者均得到 1 个主因子（表 7-14 和表 7-15）。其中，前者的主因子解释方差贡献率达 82.09%，后者为 70.82%，两者主因子载荷矩阵都表现出与相关指标具有较强的正相关性，并可以被分别命名为生产服务因子和基础设施因子。城市生产服务主因子表达了 10 个指标信息，包括年末金融机构存贷款余额、地方财政预算收入、金融业就业人数、电话、互联网及移动电话用户、授权专利申请、地方财政科学支出等，这些表明生产服务因子涵盖了金融、信息、科技、政府等专业服务条件，同时，与各城市政府服务效率及意识得分也具有较大相关性。城市基础设施因子反映了 9 个指标信息，包括邮政、电信业务收入，公共汽（电）车客运总量，民航客、货运输量、实际利用外资金额、货运总量、城市区位得分及外贸出口额等，这说明基础设施因子既表达了传统意义的城市公共基础设施，也表现了城市对外开放程度和经济地理区位条件。

表 7-14　中国 45 个大城市生产服务水平的特征根和方差贡献

主因子	未旋转特征根		
	特征根	解释方差百分比/%	累计百分比/%
1	8.209	82.089	82.089

表 7-15　中国 45 个大城市基础设施条件的特征根和方差贡献

主因子	未旋转特征根		
	特征根	解释方差百分比/%	累计百分比/%
1	6.374	70.822	70.822

通过观察各城市的生产服务和基础设施主因子得分（图7-8），可以发现二者分布特征与城市经济实力因子具有一定的相关性，表现出沿海及沿长江流域地区特大城市指向型特征。上海、北京、广州、深圳位居中国大城市前4名，重庆、天津、杭州、苏州、南京、武汉、成都、宁波等8个城市均高于平均水平。两个主因子得分较低的城市主要是中西部部分省会城市以及东部沿海个别地级市，前者如太原、南昌、合肥、南宁、兰州、呼和浩特、贵阳、海口、银川、西宁等，后者则是唐山、徐州、东营。其他城市主因子得分均介于上述高分区和低分区之间。

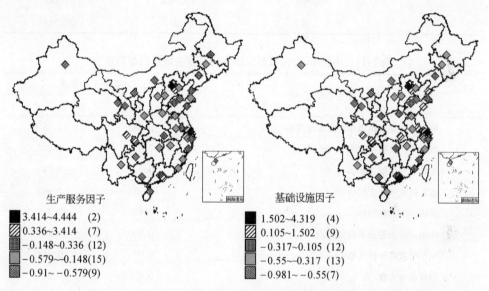

生产服务因子

■ 3.414~4.444	(2)
▨ 0.336~3.414	(7)
▤ -0.148~0.336	(12)
▦ -0.579~-0.148	(15)
▧ -0.91~-0.579	(9)

基础设施因子

■ 1.502~4.319	(4)
▨ 0.105~1.502	(9)
▤ -0.317~0.105	(12)
▦ -0.55~-0.317	(13)
▧ -0.981~-0.55	(7)

图7-8 中国45个大城市生产服务水平和基础设施条件第1主因子得分

与城市经济实力因子得分空间布局相比，城市生产服务和基础设施状况受其所承担的区域经济中心功能等级的影响较大，如中国直辖市或副省级城市在四大主要经济区域中的地位，即以北京和天津为核心的京津唐都市圈，以上海、苏州、南京、杭州、宁波为核心的长江三角洲，以广州、深圳为核心的珠江三角洲，以重庆、成都、武汉为核心的长江中上游地区。同时，中国的西部地区、西南地区的部分省会城市生产服务水平较低，基础设施条件也相对较差，对企业总部集聚的吸引力相对较小。

3. 城市生活环境质量指标分析

相对于城市综合经济、生产服务、基础设施等发展状况，生活环境也是衡量现阶段中国工业化进程中各大城市对企业总部集聚能力的重要指标，并与前三者具有一定的相关性，现将该指标体系进行单独分析。先利用因子分析法提取表示生活环境质量11个指标的主因子，所得出2个主因子的解释方差累计76.10%，经过正交旋转得到明确表征生活环境质量的主因子载荷矩阵（表7-16和表7-17）。

表7-16　中国45个大城市生活环境质量的特征根和方差贡献

主因子	未旋转特征根		
	特征根	解释方差百分比/%	累计百分比/%
1	6.807	61.883	61.883
2	1.563	14.212	76.095

表7-17　中国45个大城市生活环境质量主因子的载荷矩阵

主要指标	各主因子的载荷	
	1	2
城市环境基础设施建设完成投资额/万元	0.883	0.335
每百人公共图书馆藏书/册、件	0.871	-0.207
建成区绿化覆盖面积/公顷	0.831	0.317
地方财政教育支出/万元	0.783	0.560
剧场、影剧院数/个	0.612	0.319
环境污染治理投资总额/万元	0.508	0.463
中小学教师专任人数/人	0.079	0.918
教育就业人数/万人	0.432	0.839
医院、卫生院床位数/张	0.538	0.790
卫生、社会保障和社会福利业就业人数/万人	0.676	0.685
工业废水排放达标量/万吨	0.063	0.653

从其方差贡献率来看，第1主因子为61.883%，第2主因子为14.212%，前者反映了6项指标信息，后者表示了5个指标信息，均与之表现出较强的正相关性。由于第1主因子与城市环境基础设施投资额、每百人公共图书馆藏书量、建成区绿化覆盖面积、地方财政教育支出、剧场、影剧院数、环境污染治理投资额等指标相关，可以命名为文化生态因子，代表城市文化环境和生态环境的发展水平。同时，与第2主因子相关性较强的指标分别为中小学教师专任人数、教育就业人数、医院、卫生院床位数、卫生、社保、社会福利业就业人数，以及工业废水排放达标量，这些表现了城市教育环境和卫生状况，该主因子被命名为教育卫生因子。

各大城市的文化生态与教育卫生主因子得分分布特征较为不同（图7-9），高于前者平均水平的城市相对不多，仅有上海、北京、深圳、广州、东莞、南京、苏州、哈尔滨、沈阳、福州、济南、厦门等12个城市，其他城市均低于平均水平。后者主因子得分相对分散，超出平均水平的城市有21个，广泛分布在沿海和内陆地区，如上海、北京、天津、重庆四大直辖市，苏州、杭州、广州、青岛、大连等沿海特大城市，以及成都、武汉、石家庄、哈尔滨、西安、郑州、长春、南宁等内陆省会城市。

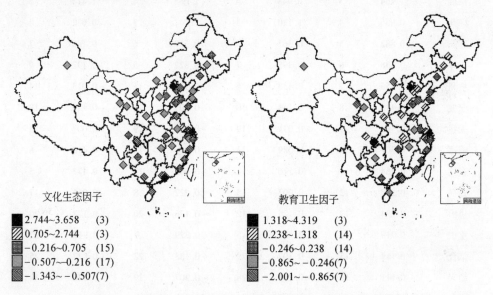

文化生态因子

- ■ 2.744～3.658　(3)
- ▨ 0.705～2.744　(3)
- ▤ −0.216～0.705　(15)
- ▦ −0.507～−0.216　(17)
- ▩ −1.343～−0.507(7)

教育卫生因子

- ■ 1.318～4.319　(3)
- ▨ 0.238～1.318　(14)
- ▤ −0.246～0.238　(14)
- ▦ −0.865～−0.246(7)
- ▩ −2.001～−0.865(7)

图7-9　中国45个大城市生活环境质量第1、第2主因子得分

与以上各主因子得分布局相同，该两主因子的低分区为中西部部分省会城市，如南昌、太原、合肥、乌鲁木齐、海口、西宁、银川等。然而，表现特征较为突兀的是重庆的文化生态因子得分较低，而教育卫生因子得分较高，深圳、东莞、厦门则与此相反，这些表明后3个城市的教育卫生发育水平较为不佳，在未来发挥总部集聚影响力过程中有待加强建设。

（三）总部区位环境聚类分析及评价

1. 城市总部区位环境综合分析

根据上述各主因子的方差贡献率，可分别计算中国45个城市的四大主要指标的综合得分，即综合经济、生产服务、基础设施和生活环境（表7-18），同时，利用GIS软件制作相应的各大城市综合得分空间布局示意图（图7-10）。由此，可以归纳出中国大城市的总部区位环境特征。

表 7-18　中国 45 个大城市四大主因子综合得分排序

城市	综合经济		生产服务		基础设施		生活环境	
	得分	位序	得分	位序	得分	位序	得分	位序
上海	2.297	1	3.647	1	3.059	1	2.515	1
北京	1.805	2	2.802	2	2.255	2	2.421	2
深圳	1.164	3	0.948	4	1.063	4	1.414	3
广州	0.956	4	1.120	3	1.241	3	0.632	4
苏州	0.882	5	0.361	8	0.539	6	0.186	7
天津	0.638	6	0.395	7	0.622	5	0.132	9
杭州	0.555	7	0.438	6	0.130	11	−0.013	14
宁波	0.415	8	0.148	10	0.001	14	−0.129	18
无锡	0.402	9	−0.071	19	−0.110	19	−0.007	13
南京	0.301	10	0.089	13	0.074	13	0.419	6
东莞	0.284	11	0.126	11	−0.082	17	0.477	5
青岛	0.237	12	−0.002	15	0.222	8	−0.061	17
佛山	0.234	13	0.124	12	−0.126	20	−0.177	20
重庆	0.219	14	0.537	5	0.329	7	−0.217	22
烟台	0.117	15	−0.307	29	−0.188	22	−0.227	25
绍兴	0.111	16	−0.269	28	−0.307	29	−0.346	38
温州	0.091	17	−0.042	17	−0.293	27	−0.372	40
成都	−0.017	18	0.276	9	0.136	9	0.003	12
东营	−0.032	19	−0.616	40	−0.554	42	−0.276	31
大连	−0.034	20	−0.070	18	0.094	12	−0.184	21
沈阳	−0.064	21	−0.087	20	−0.023	15	0.014	11
厦门	−0.073	22	−0.376	30	−0.085	18	−0.158	19
武汉	−0.107	23	0.043	14	0.135	10	0.017	10
济南	−0.113	24	−0.121	21	−0.219	24	−0.021	16
唐山	−0.212	25	−0.416	33	−0.312	30	−0.406	42
福州	−0.226	26	−0.245	25	−0.215	23	−0.015	15
长沙	−0.235	27	−0.254	26	−0.184	21	−0.328	37
郑州	−0.308	28	−0.176	22	−0.225	25	−0.226	24
哈尔滨	−0.309	29	−0.032	16	−0.351	31	0.143	8

续表

城市	综合经济		生产服务		基础设施		生活环境	
	得分	位序	得分	位序	得分	位序	得分	位序
徐州	-0.324	30	-0.465	35	-0.389	38	-0.487	44
石家庄	-0.333	31	-0.241	24	-0.363	33	-0.320	34
长春	-0.362	32	-0.207	23	-0.371	34	-0.245	28
西安	-0.383	33	-0.257	27	-0.050	16	-0.220	23
昆明	-0.503	34	-0.407	31	-0.301	28	-0.234	27
太原	-0.507	35	-0.440	35	-0.372	35	-0.265	29
合肥	-0.511	36	-0.476	36	-0.380	36	-0.304	32
南昌	-0.536	37	-0.415	32	-0.381	37	-0.326	35
呼和浩特	-0.571	38	-0.625	41	-0.522	40	-0.310	33
贵阳	-0.642	39	-0.627	42	-0.585	44	-0.228	26
南宁	-0.644	40	-0.519	37	-0.457	39	-0.385	41
银川	-0.677	41	-0.716	44	-0.695	45	-0.328	36
乌鲁木齐	-0.725	42	-0.573	38	-0.283	26	-0.351	39
海口	-0.733	43	-0.668	43	-0.351	32	-0.513	45
兰州	-0.738	44	-0.587	39	-0.545	41	-0.274	30
西宁	-0.787	45	-0.747	45	-0.584	43	-0.417	43

第一，上海、北京、深圳、广州是中国最具有企业总部集聚吸引力的城市，其中，以上海和北京为最佳。从各主因子综合得分来看（表7-18），上海和北京都在1.8以上，而上海的生产服务和基础设施主因子得分均超过3.0，这些表明上海、北京是中国总部区位环境条件最优越的城市，上文通过大量企业总部的实际数据分析也证明了该观点。深圳和广州的各主因子综合得分相对低于上海和北京，其数值分布在1.0左右，其中，深圳的综合经济实力和生活环境质量超出了广州，生产服务水平和基础设施条件则稍逊于广州，但二者主因子综合得分均与其他城市拉开了一定的距离。从各主因子综合得分的空间分布来看（图7-10），4个城市构成中国区域经济格局的三大极点，成为沿海三大经济区域企业总部的主要集聚地。

第二，苏州、天津、杭州、南京、重庆、宁波、成都、武汉、东莞等城市属于中国总部区位环境条件相对优越的城市。这9个城市的主因子综合得分均有3项指标超出中国城市的平均水平（大于0），其中，除了东莞之外，其他城市均有2个指标位居中国城市前10名，表明这些城市具有吸引企业总部集聚的较大潜力。同时，各城市的总部区位环境也表现出了相应的薄弱点，如杭州、宁波、重庆的生活环境因子综合得分较低，成都、武汉的经济实力不强，东莞的基础设施条件较差。但是，这 9 个城市均是沿海沿江地区企业总部的重要集中地（图7-10）。

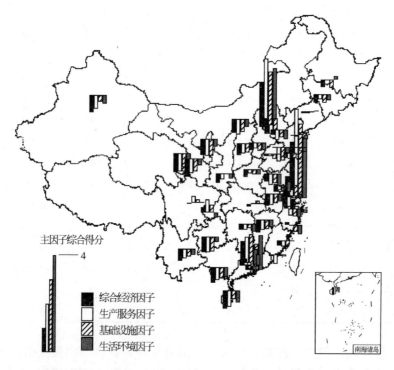

图 7-10 中国 45 个大城市各主因子综合得分的空间布局

第三，呼和浩特、贵阳、南宁、银川、乌鲁木齐、海口、兰州、西宁 8 个省会城市的总部区位环境条件较差，其他副省级城市和地级市要优于这些城市。从各因子综合得分来看，上述 8 个省会城市均有 3 项指标处于第 38 名之后，表明这些城市对企业总部集聚的影响力较小，甚至并不适合作为企业总部区位选择的目的地。

与之相比，其他副省级城市、省会城市和地级市的区位环境条件稍好，具有区域经济中心的城市功能，可以通过改善区位环境来吸引地区性总部集聚。其中，这些城市又可以划分为三个等级：①无锡、青岛、佛山、大连、沈阳、厦门、温州等，各项因子综合得分相对较高；②济南、烟台、绍兴、福州、长沙、郑州、哈尔滨、长春、西安等，各主因子综合得分处于中等水平；③石家庄、太原、合肥、南昌、昆明、徐州、唐山、东营等，各指标综合得分相对较低。

事实上，本书认为，这些区域中心城市或省会城市应该结合当地经济发展状况，有选择地作为企业总部集中地来进行培育，并非每个中心城市都要作为总部集聚地，这与该区域的经济发展条件，以及城市的各项服务能力有关。诸如边远地区的省会城市，贵阳、海口、呼和浩特、西宁、银川等，受当地资源环境发展条件限制，现阶段这些省会城市难以吸引大量企业总部，也只能作为省区的行政、商贸及生产服务性中心城市。所以，相关研究经常评价这些城市的"总部经济"发展能力，或进行相关城市对比分析，显得并不是很适宜。

2. 城市总部区位环境聚类分析及评价

根据以上衡量城市总部区位环境的 4 个主因子综合得分，可以运用 SPSS 软件的层次聚类分析方法，对中国主要 45 个大城市进行等级归类划分。现利用 SPSS 层次聚类 Q 型聚类方法，个体距离采用平方欧式距离，类间距离采用平均组间链距离，由此，系统自动生成相应的聚类分析树状图。结合上述的城市总部区位环境综合分析，将中国 45 个大城市划分为五大等级分布体系（表 7-19）。

表 7-19 中国 45 个大城市总部区位环境等级分布体系

等级	主要城市	地域特征
1	上海、北京	泛长三角地区、泛环渤海地区的核心城市
2	深圳、广州	泛珠三角地区的核心城市
3	天津、重庆、杭州、苏州、南京、武汉、东莞、厦门、宁波、青岛、大连、沈阳、无锡、佛山、成都	环渤海地区、长江三角洲、珠江三角洲、长江中上游地区、海峡西岸经济区的区域经济中心城市
4	济南、烟台、绍兴、福州、长春、唐山、长沙、郑州、西安、温州、哈尔滨、石家庄、昆明	泛长三角地区、泛环渤海地区、泛珠三角地区、黄河中下游地区、东北地区的区域经济中心城市
5	东营、太原、合肥、南昌、徐州、南宁、呼和浩特、贵阳、银川、乌鲁木齐、海口、兰州、西宁	泛长三角地区、泛环渤海地区、泛珠三角地区、西北地区的区域经济中心城市

第 1 等级：上海、北京。无论是各项指标主因子的综合得分，还是聚类分析结果，都显示出上海和北京是总部区位环境最为优越的城市。早在 20 世纪 30 年代上海就曾是远东地区的国际大都市，新中国成立后成为中国大陆最大的工业基地。改革开放以来，特别是 20 世纪 90 年代，受经济全球化的影响，上海逐步发展成为中国实际利用外资总额最多的城市，国内外资本的不断积累，推动了上海作为国际经济中心、金融中心、贸易中心的建设，同时，国际航运中心建设也正在积极开展。这些表明上海具有吸引跨国公司总部或地区总部和本土大型企业总

部集聚的各种优越条件，包括金融、科技、商贸、人才、信息等高端专业服务，特别是对世界重要制造业中心——泛长江三角洲地区的辐射力和影响力。北京是中国首都，拥有作为中国政治文化中心的优势，生产服务业发达，各类型劳动力资源丰富，基础设施条件优良，这些均符合企业总部的区位选择要求。近年来中央企业的重组更是催生了越来越多的 500 强企业。此外，许多跨国公司总部或在华投资机构、国家垄断性公司总部、国内外企业研发中心等也集聚于北京，使北京总部经济的发展优势更加明显。

截至 2008 年年底，上海有跨国公司地区总部 224 家，外资投资性公司 178 家，外资研发中心 274 家，以及 300 多家上市公司总部，8 家中央大企业总部，100 多家中央大企业地区总部、重要生产基地或营运部门，24 家"民营企业 500 强"总部。北京拥有中国企业 500 强总部 94 家，名列中国城市第 1 位，其中，若按照企业营业总额计算，北京的中国制造业企业 500 强已经超出了上海，并在近几年中吸引了泛环渤海地区的许多企业总部。同时，北京所集聚的世界 500 强跨国公司地区总部、研发中心的数量都远高于国内其他城市，这些表明目前北京对大中型企业的控制能力明显处于中国城市首位。

第 2 等级：深圳、广州。二者属于泛珠江三角洲的核心城市，区位条件都相对优越，毗邻具有全球影响力的国际金融中心——香港，这也促使深圳能够在短短 30 多年的时间里迅速崛起，成为中国城市竞争力最强的城市。支撑深圳经济高速发展的最强大动力来自于海外投资，如深圳的实际利用外资金额从 1979 年的 1540 万美元猛增至 1999 年的 28 亿美元，2008 年则达到 40 亿美元。据估计，20 世纪 80 年代外商投资贡献了平均每年深圳市政及基础设施建设总投资的 26%，仅略低于国内银行贷款所占的比重（27%）（安东尼·奥罗姆，陈向明，2005）。

与之相比，作为中国最早对外通商贸易的口岸，广州的绝对综合经济实力居中国大城市第 3 位，工业基础较雄厚，第三产业发达，人才资源丰富，属于全国三大金融中心之一，华南地区融资能力最强的中心城市。广州的生产服务和基础设施主因子综合得分要高于深圳，仅次于上海和北京，广州港和深圳港的货物吞吐量、广州机场和深圳机场的旅客吞吐量均分别位列中国前 5 名。同时，广州是中国互联网三大交换中心之一，是国内网络与国际网络的互联网交互点。

以上表明，在中国城市总部区位环境方面，深圳和广州仅次于上海、北京。然而，与后两者相比，深圳、广州拥有的国内外大型企业总部仍然与之存在不小的差距。据 2008 年统计，在中国 500 强企业十大总部所在城市中，北京、上海列第 1 位、第 2 位，深圳、广州则分别居第 6 位、第 7 位；若按企业营业额所计算的中国制造业企业 500 强总部所在的前 12 位城市，深圳排在第 4 位，广州排在第11位，其中，深圳的排名靠前是外商投资企业贡献较大所致。这说明，深圳和广州仍需在吸引企业总部集聚的各种软硬环境条件方面进行不断的改善，从而支撑起幅员广阔的泛珠江三角洲的经济发展。

第3等级：天津、重庆、杭州、苏州、南京、武汉、东莞、厦门、宁波、青岛、大连、沈阳、无锡、佛山、成都。这15个大城市分别是环渤海地区、长江三角洲、珠江三角洲、长江中上游地区、海峡西岸经济区的区域经济中心城市，在各项主因子综合得分方面，都表现出良好的均衡性发展，即至少有3项指标表现突出。①苏州、天津、杭州、宁波、无锡、南京的综合经济因子得分位居中国大城市前10名，其中，天津、杭州、无锡、苏州、南京、青岛是2008中国500强企业十大总部所在城市，表明这些城市对集聚企业总部具有强大的竞争力。②重庆、武汉、成都是长江中上游地区的三大中心城市，也是沿江流域重要的区域经济增长极，尽管其综合经济主因子得分并不突出，但在生产服务、基础设施、生活环境方面都具有各自的独特优势，随着中国区域经济的不断协调发展，这些城市终将在吸引企业总部方面发挥出相应的功能。③东莞、佛山是珠江三角洲重要的区域中心城市，外资经济、民营经济相对活跃。例如，1998年东莞是仅次于上海、深圳的中国第三大出口创汇城市，2001年佛山的民营经济占GDP的70%，二者的综合经济因子得分居中国大城市第11位和第13位，其他各项综合得分也相对均衡，这说明两者具有集聚外资和民营中小企业总部的相对优势。④大连、沈阳、厦门分别是辽中南地区和海峡西岸经济区的核心城市，虽然上述城市的综合经济因子得分较低，但均属于所在省区的经济中心城市，生产服务、基础设施、生活环境等优势相对突出，仅外向型经济较差，但相对于重庆、武汉和成都，三者较具有发展外资经济的良好区位条件。因此，随着外商投资北上和海峡经济区建设，这些城市有可能成为沿海区域集聚企业总部的第2级。

第4等级：济南、福州、唐山、烟台、绍兴、长春、长沙、郑州、石家庄、哈尔滨、西安、温州、昆明。尽管这些省会城市和地级市都是中国的区域经济中心城市，但其总部区位环境条件相对一般，各项主因子综合得分的整体优势并不突出，但均具有吸引区域性企业总部集聚的发展潜力。①泛环渤海地区，包括济南、唐山、烟台、石家庄，前3个城市的综合经济因子得分较高，其中，济南各项指标相对均衡，而石家庄的各主因子综合得分均较低。②泛长江三角洲地区，包括绍兴和温州，两市经济实力较强，拥有一定数量的大中型企业，但生产服务、基础设施和生活环境相对落后，将成为约束企业总部集聚的重要影响因素。③泛珠江三角洲地区，包括福州、长沙、昆明3个省会城市，其经济实力较弱，但其总部区位环境条件较好，并受珠江三角洲的经济辐射作用，具有吸引本土企业总部的相对优势。④黄河中下游地区，包括郑州、西安，两市处于经济相对不发达的黄河流域，尽管限制经济发展的影响因素较多，但二者发展态势较好，并且随着中西部地区发展政策的逐步惠及，未来将可能出现华夏文明重新崛起的新景象。⑤东北地区，包括长春和哈尔滨，它们均是老工业基地的核心城市，制造业基础相对较好，并拥有一批国家级大型企业集团，东北振兴的国家发展战略和对外贸易的区位条件，将推动二者成为东北地区企业总部重要集聚地。

第5等级：东营、太原、合肥、南昌、徐州、南宁、呼和浩特、贵阳、银川、乌鲁木齐、海口、兰州、西宁。这些分散于东中西三大区域的省会城市或地级市的总部区位环境条件均相对较差，各项指标主因子综合得分整体实力薄弱或相互失衡，成为制约区域性企业总部集聚的重要原因，也只适合发展地方性本土企业总部。①东营、太原、合肥、南昌、徐州所处的大区域外部经济环境相对较好，如东营是黄河三角洲的中心城市，也是环渤海地区的重要城市，综合经济因子得分较高，但生产服务和基础设施方面较为欠缺，未来有待提升其作为区域中心城市的各种专业服务功能；太原、合肥、南昌和徐州的各项主因子综合得分均表现平平，但分别作为泛环渤海地区、泛长江三角洲地区和泛珠江三角洲地区的重要区域中心城市，具有吸引本省区企业总部集聚的发展潜力，今后发展需要继续增强城市经济规模实力，优化各项生产服务功能，改善总部区位环境条件。②南宁、呼和浩特、乌鲁木齐、兰州都是中国西部重要的省会城市，具有相对突出的地区生产服务功能，所管辖范围均是中国较为重要的经济区域，如以南宁为中心的北部湾（广西）经济区，以兰州、乌鲁木齐为核心的中国西北部经济区，呼和浩特则是泛环渤海地区的重要城市，但目前这些城市经济实力较弱，对地区发展的经济辐射力相对不强，限制了总部区域环境条件的提升。③贵阳、银川、海口、西宁的总部区位环境均较差，这是由其所处区域的经济发展状况所决定的，对这些城市而言，主要是针对当地资源环境发展条件，提高中心城市的各项服务水平。

四、小　结

本章以中国制造业企业500强为研究对象，将中国大中城市作为统计单元，分别从宏观层面和微观层面考察了企业总部区位特征及其影响因素，从中可以发现以下几个方面的特征。

（1）中国制造业企业500强总部主要集中在沿海地区，以分布在长江三角洲、京津冀都市圈、珠江三角洲和山东的四大都市圈为主，并具有总部进一步向这四大都市圈集中的发展趋势。

（2）中国特大城市是制造业企业总部主要集聚地，北京、上海、天津和深圳对大中型企业总部具有较强控制能力。在城市内部微观层面，城市中心区、近郊区、外围县市同时是总部集中区。其中，经济技术开发区、工业区或高技术园区成为重要空间载体，这验证了已述章节的总部微观区位模式。

（3）中国制造业企业 500 强总部区位与城市能级相关性较强，城市规模、国内投资与消费市场、外商投资与出口贸易、基础设施、金融能力、科技水平和城市区位均是重要影响因素，其中，经济、金融、外资、科技与企业总部区位选择相关性较强，经济实力则具有较强的解释性，这些结论与国外城市相关研究也较为一致。

（4）中国特大城市具有企业总部集聚的区位环境优势，以北京–天津、上海、深圳–广州为核心的全球城市–区域，逐步成为吸纳总部的主要集聚地。在泛长三角地区，由于大中企业相对较多，总部迁移行为也相对频繁；泛渤海湾地区则以北京为中心，成为吸纳周围地区企业总部的主要城市。同时，全球化、信息化、市场化等因素对总部区位及其空间迁移产生重要影响，而地区分权化背景下的"中国行政区经济"具有抑制企业总部迁移的作用。

（5）选取 45 个中国大城市作为分析对象，利用 42 个指标构建四大指标体系，即综合经济、生产服务、基础设施和生活环境，对城市总部区位环境进行评价：①上海、北京居第 1 等级，是中国城市总部区位环境最为优越的城市。②深圳、广州属于第 2 等级，区位环境相对优越。③天津、重庆、杭州、苏州、南京、武汉、东莞、厦门、宁波、青岛、大连、沈阳、无锡、佛山、成都这 15 个城市处于第 3 等级，在吸引区域性企业总部方面具有较大潜力。④以济南、福州、长春、长沙、西安、郑州等为代表的 13 个省会城市及东中部地级市稍次于上一个等级，聚集企业总部能力将会随着区域经济水平的提高而增强。⑤其他的省会城市及地级市属于第 5 等级，各项总部区位环境条件相对较差，在未来发展中有待提升，特别是那些地处东中南部的省会城市，如南昌、合肥、太原、南宁等。

第八章

基于网络体系优势的城市功能升级：上海案例研究

位于吴淞江（苏州河）和黄浦江交汇处的上海作为旧时江南中心城市苏州的外港而兴起。1843 年上海开埠后，其凭借沿海沿江的优越区位优势迅速崛起，到 20 世纪 30 年代成为远东著名的国际大都市。1949 年后，在计划经济体制下，上海的城市对外服务功能一落千丈，制造业得到片面的快速发展，城市职能向全国最大的工业基地方向转变。1978 年后，上海开始实施改革开放政策，但在 80 年代由于种种原因发展速度并不快。1990 年，上海宣布浦东新区开发开放，其城市功能定位于国际经济、金融、贸易、航运中心。通过 20 年的发展，上海作为一个现代化国际大都市的框架已初步形成（宁越敏，石崧，2011）。

自 19 世纪中叶以来，从地方城市到国际城市，上海经历了曲折的发展路程。面向未来，上海如何实现向全球城市的跨越？本章将从企业网络体系优势的角度对这一问题进行探讨。

一、从地方城市到国际城市的发展历程

上海因港设县、以商兴市。早在唐代天宝年间，在今青浦区境内吴淞江畔就形成了青龙港，成为当时苏州的外港。南宋时，因河道淤塞港口转移到今黄浦区小东门附近。元至正二十八年（1291 年），设上海县。明清时期，上海已成为当时我国沿海最大的商港之一。以上海港为中心，其北称为北洋航线，其南称为南洋航线，沿长江上溯船只可达金沙江。1843 年上海开埠后，仅 10 余年时间上海港就超越广州港成为我国最大的港口（宁越敏等，1994）。1864 ~ 1904 年，中国每年进口的洋货，一半左右由上海进口，而土货转运国外的货量占全国出口总值的 14%~37%，位居全国口岸首位（吴松弟，2007）。港口的崛起进一步推动了上海近代工业、商业、金融业的发展，使之成为中国最大的经济中心城市。

20 世纪上半叶，上海作为国际城市的形成，得益于当时中国的政治、经济环境以及上海自身"内怀黄浦、外依长江，背靠陆地、面向海洋"独一无二的港口区位条件（严重敏，宁越敏，1990）。所谓"内怀黄浦"指黄浦江位于长江的入海口，系天然的避风良港。"外依长江"则与上海的腹地长江三角洲有关，这一地区自南宋以来就是我国最重要的经济重心，明清时期曾是我国最重要的丝、茶产区和以棉纺为代表的手工业区，近代以来则成为我国近代工业最发达的地区。由此，上海在国内资本和国外资本双重集聚的推动下，发展成为全国对外、对内经济联系的枢纽城市，其金融、生产服务、交通通信等网络遍布中国各个重要城市和地区。

（一）　新时期上海大都市的发展

从 1953 年我国开始实施第一个五年计划起，在当时的政治、经济体制下，中国开始将重工业作为经济发展的首选产业部门，第三产业被压制到最低水平。受此影响，作为全国最大经济中心城市的上海，其商业、金融等第三产业不断萎缩，国家银行迁往北京，外资银行、私营银行、证券交易所相继关闭或搬迁，上海由此丧失了远东金融中心的地位。从第二个五年计划起，在以"以钢为纲"的发展战略导引下，上海逐渐转变为全国最重要的工业基地（严重敏，宁越敏，1992）。直至 1990 年，上海的城市功能更多的是作为内向型的中国制造业生产中心。在此背景下，上海在亚太地区的优越区位条件也就相应失去了重要意义。

改革开放以后，中国政府首先宣布了深圳等四个南方城市为经济特区。1984年，中国扩大了对外开放的空间范围，上海成为全国首批 14 个沿海开放城市之一，这标志着上海又一次将凭借优越的区位条件和经济基础重新走向世界。1990年，中央宣布了上海浦东的开发开放。1992 年，党的十四大报告提出"以上海浦东开发开放为龙头，进一步开放长江沿岸城市，尽快把上海建成国际经济、金融、贸易中心之一，带动长江三角洲和整个长江流域地区经济的新飞跃"。这再次将上海推到了对外开放的战略前沿，使上海城市功能的特色再次得到体现，即上海成为连接国内和国外两个经济扇面的重要枢纽，国内资本和国外资本双重集聚的地方空间。

进入 21 世纪以来，上海经济社会发展迅速，经济总量名列中国大陆城市第一位，成为国内最重要的经济中心城市。2008 年，虽受全球金融危机的影响，增长速度首次低于连续 16 年保持的两位数的水平，上海市生产总值仍比上年增长 9.7%，达到 13 698.15 亿元。其中，实现工业增加值 5784.99 亿元，比上年增长 8.4%，第三产业增加值比重达到 53.7%。据 2007 年统计，上海拥有的跨国公司地区总部为 184 家，其中，国家级地区总部 16 家，占全国的近 50%；共计 130 个国家和地区在上海进行投资；外资投资性公司 165 家，占全国 41% 左右；外资研发中心 244 家，占全国 26%。截至 2009 年年底，上海跨国公司地区总部数量已达 260 家，投资性公司达 191 家，外资研发中心 304 家，成为中国内地拥有跨国公司地区总部最多的城市之一。

同时，上海国际金融中心、国际贸易中心和国际航运中心建设进程逐步加快，表现在以下几个方面：第一，上海已成为我国重要的金融中心之一。2009年，外资金融机构数达 170 家。在国内金融业务方面，上海是我国最重要的证券、期货交易中心，证券交易的各项经济与技术指标居世界前列，期货交易品种中橡胶和金属铜交易分别位列世界第一和第二交易中心。此外，上海已建成国内最大的同业拆借市场、外汇交易市场、票据贴现市场、证券和保险市场，住房抵押市场，黄金市场、白银市场也已成为全国最重要的交易中心。第二，上海口岸进出口商品总额始终占据全国总量的 1/5 ~ 1/4 的水平，2007 年，上海口岸进出口商品总额占全国比重为 23.8%，出口总额占全国 27.1%（图 8-1）。2008 年，上海口岸进出口商品总额达 6065.57 亿美元，其中出口总额达 3936.5 亿美元，两者的总量及比重均居全国大中城市之首。第三，上海港货物吞吐量连续 4 年居世界第一，2009 年攀升到 5.92 亿吨；集装箱吞吐量达 2500 万国际标准箱，连续2 年超越香港排名全球第 2 位，仅次于新加坡。2009 年，上海浦东机场和虹桥机场合计的旅客吞吐量 5700 万人次，其中，国际及地区航线进出港旅客 1610.31万人次，占 28%（上海市统计局，2009）；浦东机场的货邮吞吐量达 254 万吨，居全国第 1 位（中国民航局，2009）。国内外共有 71 家航空公司开通了上海定期航班，其中国际及地区 51 家；与上海通航的国内外城市 179 个，其中国内80 个。

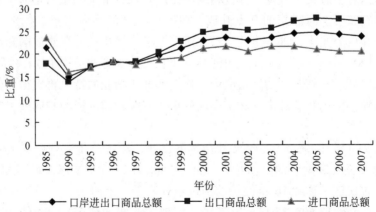

图 8-1　20 世纪 80 年代以来上海口岸商品贸易总额占全国的比重

资料来源：上海统计局，2008；中华人民共和国国家统计局，2008。

(二) 上海国际城市建设面临的问题及其优势

霍尔（Hall, 1996）认为：20 世纪末决定城市发展的主要影响力有 4 个，即第三产业化、信息化、新的劳动分工和全球化。20 世纪后期以来，世界各国地方政府、企业界和学术界都在关注城市经济转型问题。20 世纪末，西方发达国家的主要大城市基本上已经完成经济的转型，这些国际城市经济发展的主要趋势是把城市建立在服务业和制造业兼有的多元化的经济基础上（张庭伟，2005）。

进入 21 世纪以后，上海"四个中心"建设也开始进入一个新的发展阶段，特别是 2008 年 9 月国务院颁布了《关于进一步推进长江三角洲地区改革开放和经济社会发展的指导意见》，更加明确了上海优先发展先进制造业和现代服务业的产业重点。然而，由于上海长期作为中国最大的工业生产基地，第二产业比重长期偏高，第三产业比重于 20 世纪 90 年代末才超过 50%。进入 21 世纪后，上海第三产业的比重有所起伏，但长期未超过 54%（图 8-2），表明上海经济结构虽正在转型，但从制造型经济向服务型经济转变的任务艰巨。2009年，受全球金融危机的影响，上海第二产业增加值仅增长 3.1%，而第三产业的增幅较大，这才使上海第三产业增加值占地区生产总值的比重达到 59.4%，创历史最高水平。

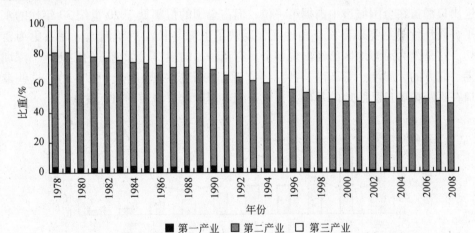

图 8-2　1978～2008 年上海产业结构演化过程

资料来源：上海统计局，2008，2009。

除产业结构转型的任务外，在向全球城市的发展过程中，上海也面临着国内其他城市的挑战。与 20 世纪 30 年代上海是中国唯一的国际大都市相比，伴随中国国力的上升和区域经济版图的重构，目前在中国范围内已形成或正在形成若干个国际城市，除公认的国际城市香港外，在内地，就有北京、广州、深圳等城市确定了建设国际城市的目标。特别是北京，凭借作为首都的有利条件，集聚了数量最多的中国企业500强和中国制造业企业500强。2007年，北京拥有的中国500强企业总部达93家，占总数的18.6%。由于中国企业500强中的前9家包括中国石油化工集团公司、中国石油天然气集团公司、中国移动通信集团公司、国家电网公司、中国工商银行等均位于北京，使这93家企业的营业额约占500强营业额的一半，其比重高达49.28%。实际上，在经济转型过程中国有企业的改革一直是中国经济改革中的难点，在较长时期内多数大型国有企业的效益并不佳。但进入21世纪以来，北京500强企业总部的数量迅速增加。究其原因，这与中国加入世界贸易组织以后的形势变化有关。一批国家级大型企业集团借助首都的区位优势在各种政策支持下通过在全国范围内的兼并重组实现了企业规模的不断扩大，不仅成为中国的500强企业，而且有越来越多的央企进入世界500强企业的行列。因此，北京在发展总部经济方面占有优势的地位，作为中国经济中心的地位也不断上升。

随着中国铁路交通体系的日益完善，上海还受到经济腹地缩小的挑战。相关学者研究发现，曾是上海内层经济圈重要组成部分的长江中上游地区日渐与上海疏离，地处长江中上游的四川、重庆、贵州、湖北、湖南等省（直辖市）的区际联系的主要方向已从上海转向广东或广西（吴松弟，2007）。目前上海口岸的进出口额虽在全国城市中占据第一位，但占全国的份额低于20世纪30年代的水平，而且货源主要来自长三角地区，反映了上海与长江三角洲地区联系更为密切。这是因为沿海地区已经出现多个具有竞争力的港口，如南方的广州港、深圳港、北方的天津港、青岛港，甚至还有近邻的宁波－舟山港（图8-3），这些港口在不断拓展自己腹地的基础上，也正朝着国际港口城市的目标发展。

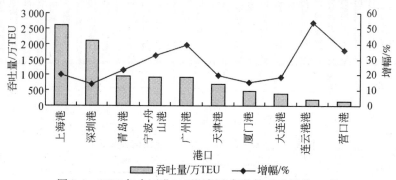

图8-3 2007年全国港口国际标准集装箱吞吐量前10位

资料来源：国家统计局城市社会经济调查司，2008。

然而，应指出上海"四个中心"的建设为长江三角洲巩固内向型经济与发展外向型经济提供了重要条件，同时，长江三角洲地区快速发展也将有利于上海国际城市的建设。与珠江三角洲和环渤海地区相比，长江三角洲地区经济占全国经济比重最大。2007 年长江三角洲（两省一市）的地区生产总值和工业增加值分别占全国的 22.8%、25.5%，进口总额、出口总额及实际吸引外资分别占全国的 37.2%、39.1%、53.7%（表 8-1）。如果分析近年来长江三角洲地区进出口贸易结构，可以发现加工贸易进口和出口占相应总额的比重都在 35% 以上，其中出口占 1/2 强，这些进口和出口在很大程度上是跨国公司在长江三角洲地区设厂进行加工贸易带来的结果。由此表明，长江三角洲地区制造业已经融入全球商品链的生产，从而为上海建成国际贸易中心提供了强有力的产业基础。

表 8-1 2007 年长江三角洲地区经济实力及外向型经济发展状况

地　区	地区生产总值/亿元	工业增加值/亿元	进口总额/亿美元	出口总额/亿美元	进出口总额/亿美元	实际吸引外资/亿美元
上海	12 001.2	5 295.9	1 390.5	1 439.3	2 829.7	79.2
江苏	25 560.1	13 000.1	1 459.4	2 037.3	3 496.5	218.9
浙江	18 638.0	9 040.0	484.4	1 283.0	1 768.4	103.7
长江三角洲	56 199.0	27 336.0	3 334.3	4 759.6	8 094.8	401.8
全国	246 619.0	107 367.0	9 558.0	12 180.0	21 738.0	748.0
（长江三角洲/全国）/%	22.8	25.5	34.9	39.1	37.2	53.7

资料来源：中华人民共和国国家统计局，2008。

在高度对外开放和参与全球经济循环的基础上，我国经济持续高增长和经济规模迅速扩大，不仅在国内的联系上，而且在对外部的联系中都产生了巨大的经济流量。国际经验表明，当一个国家在内外经济联系中出现这一巨大经济流量时，作为其中转和交汇重要载体的中心城市，也就要越来越多地承担起全球网络节点的功能（周振华，2008）。在改革开放 30 多年中，新时期上海的国际城市建设已经取得了巨大的成绩，生产控制管理能力不断增强，金融及生产服务水平逐步提升，并与长江三角洲一起成为中国制造业基地乃至世界制造业基地。同时，对外开放程度明显较高，并日益发挥出作为国内外经济联系枢纽的重要作用，不但上海正在成为全球城市网络中的节点城市，而且长江三角洲地区也进一步朝着新国际劳动分工背景下的全球城市－区域方向发展。因此，融入全球商品链中的城市－区域所产生的劳动空间分工，也将有利于上海逐步向全球城市层面升级，其形成的全球生产服务网络、金融网络可以充分辐射到长三角地区和全国各主要地区，从而引领中国走向更为广阔的世界。

卡斯特（Castells，1996）曾指出，如果不是信息网络社会的崛起，有谁能够在 20 世纪 80 年代早期就预测台北、马德里或布宜诺斯艾利斯能够成为重要的国际金融与商业中心呢？而全球城市芝加哥通过新技术变革实现着与世界城市体系的紧密联系，如世界最大的商贸交易所——芝加哥贸易和商品交易委员会与伦敦、巴黎、东京等期货市场建立了贸易关系，其网络入口点位于芝加哥的市中心，并成为世界上最为繁忙的网络连接点之一（安东尼·奥罗姆，陈向明，2005）。在全球化和信息化背景下，上海能否通过技术创新、产业转换和制度变革，实现城市经济控制能力的增强，进而向全球城市层面升级，这将是我们要继续深入探讨的问题。

二、上海城市功能转型的路径选择

当前，全球城市研究的主要对象是发达国家已经形成的全球城市，如纽约、伦敦、东京等，学界对崛起中的全球城市，特别是后起发展中国家的全球城市的形成与发展的研究较少。这种局面的形成与其理论缺陷有一定的关系，即过于强调发达国家跨国公司和金融资本对全球经济的控制作用及发达国家的全球城市在全球城市网络变化中的主导作用，而忽视了发展中国家参与全球化进程对世界经济的影响以及由此产生的发展中国家城市在全球城市网络中的地位变化。因此，有必要从网络体系优势的视角来分析崛起中的全球城市功能升级的路径，从而为上海的国际城市建设目标寻求发展思路。

（一）上海城市功能转型的研究动态

随着跨国生产活动向发展中国家和地区的扩散，许多城市研究学者开始思考城市－区域的功能转型与升级问题，特别是这些地区的国际城市建设，上海即为其中最具有代表性的案例。早在 20 世纪 90 年代初期，宁越敏（1991）通过评介新国际劳动分工和世界城市理论，思考了上海建设国际城市的策略。随后，他又通过劳动空间分工理论和全球生产系统理论，考察上海在国际劳动分工和全球生产系统中的地位，认为上海可以通过产业经济活动在全球生产系统中升级，来实现其在世界城市网络中地位的上升（宁越敏，2004；宁越敏，李健，2007）。张庭伟（2005）分析了制造业、服务业与上海发展战略的关系，提出上海应该形成以现代服务业为主导的多元化经济形态，和长江三角洲地区开展区域合作，提高生产服务发展水平，并要积极推动国际金融中心建设。周振华（2006b）探讨了全球化、全球城市网络和全球城市的逻辑关系，认为国际城市的全球性协调功能建立在全球城市网络基础之上，而国际城市界定应该具有内部特性和外部联系的统一。同时，他从全球商品链的角度思考了全球城市的发展路径，认为城市功能转换可以借助于全球商品链，并得出崛起中的全球城市寓于全球城市－区域发展之中的结论（周振华，2007，2008）。顾朝林和陈璐（2007）从规划学的角度探讨了上海全球城市建设问题，认为上海面临着经济结构、社会结构、城市空间、城市功能等方面的转型，提出建设全球制造业管理中心、全球交通中心、全球贸易中心等发展目标。屠启宇（2008）提出了后发城市嵌入全球城市网络体系的假设，进而提出了上海城市功能转型的思路。

　　基于以上学者的理论探讨与分析，笔者认为当前全球城市功能研究不仅仅在于利用现有的统计结果数据来分析城市发展的现状特征，更要加强全球城市成长过程与路径选择的研究，即一个城市应该通过何种路径才能够达到世界/全球城市的发展目标。就此而言，卡斯特的"流的空间"理论和泰勒的全球城市网络理论，为分析崛起中的全球城市提供了研究视角，而笔者所运用的新国际劳动分工、全球生产系统、全球商品链等理论分析无疑为上海建设全球城市的研究提供了一条路径。进一步的研究应该把重点放在如何实现经济活动与城市功能升级相互结合，使"抽象"的全球生产系统、全球商品链的概念与"实体"的城市经济相对接。

　　在前面的章节中，通过分析公司空间网络以及集成后的产业（电子信息产业）空间网络分析了中国的城市网络。这种新的分析方法揭示了城市间相互联系的本质特征，因为无论是城市之间的网络联系，还是城市网络中的"流量"，大多产生于社会经济活动的基本单元——企业或公司，而作为具有企业管理控制功能的总部机构则可以成为全球城市网络分析的重要对象。由此，可以构建出一个新的国际城市功能升级的路径选择逻辑，即"全球生产系统/全球商品链—跨国公司—全球城市网络—世界/全球城市"，这是由于全球生产系统/全球商品链是跨国公司空间组织作用的结果，从而将其所在的城市或区域通过"流量"紧密地联系起来，并形成全球城市网络体系，大型跨国公司总部或地区总部集聚的城市就是全球城市。这一路径同样可以复制在一个较小的空间尺度上，由于并非所有的公司都可以成为跨国公司，很多公司的生产网络是区域性的或国家型的，这些公司总部集聚的城市可以相应成为区域性的或全国性的中心城市。

　　在这种城市网络体系中，其关键节点——全球城市，既是跨国公司控制管理及服务机构所在地，也是网络中"流量"进出最为繁忙的核心。那些能够带来或促进大规模经济流量的机构和组织可以划分为五种：①大型企业集团，包括生产型企业集团和投资公司；②公司总部，主要指跨国公司总部及其地区总部；③服务类组织机构，包括研发机构、金融机构、会计师事务所、律师事务所等生产服务公司；④国际性组织，包括联合国机构及主要国际组织总部；⑤媒体组织，包括报纸、杂志、图书出版、电影电视等文化传播及创意机构（周振华，

2008）。其中，最为关键的也就是企业集团或公司总部，这也是主流世界/全球城市研究所考察的对象。实践中，许多国家或地区也纷纷将吸引跨国公司总部或地区总部，作为国际城市功能升级的重要举措，如纽约、巴黎、新加坡、香港、台北等。所以，需要探讨上海在全球城市网络中的地位，以及上海如何借助企业组织网络所形成的城市网络体系优势来实现国际城市功能的升级。

（二）上海在全球城市网络中的地位

上海无疑处于中国城市等级体系的顶端地位，以及城市网络体系中的核心位置。以下将考察上海在全球城市网络中的位置，这样就可以认清作为国内外城市网络枢纽节点的上海的网络控制能力，明白未来上海如何来提升在全球城市网络中的地位，从而实现向全球城市能级的跨越。1986 年，弗里德曼的"世界城市假说"归纳出 18 个核心和 12 个半外围的世界城市的等级结构和布局（Friedmann，1995），其中的东亚城市包括东京、新加坡、香港、台北、马尼拉、曼谷、汉城，中国内地未有城市入列。自 20 世纪 90 年代中期起，英国拉夫堡大学以泰勒为首的全球化和世界城市研究小组以网络联系的视角代替传统的等级静态分析，对世界城市网络研究作出了突出的成绩。2000 年，泰勒和沃克根据生产服务业公司相关资料，充分考虑了世界城市的全球性和地方性影响，将世界城市划分为 Alpha、Beta 和 Gamma 三个等级，其中，北京和上海分别位居 Gamma 级世界城市网络阶层。

随后，泰勒（Taylor，2006）对处于世界城市网络中以香港、台北、上海和北京为代表的中国国际城市和其他东亚城市进行了相关分析（表 8-2）。他认为，20 世纪末以来亚太地区经济高速发展推动了所在地区城市全球化的进程，而且各城市之间具有良好的联系网络，香港、东京和新加坡不仅是亚太地区的首要城市，而且已与伦敦、纽约和巴黎同属于相关性最强的世界城市网络阶层。相比东京，尽管香港没有较多的全球经济指挥和控制能力的跨国公司总部，却拥有众多面对快速增长的中国市场的客户服务公司，因此，在世界城市体系中具有强大的网络力量，即高水平的网络连接度。2000～2004 年，多数亚太城市排名跃升，从而带动本地区更好地融入世界经济发展中。其中，香港、东京、新加坡继续在亚太地区保持前三名，且排位不变，上海从 2000 年的第 30 位上升到 2004 年的第 23 位，北京从 2000 年的第 33 位上升到 2004 年的第 22 位，而台北的排名从第 18 位下降到第 25 位，表明其更近似一个东南亚地方连通性较强的城市。

表8-2 2004年和2000年世界城市网络中的亚太城市

2004 年			2000 年		
排名	城市	网络连接度	排名	城市	网络连接度
3	香港	0.731	3	香港	0.724
5	东京	0.690	5	东京	0.694
6	新加坡	0.671	6	新加坡	0.645
19	吉隆坡	0.478	18	台北	0.488
22	北京	0.456	23	雅加达	0.465
23	上海	0.452	28	吉隆坡	0.434
24	首尔	0.449	30	上海	0.429
25	台北	0.446	31	曼谷	0.428
27	曼谷	0.441	33	北京	0.421
28	雅加达	0.438	38	首尔	0.413

资料来源：Taylor, 2006, Tab. 1, Tab. 2。

泰勒还依据世界城市网络的全球连通性和地区连通性对亚太城市进行了分组研究（表8-3）。其中，全球连通性是对各城市与伦敦、纽约的关系进行测度，地方连通性是指各城市与亚太地区其他城市之间的联系。由此得出，香港、新加坡和东京属于全球连通性较强的世界城市，这是由于新加坡和香港分别是面向东南亚和新兴中国市场的世界性城市。北京和上海则属于全球连接度较低但具有较强全球连通性的城市，这是因为二者分别拥有国家首都和中国市场的巨大优势。与之相比，台北和其他东亚城市的地方连通性较强，而全球连接度相对较低。

表8-3 亚太城市网络连接度的变化及其全球和地方连通性指标

2000~2004 年全球性连接度变化			亚太城市的全球和地方连通性		
排名	城市	连接度变化	城市	全球性指标	地方性指标
21	吉隆坡	0.329	上海	1.167	-0.938
30	首尔	0.279	香港	1.110	-1.012
34	北京	0.268	东京	0.949	-1.006
46	新加坡	0.236	新加坡	0.640	-0.912
58	上海	0.197	北京	0.591	-0.715
89	曼谷	0.135	曼谷	-0.401	1.067
99	香港	0.119	吉隆坡	-0.704	0.315
140	东京	0.042	雅加达	-0.819	1.244
223	雅加达	-0.114	首尔	-0.939	0.844
259	台北	-0.207	台北	-1.593	1.113

资料来源：Taylor, 2006, Tab. 3, Tab. 4。

根据以上结果，可以将基于网络分析的世界城市划分为三种类型（表8-4）：①全球连接度较高的城市，属于已经形成或成熟的世界城市，如纽约、伦敦、东京等全球性城市；②地区连通性较强的城市，即在地区具有较高网络连接度，如吉隆坡、台北、首尔等亚太城市；③全球连接度较低，但全球连通性较强的世界城市，如北京和上海。

表8-4　基于全球与地区联系网络分析的亚太城市

连接度分层	地区性和单体性	全球性和联系性
高连接度（大于0.6）	无	香港；新加坡；东京
低连接度（0.4~0.5）	曼谷；雅加达；吉隆坡；首尔；台北	北京；上海

资料来源：Taylor，2006，Tab.5。

无论上述世界/全球城市研究是否具有权威性或实践性，但从中可以看出上海在世界城市体系中的大致位置和不足之处，以及在全球城市网络中所具有的控制或支配能力。例如，上海的全球连接度仍然相对较低，与香港、新加坡具有较大的差距，与北京的网络层次水平相当，这也决定了上海难以位居全球城市网络阶层的顶端。但从泰勒的相关研究可以发现，上海的确正在作为一个全球城市而崛起，尽管其全球网络连接度较低，但其全球连通性甚至高于香港、东京和新加坡，位居亚太国际城市首位，体现了上海全球化的发展进程十分迅速。所以，随着中国作为世界经济大国的日益振兴，以及高度参与全球经济循环，这必将极大地促进上海国际城市的快速建设，并可以使之成为未来具有全球经济辐射扩散能力的世界城市。

三、基于网络体系优势的城市功能升级

弗里德曼（Friedmann，2001）认为今天的全球城市并不以拥有多少世界500强企业总部为衡量标准，而是以其所在的"城市－区域"的地缘经济实力的总量为衡量标准的。他还认为全球城市代表了它所影响的那个区域的经济实力，以及它统领这个区域与全球经济连接的能力。然而，事实却是全球城市的确会因其所在的全球经济中的节点地位而吸引较多的500强企业总部，全球城市的经济统领地位及其成功是吸引这些总部的原因，而不是500强企业总部造就了全球城市的成功（张庭伟，2005）。

现代城市的形成或城市经济的发展与企业不断向城市集聚而产生的范围经济效应，即"城市化"经济有关。企业总部是不同于生产或服务类企业的一种机构，但拥有较强的生产控制或服务管理能力，可以与其相关生产服务机构通过生产网络、服务网络把各地的城市与区域紧密地联系在一起，形成具有全球竞争力的地域空间实体。同时，城市拥有的跨国公司总部或地区总部及生产服务公司所形成的空间组织网络，也有利于与高层次城市网络体系的连接，如世界500强总部或全球性服务企业与全球城市网络，可以推动其成为全球城市网络核心节点。

所以，城市功能的升级要加强两种网络体系的建设，即本土内向型网络和国际外向型网络[①]。前者主要由企业内部或本土企业之间的网络联系所构成，后者则基于跨国公司空间组织网络而形成。两种网络均具有难以确切定量描述的复杂性，如不同类型的企业之间或内部联系，跨国公司生产网络的各种外包关系等，而且两种网络之间也有着交织在一起的交流。然而，正是企业的生产网络将全球城市的崛起与城市－区域经济的发展紧密地联系在一起，这也是斯科特（Scott，1998）所思考的"全球城市－区域"的意义。所以，未来上海国际城市建设要注重借助这两种网络体系优势，实现向全球城市网络阶层的跨越。

（一）构建上海内向型网络体系

主流的世界/全球城市理论认为，以纽约、伦敦、东京为代表的全球城市的形成，是基于跨国公司的全球性投资以及金融业的国际化扩张，从而导致生产管理控制和生产服务功能的集中，由此促进城市功能的升级。对于后起发展中国家或地区的国际城市能否遵循这一发展路径，一些学者认为，中国国际城市的崛起应该借助于全球商品链在城市与区域的延伸，内生于全球城市－区域的发展之中，并建立起全球联系和融入全球城市网络，其原因是目前的中国还少有可以向全球拓展其分散化生产的本土性跨国公司（周振华，2007）。

然而，通过构建基于本土企业生产、服务网络所形成的中国城市内向型网络体系来提升对本土企业的控制管理能力和生产服务水平，仍具有极其重要的意义，一方面可以有效促进本土企业向跨国/跨区域企业集团发展，另一方面又能够增强中国城市网络的自生能力与全球连通性，最终推动核心节点城市向全球城市的跨越。在2008年以来的全球金融危机的背景下，该设想更具有现实意义，因为仅仅依靠跨国公司生产网络在中国的延伸来实现城市功能的升级，而不注意对本土企业内向型网络的培育，无疑会给那些依靠外贸进出口发展的沿海城市带来致命性打击。

---

① 弗里德曼（Friedmann，2004）曾探讨了两种全球城市的发展模式，即城市营销模式和内生式发展模式，前者是建立在城市对外来资金的竞争力上，后者则是基于自身的资源和能力。他比较强调城市内生式发展，城市间可以通过合作形成城市网络，以实现城市与区域的共同繁荣。

1. 逐步壮大本地企业集团，增强对本土企业的控制能力

20世纪80年代以来，上海迈向国际大都市的发展进程首先是基于面向全球市场的制造业重镇，通过外贸高速的增长带动经济及其他行业的发展。统计数据显示，上海市的进出口额从1990年的74.31亿美元上升到2000年547.1亿美元，增长了6.4倍。2008年上海市的进出口额达到3221.38亿美元，较2000年增长了4.9倍。但随着全球化和信息化时代的来临，当前的国际劳动分工是建立在跨国公司的生产制造与管理控制功能的空间分离基础之上的，即产品内部区段环节的分工。许多国际城市的制造业逐步向全球范围迁移，而企业总部与研发中心仍然留在本地，并通过全球生产网络控制着更大区域的制造活动。这表明国际城市的管理功能并没有随着生产基地的外迁而弱化，反而得到了更加集中化的增强。例如，纽约、芝加哥、洛杉矶是美国最具有代表性的全球城市，生产服务业是这些城市的主导经济部门，三市集中了全美82%的广告业企业总部、54%的金融业总部、34%的其他服务业总部。同时，其还拥有200家最大的制造业企业总部，在数量上超出了服务业，并占全美的37%（表8-5）。因此，正在迈向全球城市的上海不能仅停留在产品制造中心的层次，而是要向生产价值链更高的两端，即管理、营销中心、研发中心的方向发展。

表8-5 美国最大企业总部的分布

类型	三市总计占全国的比例/%	纽约/家	芝加哥/家	洛杉矶/家
制造业（200家）	37	42	17	14
广告业（50家）	82	34	5	2
金融业（50家）	54	20	6	1
多元化服务业（50家）	34	8	3	6
总计		104	31	23

资料来源：张庭伟，2005，表2。

当前，以上海为核心的长江三角洲地区是中国最具有经济实力的全球城市 – 区域。2007年长江三角洲（两省一市）GDP和工业增加值分别占全国的22.8%、25.5%，进口总额、出口总额及实际吸引外资分别占全国的37.2%、39.1%、53.7%。但是，上海集聚中国大型企业的数量不多，且有减少的趋势。以2007年中国500强企业总部的分布为例，上海拥有29家总部，江苏、浙江分别拥有55家和43家总部，共计127家总部，其营业额占全国的15.54%（表8-6）。

表 8-6　2007 年中国 500 强企业总部在长江三角洲地区的分布

地区	企业/家	营业额/%	利润/%	纳税额/%	资产/%	就业数/%
上海	29	6.82	7.57	6.98	6.50	4.74
江苏	55	4.79	3.59	1.80	1.06	3.28
浙江	43	3.93	2.51	2.60	1.12	2.60
长江三角洲	127	15.54	13.67	11.39	8.67	10.62
全国	500	100	100	100	100	100

资料来源：中国企业联合会，中国企业家协会，2008。

因此，进一步培育上海的 500 强企业已成为当前上海发展总部经济迫切需要解决的重要问题。与北京相比，上海不具有吸引央企总部的区位优势，但集聚了证券、期货等中国最重要的要素市场，市场经济比较发达，制造业基础好，还有背靠长三角、面向世界的优势。因此，上海构筑内向型网络可把重点放在吸引国内上市公司总部、大型民营企业总部以及央企区域总部的入驻上。同时，要对本地企业实行优化兼并和重组，使更多的企业进入 500 强。在这方面，江苏和浙江的经验值得借鉴。在 2007 年中国制造业 500 强中，江苏和浙江拥有的数量分别为 82 个和 66 个，分居第一和第二位，其相当一部分来自民营企业。因此，发展壮大上海的民营企业应成为上海培育制造业 500 强的重要途径。

2. 大力发展现代服务业，提高对外生产服务水平

建立以服务经济为主导的多元化经济形态是上海产业结构转型的必然趋势，上海内向型网络的构建也离不开大量生产性服务企业的培育。这是由于上海的发展深深根植于长江三角洲地区，其作为世界工业产品的重要制造基地，必然会对生产性服务产生大量的需求，包括金融、信息、研发、技术、法律、广告、会计、物流、交通等多元化服务形态，这些生产服务供应也只有该地区的核心城市能够提供。所以，生产服务业的发展，一方面，可以积极推动上海产业结构的快速转型；另一方面，上海也可以由此通过生产服务的供需关系形成相应的跨区域生产网络联系，从而推动大型服务业企业集团的发展。

进入 21 世纪以来，上海正在加快推动"四个中心"，即国际经济中心、国际金融中心、国际贸易中心和国际航运中心的建设。从各个中心的内涵来看，其实质均是要积极提升对外生产服务水平和对外辐射扩散能力，最基础的任务则是要培育具有全球生产服务能力的跨国企业。当前发达国家和地区的全球城市已经证明了这些，如纽约、伦敦和东京都是基于强大的金融辐射能力，新加坡和香港则拥有面对全球和东亚地区的高端生产服务，而上海的国际城市建设就要积极提高生产服务能力，这既是出于长江三角洲地区发展的需要，也是实现全球城市功能

升级和响应国家发展战略的必然。从发展现状来看，长江三角洲地区拥有中国服务业企业 500 强 149 家，其中，上海有 36 家，江苏和浙江分别是 43 家和 70 家（表 8-7）。但从其营业额、资产额及纳税额占全国的比重来看，上海远高于后两者。这表现出长江三角洲地区较高的生活及生产服务水平，同时也说明上海具有发展生产服务业的雄厚基础，而且可以通过企业集团的跨区域发展，以及吸引服务业企业机构的集聚，从而提高上海的对外生产服务水平，并形成辐射长江三角洲地区的完整的内向型生产服务网络。

表 8-7　2007 年中国服务业企业 500 强总部在长江三角洲地区的分布

地区	企业数/家	营业额/%	利润/%	资产额/%	纳税额/%	就业数/%
上海	36	7.71	7.07	6.55	8.15	6.20
江苏	43	3.39	2.28	0.51	1.33	2.52
浙江	70	4.80	2.01	0.90	2.59	2.26
长江三角洲	149	15.90	11.36	7.96	12.07	10.98
全国	500	100	100	100	100	100

资料来源：中国企业联合会，中国企业家协会，2008。

3. 积极推进区域合作战略，构建以上海为核心的长三角生产及服务网络

"新区域主义"是全球化背景下世界各国和地区所出现的一种新发展趋势，指以生产的技术和组织变化为基础、以提高区域在全球经济中的竞争力为目标而形成的区域经济发展的理论、方法和政策导向，它强调区域本地网络和合作经济（苗长虹等，2002）。在"新区域主义"理论背景下，斯科特等（2001）提出了"全球城市－区域"的概念，即指在全球化高度发展的前提下，以经济联系为基础，由全球城市及其腹地内经济实力较为雄厚的二级大中城市扩展联合而形成的一种独特的空间现象。

目前，以上海为核心的长江三角洲地区已经突破了传统城市群或都市连绵区的内涵，其全球化的程度越来越高，内部城市间的交互作用也越来越紧密，一个亚太地区新的全球城市－区域正在崛起。2008 年，长江三角洲地区的经济总量即地区生产总值已达到 5.4 万亿元，其中，上海的地区生产总值达到 1.3 万亿元以上；苏州、杭州、宁波、无锡、南京 5 市组成长江三角洲地区的第二梯队，其地区生产总值在 3000 亿～7000 亿元；其余城市则组成第三梯队，除舟山市外，其地区生产总值处于 1000 亿～3000 亿元。在规模以上工业总产值、全社会固定资产投资、地方财政收入、社会消费品零售总额等指标方面也可分为不同的等

级。但各市的城镇居民人均可支配收入的差距较小，最高的上海市为 26 675 元，最低的泰州市为 17 198 元，表明长江三角洲地区的经济发展水平较为均质化（表 8-8）。

表 8-8　2008 年长江三角洲地区 16 个核心城市经济社会发展状况

城市	地区生产总值/亿元	规模以上工业总产值/亿元	全社会固定资产投资/亿元	地方财政收入/亿元	社会消费品零售总额/亿元	城镇居民人均可支配收入/元
上海市	13 698. 15	24 404. 97	4 829. 46	2 382. 34	4 537. 14	26 675
苏州市	6 710. 29	18 630. 13	2 611. 16	668. 91	1 551. 45	23 867
杭州市	4 781. 16	9 332. 17	1 961. 72	455. 35	1 558. 38	24 104
无锡市	4 419. 50	10 281. 67	1 877. 02	365. 43	1 391. 48	23 605
宁波市	3 964. 05	8 891. 78	1 728. 24	390. 39	1 238. 02	25 304
南京市	3 775. 00	6 472. 23	2 154. 17	386. 56	1 651. 82	23 123
南通市	2 510. 13	5 162. 42	1 505. 41	159. 59	915. 10	18 903
绍兴市	2 222. 95	5 400. 01	913. 34	143. 60	618. 89	23 509
常州市	2 202. 23	5 200. 12	1 448. 14	185. 19	758. 16	21 592
台州市	1 965. 27	3 060. 86	759. 58	126. 05	709. 71	24 181
嘉兴市	1 815. 30	3 839. 43	1 006. 02	126. 87	599. 61	21 177
扬州市	1 573. 29	3 517. 56	949. 98	104. 83	521. 30	17 398
镇江市	1 408. 14	2 780. 32	718. 50	85. 66	410. 21	19 044
泰州市	1 394. 20	2 949. 82	900. 52	99. 26	395. 73	17 198
湖州市	1 034. 89	2 138. 50	525. 24	71. 61	382. 11	21 822
舟山市	490. 25	670. 40	341. 53	43. 15	157. 83	23 575

资料来源：根据上海统计信息网相关数据整理。

在很长一段时间里，上海的制造业在国内具有明显的优势。伴随着 20 世纪 80 年代以来其他城市制造业的崛起，区域内部城市间的竞争逐渐趋于激烈。但总的来说，长江三角洲地区在工业发展过程中形成的劳动空间分工现象还是比较显著的，上海以"电子 + 汽车 + 重化工"三大行业为主，苏州、南京、无锡等城市以"电子 + 重化工"等行业为主，杭州、常州、宁波等城市以行业相对均衡发展为特色，嘉兴等中小城市以"轻纺"行业为主（宁越敏，石崧，2011）。总体来说，在这种基于地方生产网络的劳动空间分工中，上海以技术研发和设计优势处于生产链的顶端位置，苏锡常、杭嘉湖地区以生产制造功能处于外围区域。当然，长江三角洲地区的二级城市如南京、杭州、苏州、无锡等城市的制造业也正在向价值链的高端延伸。由此看来，上海正在凭借总部、研发及生产服务功能与周围区域的生产制造功能形成合作分工模式，这既促进了上海作为生产网络核心城市的功能的升级，也极大地加深了其他二级城市对上海的依赖程度。正是这种相互之间的生产合作关系可以增强本地内向型网络的联系密度，并最终推动长江三角洲形成具有全球竞争力的地域空间单元。

（二）形成上海外向型网络体系

一般认为，"新区域主义"对跨国公司全球生产网络对区域发展的影响，以及服务部门、金融资本和公共部门在区域发展中的重要性关注不够（苗长虹等，2002），而全球化对中国特别是沿海地区的影响日益加强。在走向全球城市的过程中，建设基于跨国公司地区总部和全球性生产服务机构集聚所构成的上海外向型网络，以提高其对全球经济控制管理和全球生产服务能力具有重要意义。但是，该网络体系不同于城市－区域被动地接受全球商品链／全球生产网络在中国的延伸，是要通过各种条件主动创造发展机遇，努力使城市或区域成为跨国生产网络中必不可少的核心节点，并在网络体系中发挥着重要的控制能力，该节点城市或区域即为网络进出流量最大的交汇地。

新时期上海国际城市建设已经初步具备这种发展条件，业已成为吸引外商投资总额最大的中国城市，其进出口总额也位居中国大中城市首位。然而，上海凭借已有的基础向全球城市网络的高阶层迈进仍存在着不小的挑战。以上分析已指出尽管上海存在着全球连通性的发展潜力，但其全球连接度还比较低，这是由于上海还没有集聚到足够数量的具有更大网络控制能力的跨国公司总部或地区总部，以及具有更高对外辐射能力的全球性生产服务企业。为此，需要从以下几方面入手加以改善。

1. 创造城市优良区位环境，吸引跨国公司地区总部集聚

与本地企业相比，跨国公司在地方上的根植性较差，在全球化和信息化时代其流动性更大。一般而言，跨国公司的投资对一个地方城市或区域的发展会带来正反两个方面的影响。就正面影响而言，地方通过全球生产网络能够增强本地与外部的交流联系，拓展区域创新网络的连接范围或提高城市或区域的自主创新能力，以及增加当地的就业、税收、消费和财富水平。就负面影响而言，全球化的进程可能会给当地的文化传统、创新网络造成一定的破坏，加深了地方发展对跨国公司的依赖程度，也不利于地方自主创新能力和竞争优势的提升。但是，为了保持或提升一个城市在世界经济体系中的核心节点地位，吸引跨国公司的投资仍然是必要的，只是要尽量减少其负面影响。因此，当前世界大多数国家的政府都把吸引外资作为促进经济增长的重要手段，并大力开展移动通信和互联网等现代

化通信设施以及铁路、高速公路、航空港、港口等设施的建设以利于跨国/跨区域的物流、人流、信息流、资金流、技术流的流动。

在对中国大城市总部区位环境的评价中，已证实了上海具有较强的区位环境优势，其综合经济实力、生产服务水平、基础设施状况及生活环境质量等方面的得分均较高，它与首都北京的区位环境优势均远远超出了其他城市的发展层次。2002 年，上海跨国公司、跨国银行的各类机构均只有数十家。此后，上海市政府制定了吸引跨国公司地区总部的发展战略，把吸引跨国公司地区总部作为提升城市能级的重点工作，从而使各类外来投资机构、技术机构、金融机构等数量呈现出持续不断增长的发展态势。2005 年，跨国公司在上海的各类机构数量已有百家左右。其中，跨国公司研发中心的数量增加最快。至 2009 年年末，在上海落户的跨国公司各类机构较 2002 年都有数倍的增长，其中，地区总部达到 260家，投资性公司 191 家，外资研发中心 304 家，经营性外资金融机构 170 家（表8-9）。这表明，上海正在成为跨国公司在华投资的重要管理、控制中心和研发中心，由此对内增强了与国内城市和区域的相互联系，对外则增加了和发达国家和地区的交流机会，从而带动上海在全球城市网络中地位的提升。

表 8-9　上海跨国公司总部机构数量增长态势　　　　　单位：家

年份	跨国公司 地区总部	跨国公司 投资性公司	跨国公司 研发中心	经营性外资 金融机构
2002	30		50	54
2003	56	90	106	89
2004	86	105	140	113
2005	124	130	170	123
2006	154	150	196	105
2007	184	165	244	131
2008	224	178	274	165
2009	260	191	304	170

资料来源：上海市统计局网站历年上海市国民经济和社会发展统计公报。

与香港、新加坡等亚洲一流国际城市相比，上海的跨国公司机构数量仍然有相当的差距。但是上海也拥有自身的优势：一是经过 20 年的发展，已积累了比较雄厚的经济基础。2009 年在金融危机影响下，上海的地区生产总值仍增长了8.2%，达到了 1.49 万亿人民币。二是上海具有连接国内外两大市场的"枢纽"功能，在城市服务体系方面正趋于国际化标准，而这也是长期以来香港所凭借的国际城市功能升级的法宝。三是面向中国市场的巨大优势，其"四个中心"的建设得到中央政府的大力支持。同时，上海不但在城市硬件环境方面，而且在交通、金融、人才、特色产业集群等方面也具有其他城市所不能够比拟的优势。因此，跨国公司仍然看好上海的未来发展。仅 2009 年一年，上海跨国公司地区总部就增加了 36 家，与前几年每年的增加数量基本持平。目前，在上海设立地区总部的跨国公司中，属于世界 500 强的企业有 60 多家。许多全球行业领先的巨头如埃克森美孚、通用汽车、福特汽车、英国石油、通用电气、陶氏化学、百事、巴斯夫、联合利华、德尔福、可口可乐等都将地区总部设在上海，而其生产制造、服务销售等子企业遍布全国各个主要城市或地区。可以相信，跨国公司在上海设立地区总部的趋势将继续下去，从而使上海在全球生产网络中的地位不断强化。

2. 借助本地服务业集群优势，汇聚全球性生产服务企业

20 世纪 90 年代以前，国际上对世界城市的研究较为关注跨国公司总部的区位分布特征，这是由于跨国企业总部在一个城市的集聚很大程度上决定了它是否具备全球经济指挥与控制中心的功能。但随着信息通信技术的兴起，制造业跨国公司总部的区位选择出现了更为灵活的模式，特别是美国的跨国公司向次一级大中城市迁移的趋势比较明显，使跨国公司管理和控制功能出现空间的分散化。丝奇雅·沙森（2005）注意到这种变动趋势，在其研究中更多地重视世界城市的全球性金融及生产服务功能，由此，全球性生产服务企业成为世界城市网络形成的主要中介单元。周振华（2006c）指出，现代国际大都市的全球性协调功能是建立在全球城市网络基础之上，即崛起的全球城市日益注重作为城市网络节点地位的重要性。因此，当前国际城市建设要增强在全球城市网络中的连接度，这不但需要集聚跨国公司总部或地区总部，更要汇聚较多的全球性生产服务企业，包括金融、研发、会计、信息、法律、广告、设计、物流等方面的企业。只有这样才能够使本地内向型网络更加紧密对接全球网络体系，实现从服务于本地区域向世界范围的城市功能转变。

当前跨国公司投资的区位选择更加注重知识型产业集群的存在，这种集群不但指通常意义上的中小企业生产制造集群，也包括生产服务行业的企业集群，并可将跨国公司所参与的集群，按照所处的价值链环节差异划分为生产型、技术型和市场型（薛求知，任胜钢，2005）。由此可知，技术型和市场型服务业集群是吸引全球性生产服务企业的主要优势来源。目前，在上海中心城市及郊区已经形成了近 30 个现代服务业集聚区或功能区（表 8-10），既包括众所周知的外滩、陆家嘴、南京西路、淮海中路、人民广场、徐家汇等以金融保险、证券、法律、会计、设计、咨询服务等高端生产服务业为主的服务业集聚区，还拥有虹桥、北

外滩、漕河泾、张江、松江新城等规划建设中的生产服务功能区，主要功能为贸易物流、制造研发、管理销售等。这些不同类型的集聚区在城市经济增长和吸引跨国服务业公司方面将发挥重要作用。

表 8-10　上海主要现代服务业集群及功能区

序号	名称	序号	名称
1	西藏路环人民广场现代商务区	14	张江高科技创意文化、信息服务业集聚区
2	南京西路专业服务商务区	15	中山公园商业商务区
3	淮海中路国际时尚商务区	16	江湾－五角场科教商务区
4	虹桥涉外商务区	17	宝山钢铁物流商务区
5	赵巷商业商务区	18	国际汽车城现代服务业集聚区
6	大连路创意产业服务区	19	七宝生态商务区
7	漕河泾高新科技产业服务区	20	南桥中小企业总部商务区
8	长风生态商务区	21	金桥生产性服务业功能区
9	外滩－陆家嘴金融贸易区	22	市北生产性服务业集聚区
10	北外滩航运服务区	23	松江新城生产性服务业功能区
11	徐家汇知识文化综合商务区	24	九亭生产性服务业功能区
12	不夜城现代交通商务区	25	西郊生产性服务业集聚区
13	世博花木国际会展集聚区	26	徐行生产性服务业功能区

资料来源：由上海市经济和信息化委员会网站提供的现代服务业报告资料整理。

早在 20 世纪初期，上海就形成了以外滩为中心的中国首个金融商贸集群区。目前，该金融商贸区由陆家嘴中心区和外滩商务区组成，并以陆家嘴金融贸易区为核心，已经集聚了大量的国内外保险、证券公司以及专业性银行，一定数量的跨国公司、制造业公司总部或代表处等分支机构，近百家投资、咨询服务公司，近百家电子、信息等 IT 产业公司，以及近百家贸易类公司（宁越敏，刘涛，2006）。随着国际城市的加快建设，许多跨国公司的销售、资金管理、研发、共享服务和管理五大核心业务功能已开始向上海集聚，如全球六大专业服务外包公司中的 IBM、惠普、EDS、埃森哲 4 家已落户上海。2007 年，淮海中路街道涌现出香港广场、力宝广场、瑞安广场、香港新世界大厦等年税收超亿元的商务楼宇11 幢，其中个别楼宇年税收超过 10 亿元。目前，入驻该区域的世界 500 强企业及其办事机构累计有 90 多家，包括跨国公司地区总部 18 家、各类总部型企业 53家，还有其他龙头型高端服务外包企业和生产性服务企业。

同时，上海第三产业吸引外资比重日益增高，并超出第二产业，而且其利用外资的结构也优于全国，金融、物流、科研、计算机服务等行业等发展迅速。从

2007 年上海外商投资产业分布结构来看（图 8-4），当年第二产业、第三产业签订合同金额分别为 52.45 亿美元、95.87 亿美元，所占比重分别为 35.28%、64.48%，其中工业比重为 35.10%。截至 2008 年，上海第三产业吸收外商直接投资实际到位金额为 68.35 亿美元，比上年增长 28.6%，占全市实际利用外资的比重达到 67.8%。这表明，外商投资重点开始由传统工业转向先进制造业和现代服务业，而且随着中国经济开放程度的进一步深化，开放度逐步扩大的城市服务业已经成为外商投资的重点领域。

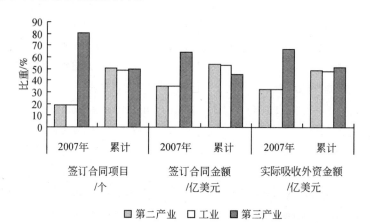

图 8-4　2007 年上海外商投资产业分布结构

资料来源：上海市统计局，2008。

3. 融入长三角地区外向型经济，努力对接全球城市网络

斯科特的全球城市－区域概念认为，不仅只有核心城市属于全球化城市，而且其二级大中城市均有较强的全球化程度，由此构成全球化背景下具有竞争力的区域单元，即全球城市－区域是全球城市崛起的地域空间基础（周振华，2007）。所以，不但上海内向型网络构建离不开与长三角地区的分工与合作，而且上海国际城市建设更加依赖于长江三角洲地区发达的外向型经济。这是由于作为区域核心城市，上海既是该区域生产服务输出流量最大的节点，又是长三角地区接受全球生产服务输入的中转站，即上海作为长江三角洲地区内向型网络和外向型网络的枢纽，也是可以直接连入全球城市网络的最突出部位。

首先，从上海和长三角两个层面分析外贸的发展。就上海而言，20 世纪 90 年代以前进出口总额占生产总值的比重尚低于 50%，表明当时上海的外贸依存度较低，且与当时实际吸引外资水平相对应。1995～2002 年上海外贸依存度由 50% 左右上升至 100%，增长速度较快，这一时期也是外资对制造业大举投资的时期。2007 年，上海的外贸依存度超过175%，表明上海已成为一个面向国际市场的生产制造基地（图8-5）。

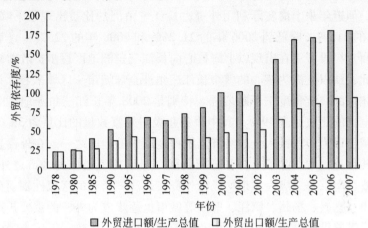

图 8-5 改革开放以后上海外贸依存度发展态势
资料来源：上海统计局，2008。

　　长江三角洲地区的外向型经济与上海的发展同步，在全国也具有重要的地位。2008 年，长江三角洲地区生产总值占全国比重为 21.68%，进出口总额比重为 36.13%，其中出口额达到 39.32%（图8-6）。这表明长江三角洲地区拥有巨大的对外经济的联系流量，而上海恰恰处于这一巨大流量的咽喉部位。因此，长江三角洲地区外向型经济为上海的国际贸易中心及航运中心建设提供了巨大的发展机会，而上海则可以成为长江三角洲地区连接全球经济体系的中枢和核心城市。

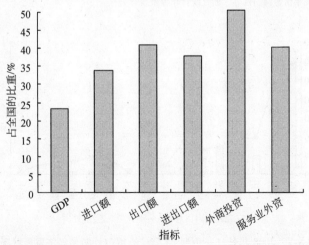

图 8-6 2008 年长江三角洲外向型经济各项指标占全国的比重
资料来源：2008 年上海、江苏、浙江及全国统计公报。

　　其次，长期以来上海吸引外商投资数量位居中国大中城市首位，显示出跨国公司生产及服务机构看好上海未来的发展，这有利于提高上海与全球城市网络的联系程度。但近年来上海实际利用外资占长江三角洲的比重出现了下降的趋势，从 2001 年的 31.99% 降低到 2006 年的 21.26% 和 2008 年的 22.27%（表8-11），反映了外商直接投资正在出现以上海核心向长江三角洲地区逐步扩散的趋势（图8-7）。因此，从以上海为核心的整个长江三角洲全球城市－区域来看，该地区与全球经济体系的交流程度正不断增强。特别是 2008 年长江三角洲地区吸引外资的数量占全国的比重达到 49%，其中服务业吸引外资数量的比重为 38.66%。这表明该区域已成为中国接入全球经济系统程度最深的地区之一。在外商直接投资的扩散与转移过程中，除了上海和苏州是两个吸引外资最多的城市之外，杭州、无锡、宁波、南京等二级大城市均成为外资在长江三角洲的区域性辐射中心，而南通、常州、嘉兴、扬州、镇江、泰州等城市也逐步成为外资的重要扩散区，特别是南通凭借着沿江沿海的优良区位及商务成本较低的优势，近年来吸引外资的增长速度较快。所以，外资扩散有利于提高该区域二级和三级大中城市的全球化程度，反过来进一步促进上海作为全球城市－区域核心城市的快速崛起。

表 8-11　上海与长江三角洲地区实际利用外资金额及其比重变化

年份	2001	2002	2003	2004	2005	2006	2007	2008
上海/亿美元	43.92	50.30	58.50	65.41	68.50	71.07	79.21	100.84
长江三角洲/亿美元	137.26	185.56	271.01	606.30	277.56	334.27	401.81	452.74
（上海/长江三角洲）/%	31.99	27.11	21.59	25.79	24.68	21.26	19.71	22.27

　　资料来源：相关年份上海、江苏、浙江统计年鉴及统计公报。

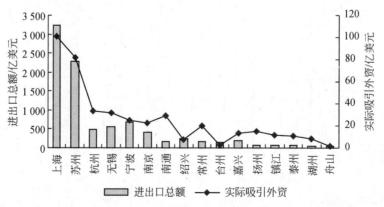

图 8-7　2008 年长江三角洲 16 个核心城市外向型经济发展状况

资料来源：根据上海统计信息网相关数据整理。

四、小　结

本书所提出的全球城市－区域形成的分析框架，以及企业网络体系优势与中心城市功能升级的观点为上海全球城市建设提供了新的发展路径。通过分析上海城市发展的历史及现状，以及未来的战略取向，可以得出如下启示。

传统国际劳动分工建立在产业分工基础之上。旧时期上海通过繁荣的国内外经济贸易，拥有雄厚的工业基础和金融实力，从而在全球城市体系中占有重要地位。在新的国际劳动分工背景下，东亚地区的国际城市群雄并起，对上海建设全球城市形成了挑战。新的国际劳动分工是推动上海建设全球城市的动力之源，基于产品内分工的全球生产网络理论为城市发展提供了新的思路。上海需要创造发展机遇和条件，借助国家发展战略要求和优越的区位环境条件，努力构筑内向型和外向型两种城市网络体系是上海建设全球城市的路径选择。

一是进一步壮大两个网络体系。内向型网络建设有利于上海增强对国内的经济控制能力，可以通过壮大本地企业集团，发展生产服务业，与长江三角洲地区共同形成具有全球竞争力的地方生产系统，这也是全球城市－区域的内涵所在。同时，通过营造良好的城市区位环境，吸引跨国公司在华管理控制中心、研发中心，以及吸引全球性生产服务企业的迁入，使上海进一步融入全球性外向型网络体系。

二是形成以服务业为主的多元化经济形态是上海城市产业发展的战略取向。重点发展生产服务业有利于加强上海经济在长江三角洲地区内的分工水平，形成强大的资本、科技、人才、信息、物流、创意、文化等生产服务输出能力，从而与周边城市地区形成密切的分工与合作关系，由此，提升上海的对内对外经济辐射水平，最终成为全球城市网络中的核心城市。

第九章

结论和展望

在信息化和全球化背景下，企业空间组织、城市与区域是新时期需要深入探索的两个重要命题。本书的研究目的有以下三方面：第一，归纳企业空间组织和城市－区域发展的关联性；第二，分析信息化时代企业组织在城市和区域尺度上的分布特征；第三，揭示全球化背景下基于企业网络体系优势的城市功能升级。

实证分析发现，中国大型企业集团的地理集中程度与所在城市－区域的经济发展状况密切相关，拥有良好区位条件的中国城市－区域总是大型企业总部的重要集聚地。同时，通过对本土企业和跨国公司空间组织网络的分析，阐述了企业的地理空间意义，并表明所在的城市－区域拥有的不同网络体系优势，而中心城市所拥有企业组织功能机构的数量与其网络体系优势成正比。通过上海案例研究总结出，全球城市－区域的形成是地方生产系统和全球生产网络共同作用的结果，并分别由本土企业生产系统和跨国公司生产网络主导。

一、主 要 结 论

1. 企业空间组织是城市－区域发展的重要影响因素

尽管企业组织和城市与区域分别属于多个不同学科的研究对象，其研究内容也相对多元化。但是，本书始终紧紧抓住企业组织的"地理空间"属性和城市－区域发展的"动力之源"，努力将两个不同的命题连接在一起。为此，本书主要从人文地理学的角度来分析二者的理论含义，并将之在"地理空间"中融合为一体，即企业空间组织与城市－区域形态的关系。

长期以来，经济地理学将企业集群、跨国公司作为两个不同的研究主题，较少考虑二者的互动关系以及与城市和区域的相互影响作用；城市地理学的研究一般从城市或区域的不同空间形态入手，如世界/全球城市、都市区/都市圈/城市群等，但从企业角度研究其空间演变的相对较少，由此，造成了人文地理学两个主流学科的不同研究路径，并具有愈加分离的趋势。通过经济地理和城市地理两大学科的相关理论分析，本书认为可以将重塑地理空间的主要动力之一——企业作为二者的共同关注对象，并把企业空间组织的不同形式和城市－区域的不同形态进行对应联系，如地方生产系统（企业集群）与城市－区域形态、全球生产网络（跨国公司）与全球城市网络，从而提出"全球城市－区域"形成的理论框架，即全球城市－区域是由以上这些不同元素所组成的聚合体。同时，通过相应的实证研究，本书揭示了企业空间组织对城市－区域发展所产生的重大影响作用，即从企业空间组织视角来分析城市空间网络体系，以及企业总部集聚与中心城市特征的关系，由此表明了基于企业网络体系优势促进城市功能升级的本质内涵。

把"企业空间组织"与"城市－区域"研究相结合打破了人文地理学不同学科的研究界限，从而进行了一次较为新鲜而有意义的探索之旅，为经济（企业）地理和城市地理的学科融合或理论借鉴提供了一个新颖的分析视角。

2. 中国大型企业正在向沿海都市圈集聚

产业集中是经济学长期研究的传统问题，近来地理学者也在关注产业的地理集中现象。当前，中国企业集团正处于一个战略性扩张的快速发展阶段，但其产业集中度还相对较低，这明显影响到企业集团的自主创新和对外辐射能力。从500强企业在城市和区域的集中度来看，北京和上海集聚了数量最多的500强企业，但2004年后北京所拥有的中国制造业企业500强数量逐步超出上海，表现出近年来的央企重组后北京对全国制造业控制能力的增强。此外，天津、山东、广东、江苏和浙江等省市也是中国制造业的重要基地，其500强集中度也在稳步提高，而且与之相邻省份，如福建、江西、山西和广西等的集中度也具有上升态势。这表明中国制造业企业集聚的重心不但位于沿海发达地区，而且逐步趋于集中化，对环渤海地区、长江三角洲、珠江三角洲三大城市－区域的形成产生重要的影响。

从中国制造业企业空间组织网络特征来看，其地理空间网络密度由企业组织的发育水平决定，并可将之划分为内聚式、跨区域、国家区域、全球辐射等四种类型模式。当前，属于全球辐射网络模式的中国企业集团还相对较少，反映了中国大型企业对外投资能力较弱。若从中国制造业企业空间组织构成来看，企业总部集中于以北京、天津、上海、深圳、广州等为核心的三大都市圈，以及中西部地区的特大城市和省会城市；研发机构则具有总部区位指向型，除了上述几个特大城市之外，南京、西安、成都、武汉、重庆等均是研发功能组织的集中地，并与城市的综合经济实力、生产服务水平、科研创新能力等状况密切相关。以上情况表明中西部地区仍然具有以特大城市为区域增长极的发展优势。

以上分别从企业、区域、城市各个层面逐次考察企业的空间组织网络，有利于揭示产业地理集中与区域经济效应、企业空间组织与城市－区域结构之间的相互关系，从而可以深入了解企业集团空间扩张与城市－区域发展的关联性，这是仅仅从省域层面来研究中国制造业地理集聚所不能够观察到的结果。

3. 中国城市网络的重心与产业地理集中相一致

西方世界/全球城市研究注重于位居世界城市网络顶端的全球城市，国内学者更多关注地方如何嵌入全球价值链或全球生产网络。事实上，全球化背景下的许多城市或区域都已经被不同程度地连接到该网络中，地方发展并不仅仅在于怎样嵌入到全球城市网络，而应更重视在网络体系中的节点地位。所以，"总部经济"并不是城市发展的最关键之处，而是要通过借助企业网络体系优势来实现城市功能升级。其发展途径不但要依靠吸引外来企业总部，还要注重培育本地企业成长壮大，进而增强城市在网络体系中的控制能力。同时，处于网络体系中的所有城市均可能获取发展机会，这是由于谁具有全球价值链环节的专业化分工优势，谁就能够保持住在全球城市网络中的独特地位。

实证分析表明，在由本土企业、跨国公司所构成的内向型和外向型两种中国城市网络体系中，其网络重心均位于东部地区，这与产业地理集中特征较为一致。其中，内向型网络核心城市的分布相对分散，外向型网络核心城市的集聚程度较高，其主要节点分别是北京和上海。但二者的主要网络节点分布均具有大城市指向型特征，除北京、上海两大城市外，还包括天津、深圳、广州、南京、苏州、西安、成都、武汉、重庆、无锡等大城市。同时，跨国公司投资趋向于发达的城市与区域，使得中西部地区许多中心城市处于外向型网络体系的边缘地位。

然而，与传统城市等级体系相比，那些具有专业化功能的城市也能够在网络体系中保持着优势地位，尽管并不能够处于与传统等级体系中同样的地位，但却拥有一定的发展机会。例如，在内向型网络中，苏州、无锡、南京、成都、重庆等特大城市的节点位置均高于在等级体系中的地位，而中山、南通、芜湖、廊坊等大都市圈内的二级城市也具有较高的位置；而在外向型网络中，发达地区的大中小城市均是跨国公司投资的受益区，反而是中西部的省会城市或中心城市并不具有此方面的优势。

4. 中国特大城市是企业总部的主要集聚地

信息化时代的大都市仍然具有集聚企业总部的区位优势，这既是集聚经济效应在发挥着重要作用，也是完善的城市基础设施、充裕的各类型劳动力、流动的信息和创意、丰富的都市社会文化等带来的结果。因此，在世界范围层面，全球城市仍然是众多跨国公司总部及生产服务机构集聚的中心，而国家城市等级体系与城市拥有企业总部数量的位序具有较强的相关性。在城市空间内部，企业总部的集中模式也较为多样化，城市CBD、专业服务集聚区、高技术中心、生产制造区等均是重要的布局所在地，这是地方专业化集群与全球生产网络相互融合的结果。

通过中国制造业企业500强总部区位研究，可以发现，中国特大城市是企业总部的主要集聚地，北京、上海、天津和深圳对大中型企业具有较强的控制能力，而且中国城市等级体系与企业总部空间分布具有较强的一致性。在城市内部微观层面，城市中心区、近郊区、外围县市均是总部集中区，而经济技术开发区、工业区和高技术园区成为总部的重要空间载体。同时，企业总部的空间迁移趋向于北京和上海，但中国行政区经济对之具有相应的约束作用。通过企业总部区位和城市环境的相关性分析可以发现，城市经济实力、国内外投资及贸易、基础设施、金融能力、科技水平等均是较为重要的影响因素。

由以上影响因子可以构建出中国大城市总部区位环境评价模型，研究发现，上海和北京、深圳和广州分别组成总部区位条件最为优越的第1等级、第2等级城市；天津、重庆、杭州、苏州、南京、武汉、东莞、厦门、宁波、青岛、大连、沈阳、无锡、佛山、成都等15个城市处于第3等级。这一研究结果与中国大型企业总部的实际区位具有一致性。

5. 构建两种网络体系优势，促进上海城市功能升级

在传统工业化时期，杜能、韦伯、克里斯塔勒分别创立了农业、工业和城市三大区位论，这些理论建立在单体型企业空间组织分析的基础上，揭示了当时的区域城市体系规律。20世纪中期以来，信息网络技术的兴起推动了企业组织向多区位公司的转变，地理空间在企业发展战略中的地位凸现。同时，城市与区域也分别凭借各自的地方优势或创造相应的区位条件，吸引跨国公司生产网络在当地进行根植，并增强本地生产系统或企业集群的凝聚性。由此，全球生产网络和地方生产系统在城市－区域中进行了相互交汇，并在条件成熟的情况下推动全球城市－区域的形成，新时期全球城市的崛起也正是寓于此。

从大都市上海几经沉浮的发展历史来看，地理区位条件在20世纪30年代国际城市形成过程中就扮演过重要的角色。改革开放后，上海由内向型发展转为对外开放，其中，国家战略发挥了重要的作用，而且上海面临国内外两个巨大市场的全球城市区位优势也正在显示其作用。所以，未来上海建设全球城市的路径将是与长江三角洲地区共同加强两种网络体系的形成，促进地方生产系统与全球生产网络融合：一是提高对本土企业的控制能力和提高生产服务水平，构建稳定的

内向型网络体系；二是提升在外向型网络体系中的地位，改善城市总部区位环境，吸引跨国公司地区总部及全球性生产服务机构集聚，形成较强的全球经济控制及对外服务能力。

二、研究展望

本书对企业空间组织和城市－区域发展关系的研究涉及不同的研究领域，在以上分析的基础上，今后的研究可从以下几方面进行深化。

（一）企业地理（经济地理）和城市地理的融合性研究

"空间"和"地方"是人文地理学的多个学科领域的集聚点。本书从企业空间组织和城市与区域的空间属性角度进行了相关理论分析及实证性研究，这些的确是新时期的重要课题。但是，地理空间是一种非常复杂的现象，除了经济的生产空间分析之外，仍然存在着许多其他方面的空间内容，如消费空间、社会空间、网络空间等，每个方面均属于当前的重要研究领域。所以，未来要将企业地理或经济地理的前沿理论，和城市与区域的新现象进行充分的融合。例如，全球生产网络或全球商品链在中国的延伸，所带来的城市与区域产业升级问题，以及周期性金融危机背景下中国沿海地区的外向型城市发展问题，通过这些问题探索可以为企业、城市、区域的发展提供相应的理论指导和政策建议。

（二）针对城市网络体系研究的企业网络分析法

在中国企业集团发展相对落后，以及企业统计数据不完善的情况下，本书采用选取典型大型企业集团，通过互联网信息查询的办法，对中国城市网络体系进行了尝试性分析。但是，相对于西方学者动辄运用几千家大型公司的详细数据资料所进行的城市网络分析，当前的中国城市网络体系研究仍然显得比较滞后。一方面，这是由于有关中国企业信息的统计数据相对欠缺；另一方面，则是因为国内学界还较少运用企业网络分析法。所以，今后需要对该网络分析方法及其技术手段进行改进，这对于突破传统城市体系研究具有重要的实践意义。

（三）企业组织视角下的城市内部空间结构研究

本书在宏观层面上就中国企业 500 强在城市与区域中的分布格局及其空间模式进行了探讨，同时，将城市空间组织划分为三个层次，进行规律性分析，但具体到每个大城市的内部空间，缺少企业组织机构究竟是如何分布的相应研究。特别是随着全球化和信息化的深入推进，以及本土中小企业的蓬勃发展，这些问题都需要开展深层次研究，从而有利于未来城市空间结构的合理布局及调整。

（四）跨国公司影响下的中国城市社会地理研究

本书主要关注企业组织对城市与区域发展的经济影响，尚未涉及在本土企业及跨国公司影响下的中国社会地理变迁，如区域贫富不均问题、流动人口问题、城市社会空间差异问题等。特别是跨国公司投资具有较强的趋利性，从而使主要资本流向发达城市与区域，这无形中强化了中国区域发展的不平衡现象。事实上，自 20 世纪 80 年代以来，在全球化背景下中国已经逐步出现了贫富阶层分化、居住分异、城市贫困等城市社会地理问题，并成为影响中国城市化进程顺利推进的制约因素（武前波，2007）。同时，跨国资本也正在改变着投资城市的内部空间结构，生产空间与消费空间并行崛起，这也给城市社会空间带来了强烈的冲击（武前波等，2009）。以上研究将为推动中国城市与区域的和谐发展提供有益借鉴。

从未来的发展趋势看，大型企业集团在信息化时代所产生的全球性空间分离对全球城市与区域结构的重组具有重大的影响。随着 21 世纪全球化和信息化的逐步深入，这个全新的课题需要更多的学者积极参与，在认识到企业、城市和区域的空间组织变化特征的基础上，来深入探索企业组织区位选择、城市与区域结构变化的内在原因及其演化机制。

参 考 文 献

阿部和俊 . 2007. 日本的主要城市间功能联系的发展变化及图解 . 旷薇译 . 国际城市规划, 22
　（1）：12-19.

阿尔弗雷德·韦伯 . 1997. 工业区位论 . 李刚剑，陈志人，张英保译 . 北京：商务印书馆 .

阿瑟·奥沙利文 . 2003. 城市经济学 . 第四版 . 苏晓燕，常荆莎，朱雅丽，等译 . 北京：中信
　出版社 .

埃尔赫南·赫尔普曼，保罗·克鲁格曼 . 1993. 市场结构和对外贸易——报酬递增、不完全竞
　争和国际贸易 . 尹翔硕，尹翔康译 . 上海：上海三联书店 .

艾尔弗雷德·D. 钱德勒 . 2002. 战略与结构：美国工商企业成长的若干篇章 . 孟昕译 . 昆明：
　云南人民出版社 .

爱德华·W. 苏贾 . 2004. 后现代地理学——重申批判社会理论中的空间 . 王文斌译 . 北京：商
　务印书馆 .

安东尼·奥罗姆，陈向明 . 2005. 城市的世界——对地点的比较分析和历史分析 . 曾茂娟，任
　远译 . 上海：上海人民出版社 .

奥利弗·威廉姆森 . 1996. 交易费用经济学：契约关系的规则//陈郁 . 企业制度与市场组
　织——交易费用经济学文选 . 上海：上海三联书店：24-63.

白重恩，杜颖娟，陶志刚，等 . 2004. 地方保护主义及产业地区集中度的决定因素和变动趋势
　. 经济研究，（4）：12-23.

保罗·克鲁格曼 . 2001a. 地理与贸易 . 张兆杰译 . 北京：北京大学出版社 .

保罗·克鲁格曼 . 2001b. 克鲁格曼国际贸易新理论 . 黄胜强译 . 北京：中国社会科学出版社 .

彼得·迪肯 . 2005. 地方与流动：国际投资的定位//克拉克 G L，费尔德曼 M P，格特勒 M S.
　牛津经济地理学手册 . 刘卫东，王缉慈，李小建，等译 . 北京：商务印书馆：279-296.

彼得·迪肯 . 2007. 全球性转变——重塑 21 世纪的全球经济地图 . 刘卫东，等译 . 北京：商务
　印书馆 .

彼得·霍尔 . 2004a. 全球城市 . 陈闽齐译 . 国外城市规划，19（4）：6-10.

彼得·霍尔 . 2004b. 塑造后工业城市 . 陈闽齐译 . 国外城市规划，19（4）：11-16.

彼得·霍尔 . 2004c. 城市的未来 . 陈闽齐译 . 国外城市规划，19（4）：17-22.

彼得·霍尔，考蒂·佩因 . 2008. 从大都市到多中心都市 . 罗震东，陈烨，阮梦乔译 . 国际城
　市规划，23（1）：15-27.

波特 M. 2005. 区位、集群与公司战略//克拉克 G L，费尔德曼 M P，格特勒 M S. 牛津经济地
　理学手册 . 刘卫东，王缉慈，李小建，等译 . 北京：商务印书馆：257-278.

伯尔蒂尔·俄林 . 1986. 地区间贸易和国际贸易 . 王继祖译 . 北京：商务印书馆 .

蔡建明 . 2001. "世界城市"论说综述 . 国外城市规划，（6）：32-35.

蔡建明，薛凤旋 . 2002. 界定世界城市的形成——以上海为例 . 国外城市规划，（5）：16-24.

蔡来兴 . 1995. 国际经济中心城市的崛起 . 上海：上海人民出版社 .

蔡来兴．1999．全球 500 强．上海：上海人民出版社．

曹小曙，薛德胜，阎小培．2005．中国干线公路网络连接的城市通达性．地理学报，60（6）：903-910.

陈瑛．2005．城市 CBD 与 CBD 系统．北京：科学出版社．

崔功豪，马润潮．1999．中国自下而上城市化的发展及其机制．地理学报，54（2）：106-115.

大前研一．2007．无国界的世界．黄柏棋译．北京：中信出版社．

大卫·李嘉图．1962．政治经济学及赋税原理．郭大力，王亚南译．北京：商务印书馆．

戴鞍钢．1996．论近代上海港崛起的历史地理底蕴．中国历史地理论丛，（3）：208，209.

戴维·哈维．2004．后现代的状况——对文化变迁之缘起的探究．阎嘉译．北京：商务印书馆．

董辅礽，唐宗昆，杜海燕．1995．中国国有企业制度变革研究．北京：人民出版社．

杜德斌．2001．跨国公司 R&D 全球化的区位模式研究．上海：复旦大学出版社．

多琳·麦茜．2007．不平等发展：社会变迁和劳动力空间分工//特雷弗·J. 巴恩斯，杰米·佩克，埃里克·谢泼德，等．经济地理学读本．童昕，梅丽霞，林涛，等译．北京：商务印书馆，97，98.

方创琳，宋吉涛，张蔷，等．2005．中国城市群结构体系的组成与空间分异格局．地理学报，60（5）：827-840.

费洪平．1995．大型企业集团（公司）的空间组织研究．地理学与国土研究，11（3）：17-24.

盖文启．2002．创新网络——区域经济发展新思维．北京：北京大学出版社．

高菠阳，刘卫东．2008．我国彩电制造业空间变化的影响因素．地理研究，27（2）：375-384.

顾朝林，陈璐．2004．人文地理学的发展历程及新趋势．地理学报，59（S1）：11-20.

顾朝林，陈璐．2007．从长三角城市群看上海全球城市建设．地域研究与开发，26（1）：1-5.

顾朝林，陈璐，丁睿，等．2005．全球化与重建国家城市体系设想．地理科学，25（6）：641-654.

顾朝林，张勤．1997．新时期城镇体系规划理论与方法．城市规划汇刊，（2）：14-26.

顾朝林，张勤，蔡建明，等．1999．经济全球化与中国城市发展——跨世纪城市发展战略研究．北京：商务印书馆．

顾朝林，甄峰，张京祥．2000．集聚与扩散——城市空间结构新论．南京：东南大学出版社．

顾海兵．2005-12-15．总部经济悬疑．中国经济时报．

顾海兵．2006．质疑"总部经济"．湖北经济学院学报，4（2）：5-9.

国家统计局城市社会经济调查司．2008．中国城市统计年鉴 2007．北京：中国统计出版社．

贺灿飞．2007．公司总部地理集聚及其空间演变．中国软科学，（3）：59-68.

贺灿飞，潘峰华，孙蕾．2007．中国制造业的地理集聚与形成机制．地理学报，62（12）：1253-1264.

贺灿飞，谢秀珍．2006．中国制造业地理集中与省区专业化．地理学报，61（2）：212-222.

亨利·列斐伏尔．2003．空间：社会产物与使用价值//包亚明．现代性与空间的生产．上海：上海教育出版社：47-58.

胡序威，周一星，顾朝林，等．2000．中国沿海城镇密集地区空间集聚与扩散研究．北京：科学出版社.

霍尔 P. 1982. 世界大城市. 中国科学院地理研究所译. 北京：中国建筑工业出版社.

简·雅各布斯. 2006. 美国大城市的死与生. 金衡山译. 南京：译林出版社.

蒋一苇. 1989. 论社会主义的企业模式. 北京：经济科学出版社.

金凤君. 2001. 我国航空客流网络发展及其地域系统研究. 地理研究, 20（1）：31-39.

金凤君, 王姣娥. 2004. 20 世纪中国铁路网扩展及其空间通达性. 地理学报, 59（2）：
    293-302.

金钟范. 2008. 中国城市体系外向性网络发展与结构特征——以与韩国城市的联系为中心. 上
    海：上海财经大学出版社.

凯文·林奇. 2001. 城市意象. 方益萍, 何晓军译. 北京：华夏出版社.

雷平. 2008. 跨国公司地区总部区位决策研究. 上海：上海财经大学出版社.

李健. 2011. 全球生产网络与大都市区生产空间组织. 北京：科学出版社.

李健, 宁越敏, 汪明峰. 2008. 计算机产业全球生产网络分析——兼论其在中国大陆的发展.
    地理学报, 63（4）：1-12.

李立勋, 许学强. 1995. 广州建设世界城市的初步思考. 经济地理, 14（2）：12-17.

李思名. 1997. 全球化、经济转型和香港城市形态的转化. 地理学报,（S1）：52-61.

李小建. 1991. 论工业变化的综合研究——以澳大利亚制造业为例. 地理学报, 46（3）：
    289-299.

李小建. 1993. 产业联系与农村工业化的企业分析. 经济地理, 13（2）：35-40.

李小建. 1996. 香港对大陆投资的区位变化与公司空间行为. 地理学报, 51（3）：213-233.

李小建. 1997. 跨国公司对区域经济发展影响的理论研究. 地理研究, 17（3）：101-111.

李小建. 1999. 公司地理论. 北京：科学出版社.

李小建, 李国平, 曾刚, 等. 1999. 经济地理学. 北京：高等教育出版社.

李小建, 李庆春. 1999. 克鲁格曼的主要经济地理学观点分析. 地理科学进展, 18（2）：
    97-102.

理查德·皮特. 2007. 现代地理学思想. 周尚意, 等译. 北京：商务印书馆.

琳达·S. 桑福德. 2008. 开放性成长——商业大趋势：从价值链到价值网络. 刘曦译. 北京：
    东方出版社.

刘君德. 2006. 中国转型期"行政区经济"现象透视——兼论中国特色人文 - 经济地理学的发
    展. 经济地理, 26（6）：897-901.

刘荣增. 2002. 跨国公司与世界城市等级判定. 城市问题, 106（2）：5-8.

刘卫东, Dicken P, 杨伟聪. 2004. 信息技术对企业空间组织的影响——以诺基亚北京星网工
    业区为例. 地理研究, 23（6）：833-844.

刘卫东, 甄峰. 2004. 信息化对社会经济空间组织的影响研究. 地理学报, 59（Z1）：67-76.

陆大道. 2001. 论区域的最佳结构与最佳发展——提出"点 - 轴系统"和"T"型结构以来的
    回顾与再分析. 地理学报, 56（2）：127-135.

路江涌, 陶志刚. 2006. 中国制造业区域聚集及国际比较. 经济研究,（3）：103-114.

吕拉昌. 2007. 全球城市理论与中国的世界城市建设. 地理科学, 27（4）：449-456.

吕拉昌，王建军，魏也华．2006．全球化与新经济背景下的广州空间结构．地理学报，61
（8）：798-808．

罗纳德·科斯．2000．企业的性质//普特曼，克罗茨纳．企业的经济性质．孙经纬译．上海：
上海财经大学出版社：75-98．

罗莎贝丝·M．坎特．2002．世界级——地方企业如何逐鹿全球．王成至译．上海：上海人民出
版社．

罗勇，曹丽萍．2005．中国制造业集聚程度变动趋势实证研究．经济研究，（8）：106-127．

马小宁．2007．洛杉矶：从地区性中心城市到全球性城市的研究．人文地理，（2）：92-97．

马歇尔·麦克卢汉．2000．理解媒介——论人的延伸．何道宽译．北京：商务印书馆．

迈克尔·波特．2002．国家竞争优势．李明轩，邱如美译．北京：华夏出版社．

迈克尔·波特．2005．竞争优势．陈小悦译．北京：华夏出版社．

曼纽尔·卡斯泰尔．2001．信息化城市．崔保国，等译．南京：江苏人民出版社．

曼纽尔·卡斯特．2003．网络社会的崛起．夏铸久，等译．北京：社会科学文献出版社．

茅于轼．2003-12-22．"总部经济之忧"．21世纪经济报道．http：//www.21cbh.com/HTML/
2003-12-22/13277.html.

苗长虹．1994．中国欠发达地区农村工业发展的因素与区域型式．地理研究，13（2）：25-33．

苗长虹．2006a．"产业区"研究的主要学派与整合框架：学习型产业区的理论建构．人文地
理，（6）：97-103．

苗长虹．2006b．全球-地方联结与产业集群的技术学习——以河南许昌发制品产业为例．地理
学报，61（4）：425-434．

苗长虹，樊杰，张文忠．2002．西方经济地理学区域研究的新视角——论"新区域主义"的兴
起．经济地理，22（6）：644-650．

苗长虹，魏也华．2007．西方经济地理学理论建构的发展与论争．地理研究，26（6）：
1233-1246．

宁越敏．1991．新的国际劳动分工、世界城市和我国中心城市的发展．城市问题，（3）：2-7．

宁越敏．1993．市场经济条件下城镇网络优化的若干问题．城市问题，（4）：2-6．

宁越敏．1995a．从劳动分工到城市形态——评艾伦·斯科特的区位论（一）．城市问题，
（2）：18-21．

宁越敏．1995b．从劳动分工到城市形态——评艾伦·斯科特的区位论（二）．城市问题，
（3）：14-16．

宁越敏．1998．新城市化进程——90年代中国城市化动力机制和特点探讨．地理学报，53
（5）：470-477．

宁越敏．2000．上海市区生产服务业及办公楼区位研究．城市规划，24（8）：9-12．

宁越敏．2002．世界著名高科技园区的营运和发展．世界地理研究，（1）：10-15．

宁越敏．2004．外商直接投资对上海经济发展影响的分析．经济地理，24（3）：313-317．

宁越敏．2008．建设中国特色的城市地理学——中国城市地理学的研究进展评述．人文地理，
（2）：1-5．

宁越敏，李健．2007．上海城市功能的转型：从全球生产系统角度的透视．世界地理研究，16

（4）：47-54.

宁越敏，刘涛．2006. 上海 CBD 的发展及趋势展望．现代城市研究，（2）：67-72.

宁越敏，石崧．2011. 从劳动空间分工到大都市区空间重组．北京：科学出版社．

宁越敏，唐礼智．2001. 城市竞争力的概念和指标体系．现代城市研究，（3）：19-22.

宁越敏，严重敏．1993. 我国中心城市的不平衡发展及空间扩散研究．地理学报，48（2）：97-104.

宁越敏，张务栋，钱今昔．1994. 中国城市发展史．合肥：安徽科学技术出版社．

让·波德里亚．2001. 消费社会．刘成富，全志钢译．南京：南京大学出版社．

让·波德里亚．2008. 象征交换与死亡．车槿山译．南京：译林出版社．

任继勤，季晓南，孙茂龙．2004. 中国商务中心区区位分布研究．中国工业经济，（6）：49-57.

任胜刚．2007. 跨国公司与产业集群的互动研究．上海：复旦大学出版社．

任永菊．2006. 论跨国公司地区总部的区位选择．北京：中国经济出版社．

任永菊．2007. 我国各省市吸引跨国公司地区总部的潜力比较．生产力研究，（5）：21-25.

任远，陈向明，Lapple D. 2009. 全球城市 – 区域的时代．上海：复旦大学出版社．

日野正辉．2007. 日本基于企业分支机构集聚的城市成长极限及今后振兴方向．朱琳，等译．国际城市规划，22（1）：32-39.

芮明杰．2008. 21 世纪产业经济与企业发展前沿书系总序//余东华．模块化企业价值网络：形成机制、竞争优势与治理结构．上海：格致出版社，上海人民出版社．

芮明杰，吴光飙，朱江鸿，等．2002. 新经济·新企业·新管理．上海：上海人民出版社．

上海市统计局．2008. 上海统计年鉴 2008. 北京：中国统计出版社．

上海市统计局．2009. 上海市 2009 年国民经济和社会发展统计公报．上海统计网．http://www.stats-sh.gov.cn/2005shtj/index.asp.

盛洪．1992. 分工与交易———一个一般理论及其对中国非专业化问题的应用分析．上海：上海三联书店．

施倩，宁越敏．1996. 长江三角洲北翼外商投资的特点与效应分析．经济地理，16（4）：27-31.

石崧．2005. 从劳动分工到大都市区空间组织．上海：华东师范大学博士学位论文．

石崧，宁越敏．2005. 人文地理学"空间"内涵的演进．地理科学，25（3）：340-345.

石崧，宁越敏．2006. 劳动力空间分工理论评述．经济学动态，（2）：101-105

史念海．1992. 发挥中国历史地理学有用于世的作用．中国历史地理论丛，（3）：1-3.

丝奇雅·沙森．2005. 全球城市：纽约、伦敦、东京．周振华，等译．上海：上海社会科学院出版社．

斯多波 M. 2005. 全球化、本土化与贸易//克拉克 G L，费尔德曼 M P，格特勒 M S. 牛津经济地理学手册．刘卫东，王缉慈，李小建，等译．北京：商务印书馆：147-166.

斯科特 A J. 2005. 经济地理学：伟大的半个世纪//克拉克 G L，费尔德曼 M P，格特勒 M S. 牛津经济地理学手册．刘卫东，王缉慈，李小建，等译．北京：商务印书馆：17-44.

斯科特 A J. 2007a. 创意城市：概念问题和政策审视．汤茂林译．现代城市研究，（2）：66-77.

斯科特 A J. 2007b. 弹性生产系统和区域发展：北美和西欧新产业空间的兴起//特雷弗·J. 巴

恩斯，杰米·佩克，埃里克·谢泼德，等．经济地理学读本．童昕，梅丽霞，林涛，等译．北京：商务印书馆：112-122.

斯科特 A J，徐伟，宁越敏．2008. 关于智力－文化经济与全球城市－区域的对话//宁越敏．中国城市研究（第一辑）．北京：中国大百科全书出版社：1-5.

汤建中，盛强．1999. 全球区位论初探．世界地理研究，（3）：1-14.

陶松龄，甄富春．2002. 长江三角洲空间演化与上海大都市增长．城市规划，26（2）：43-48.

童昕，王缉慈．1999. 硅谷－新竹－东莞：透视 IT 产业全球生产网络．科技导报，（16）：14-16

屠启宇．2008. 后发城市：嵌入全球城市网络体系．第三届世界中国学论坛"中国大都市的和谐发展：经验与借鉴"论文摘要集．上海．

汪明峰．2007. 城市网络空间的生产与消费．北京：科学出版社．

汪明峰，宁越敏．2002. 网络信息空间的城市地理学研究：综述与展望．地球科学进展，17（6）：855-863.

汪明峰，宁越敏．2004. 互联网与中国信息网络城市的崛起．地理学报，59（3）：446-454.

汪明峰，宁越敏．2006. 城市的网络优势——中国互联网骨干网络结构与节点可达性分析．地理研究，25（2）：193-203.

王成金．2005. 我国物流企业的空间组织研究．南京：南京师范大学博士学位论文．

王德忠．2002. 企业扩张——理论研究及其对中国行政区经济问题的应用分析．上海：华东师范大学出版社．

王缉慈．1996. 北京中关村高新技术企业的集聚与扩散．地理学报，51（6）：481-488.

王缉慈．2008. 工业空间动态分析——产业、企业和区域的三维思考．全国研究生暑期学校"地理学前沿"．北京．

王辑慈，等．2001. 创新的空间：企业集群与区域发展．北京：北京大学出版社．

王志乐．2008. 2008 跨国公司中国报告．北京：中国经济出版社．

王忠禹．2008. 深化改革，科学发展，推进企业现代化建设//中国企业联合会，中国企业家协会．中国 500 强企业发展报告（2008）．北京：企业管理出版社．

王子先．2008. 中国生产性服务业发展报告 2007. 北京：经济管理出版社．

威廉·J. 米切尔．1999. 比特之城：空间，场所，信息高速公路．胡泳，范海燕译．北京：生活·读书·新知三联书店．

魏后凯．2001. 市场竞争、经济绩效与产业集中——对改革开放以来中国制造业集中的实证研究．北京：中国社会科学院研究生院博士学位论文．

魏后凯．2002. 中国制造业集中状况及其国际比较．中国工业经济，（1）：41-49.

魏后凯，白玫．2008. 中国上市公司总部迁移现状及特征分析．中国工业经济，（9）：13-24.

文嫮．2005. 嵌入全球价值链的中国地方产业网络升级的理论与实践研究．上海：华东师范大学博士学位论文．

文嫮，曾刚．2005. 全球价值链治理与地方产业网络升级研究．中国工业经济，（7）：20-27.

文玫．2004. 中国工业在区域上的重新定位和聚集．经济研究，（2）：84-94.

沃尔特·克里斯塔勒．1998. 德国南部中心地原理．常正文，等译．北京：商务印书馆．

吴良镛.2003. 城市地区理论与中国沿海城市密集地区发展. 城市规划, 27 (2)：12-16.

吴松弟.2001. 明清时期我国最大沿海贸易港的北移. 复旦学报 (社会科学版), (6)：27-84.

吴松弟.2007. 经济空间与城市的发展. 云南大学学报 (社会科学版), 6 (5)：57-65.

武前波.2007. 近期西方城市社会地理主要研究领域及启示. 现代城市研究, (3)：57-65.

武前波, 宁越敏.2008a. 世界城市理论分析与中国的世界城市建设. 南京社会科学, (7)：17-23.

武前波, 宁越敏.2008b. 西方城市消费文化理论及其对中国的启示. 中国名城, (2)：49-55.

武前波, 宁越敏.2010. 中国制造业企业 500 强总部区位特征分析. 地理学报, 65 (2)：139-152.

武前波, 徐伟, 李子蓉.2009. 外来劳动力与上海大都市发展关系分析. 现代城市研究, (4)：37-45.

谢守红.2004. 大都市区的空间组织. 北京：科学出版社.

谢守红, 宁越敏.2004. 世界城市研究综述. 地理科学进展, (5)：30-38.

许学强, 胡华颖.1988. 对外开放加速珠江三角洲市镇发展. 地理学报, 42 (3)：201-212.

许学强, 周春山.1994. 论珠江三角洲大都会区的形成. 城市问题, (3)：3-6.

许学强, 周一星, 宁越敏.2009. 城市地理学. 第二版. 北京：高等教育出版社.

薛凤旋, 杨春.1997. 外资：发展中国家城市化的新动力——珠江三角洲个案研究. 地理学报, 52 (3)：193-206.

薛求知.2007. 复旦大学跨国公司研究书系总序//任胜钢. 跨国公司与产业集群的互动研究. 上海：复旦大学出版社.

薛求知, 任胜钢.2005. 跨国公司理论新进展：基于区位与集群的视角. 复旦学报 (社会科学版), (1)：63-71.

亚当·斯密.1981. 国民财富的性质和原因的研究. 郭大力, 王亚南译. 北京：商务印书馆.

严重敏.1999. 城市与区域研究——严重敏论文选集. 上海：华东师范大学西欧北美地理研究所, 城市与区域发展研究所.

严重敏, 宁越敏.1990. 全国最大的经济中心——上海//胡序威, 杨冠雄. 中国沿海港口城市. 北京：科学出版社.

严重敏, 宁越敏.1992. 我国中心城市不同历史时期发展特点的比较研究. 城市经济研究, (10)：11-15.

阎小培.1996. 信息网络对企业空间组织的影响. 经济地理, 16 (3)：1-5.

杨汝万.2004. 全球化背景下的亚太城市. 北京：科学出版社.

杨哲.2007. 真实与想象的认知：城市空间原型理论建构. 厦门大学学报 (哲学社会科学版), (5)：122-128.

姚士谋.1995. 国际性城市建立的机遇与背景. 城市规划, (3)：5-10.

于洪俊, 宁越敏.1983. 城市地理概论. 合肥：安徽科学技术出版社.

于涛方, 吴志强.2005. 1990 年代以来长三角地区"世界 500 强"投资研究. 城市规划学刊, (2)：13-20.

余丹林, 魏也华.2003. 世界城市、世界城市－区域以及国际化城市研究. 国外城市规划, 18

（1）：47-50.

虞蔚.1988.我国重要城市间信息作用的系统分析.地理学报，43（2）：141-149.

约翰·C.奥瑞克，吉利斯·J.琼克，罗伯特·E.威伦.2003.企业基因重组：释放公司的价值潜力.高远洋，等译.北京：电子工业出版社.

约翰·冯·杜能.1997.孤立国同农业和国民经济的关系.吴衡康译.北京：商务印书馆.

约瑟夫·熊彼特.1999.资本主义、社会主义与民主.吴良健译.北京：商务印书馆.

张晓鸣，徐亢美.2009-04-19.上海发展总部经济需跨两道坎.http：//finance.eastday.com/m/20090419.

张楠楠，顾朝林.2002.从地理空间到复合式空间——信息网络影响下的城市空间.人文地理，17（4）：20-24.

张庭伟.2005.制造业、服务业和上海的发展战略.城市规划学刊，（3）：2-8.

张文忠，庞效民，杨荫凯.2000.跨国企业投资的区位行为与企业空间组织联系特征——以在华投资的日资和韩资企业为例.地理科学，20（1）：7-13.

章迪诚，张星伍.2008.中国国有企业改革的正式制度变迁.北京：经济管理出版社

赵弘.2004.总部经济.北京：中国经济出版社.

赵弘.2008.2007~2008中国总部经济发展报告.北京：社会科学文献出版社.

赵晓斌，王坦.2006.跨国公司总部与中国金融中心发展.城市规划，30（S1）：23-28.

甄峰.2004.信息时代的区域空间结构.北京：商务印书馆.

郑伯红.2003.现代世界城市网络化模式研究.上海：华东师范大学博士学位论文.

郑京淑.2004.现代跨国公司的区位体系与世界经济.广州：中山大学出版社.

中国民航局.2009.中国民航局2009年全国机场生产统计公报.http：//www.caac.gov.cn/I1/K3/201002/t20100205_30262.html.

中国企业联合会，中国企业家协会.2008.中国500强企业发展报告（2008）.北京：企业管理出版社.

中华人民共和国国家统计局.2005.中国统计年鉴2005.北京：中国统计出版社.

中华人民共和国国家统计局.2006.中国统计年鉴2006.北京：中国统计出版社.

中华人民共和国国家统计局.2007.中国统计年鉴2007.北京：中国统计出版社.

中华人民共和国国家统计局.2008.中国统计年鉴2008.北京：中国统计出版社.

中华人民共和国国家统计局.2009.中华人民共和国国民经济和社会发展统计公报.国家统计局网站.http：//www.stats.gov.cn

周三多，邹统钎.2002.战略管理思想史.上海：复旦大学出版社.

周一星，曹广忠.1999.改革开放20年来的中国城市化进程.城市规划，23（12）：8-13.

周一星，胡智勇.2002.从航空运输看中国城市体系的空间网络结构.地理研究，21（3）：276-286.

周振华.2006a.全球城市-区域：我国国际大都市的生长空间.开放导报，（5）：21-26.

周振华.2006b.全球化、全球城市网络与全球城市的逻辑关系.社会科学，（10）：17-26.

周振华.2006c.现代化国际大都市：基于全球网络的战略性协调功能.上海经济研究，（8）：3-11.

周振华. 2007. 全球城市－区域：全球城市发展的地域空间基础. 天津社会科学，（1）：67-79.

周振华. 2008. 崛起中的全球城市——理论框架及中国模式研究. 上海：上海人民出版社，格致出版社.

周振华，陈向明，黄建富. 2004. 世界城市——国际经验与上海发展. 上海：上海社会科学院出版社.

朱传耿. 2003. 论跨国公司的空间组织模式. 中国软科学，（12）：115-119.

Dear M J. 2004. 后现代都市状况. 李小科，等译. 上海：上海教育出版社.

Friedmann J. 2004. 规划全球城市：内生式发展模式. 李泳译. 城市规划学刊，（4）：3-7.

Mc Gee T G. 2007. Planning for Mega-Urban Regions：policies for the twenty-first century. 2007 年长江三角洲地区发展国际研讨会论文集. 上海.

Scott A J. 2007. City-regions：economic motors and political actors on the global stage. 2007 年长江三角洲地区发展国际研讨会论文集. 上海.

Soja E W. 2005. 第三空间：去往洛杉矶和其他真实和想象地方的旅程. 陆扬译. 上海：上海教育出版社.

Soja E W. 2006. 后大都市——城市和区域的批判性研究. 李钧译. 上海：上海教育出版社.

Taylor P J. 2006. Shanghai，Hong Kong，Taipei and Beijing within the world city network：positions，trends and prospects. 上海：华东师范大学大夏论坛.

Yusuf S，Altaf M A，Nabes K. 2005. 全球生产网络与东亚技术变革. 中国社会科学院亚太所译. 北京：中国财政经济出版社.

Alderson A S，Beckfield J. 2004. Power and position in the world city system. American Journal of Sociology，（109）：811-851.

Amin A，Thrift N. 2002. Cities：Reimagining the Urban. Cambridge：Polity.

Bartlett C A，Ghoshal S. 1998. Managing Across Borders：The Transnational Solution. New York：Random House.

Batten D F. 1995. Network cities：creative urban agglomerations for the twenty-first century. Urban Studies，32（2）：313-327.

Bell D. 1973. The Coming of Post-Industrial Society：A Venture in Social Forecasting. New York：Basic Books.

Buckley P J，Casson M. 1976. The Future of the Multinational Enterprise. New York：Holmes &Meier.

Cairncross F. 1997. The Death of Distance：How the Communication Revolution Will Change Our Lives. Boston：Harvard Business School Press.

Campagni R. 1993. From city hierarchy to city network：reflections about an emerging paradigm// Lakshmanan T R，Nijkamp P（eds.）. Structure and Change in the Space Economy：Festschrift in Honor of Martin Beckmann. Berlin：Springer Verlag.

Castells M. 1989. The Informational City：Information Technology，Economic Restructuring and the Urban-regional Process. Oxford：Blackwell.

Castells M. 1996 . The Rise of the Network Society. Cambridge，MA：Blackwell.

Castells M, Hall P. 1994. Technopoles of the World: the Making of Twenty-first-century Industrial Complexes. London and New York: Routledge.

Clarke I. 1985. The Spatial Organization of Multinational Corporations. London: Croom Helm.

Céline R, Denise P. 2006. Firm linkages, innovation and the evolution of urban systems//Taylor P J, Derudder B, Saey P, et al (eds.). Cities in Globalization: Practices, Policies, Theories. London: Routledge.

Cohen R. 1981. The new international division of labor, multinational corporations and urban hierarchy// Dear M, Scott A (eds.). 1981. Urbanization and Urban Planning in Capitalist Society. London: Methuen.

Davis J, Henderson V. 2004. The agglomeration of headquarters. Working Paper. Boston Census Research Data Center.

Derudder B. 2006. On conceptual confusion in empirical analyses of a transnational urban network. Urban Studies, 43 (11): 2027-2046.

Derudder B, Taylor P J. 2005. The cliquishness of world cities. Global Networks, 5 (1): 71-91.

Derudder B, Witlox F. 2005. An appraisal of the use of airline data in assessing the world city network: a research note on data. Urban Studies, 42 (13): 2371-2388.

Dicken P. 2000. Global Shift: Reshaping the Global Economic Map in the 21st Century. London: Sage.

Dicken P, Thrift N. 1992. The organization of production and the production of organization: why business enterprises matter in the study of geographical industrialization. Transactions of the Institute of British Geographers, New Series 17: 279-291

Dunning J H. 1975. Economic Analysis and the Multinational Enterprise. New York: Praeger.

Dunning J H. 1998. Location and multinational enterprise: a neglected factor. Journal of International Business Studies, 29 (1): 214-221.

Ernst D. 2002. Global production networks and the changing geography innovation systems: implications for developing countries. Journal of Economics Innovation and New Technologies, 11 (6): 497-523.

Ernst D, Kim L. 2002. Global production networks, knowledge diffusion, and local capability formation. Research Policy, 31 (8/9): 1417-1429.

Friedmann J. 1986. The world city hypothesis. Development and Change, 17 (1): 69-84.

Friedmann J. 1995. Where we stand: a decade of world city research// Knox P L, Taylor P J (eds.). World Cities in a World-System. Cambridge: Cambridge University Press.

Friedmann J. 2001. Intercity networks in a globalizing era//Scott A J (eds.) Global City-Regions: Trends, Theory, Policy. Oxford: Oxford University Press.

Friedmann J, Wolff G. 1982. World city formation: an agenda for research and action. International Journal of Urban and Regional Research, 6: 309-343.

Frobel F, Heinrichs J, Kreye O. 1980. The New International Division of Labor. Cambridge: Cambridge University Press.

Gereffi G, Korzeniewicz M. 1994. Commodity Chains and Global Capitalism. Westport: Praeger.

Gottmann J. 1957. Megalpolis or the urbanization of the northeastern seaboard. Economic Geography, 33 (3): 189-220.

Graham S. 2002. Bridging urban digital divides? urban polarization and information and communications technologies (ICTs). Urban Studies, 39 (1): 33-56.

Green H L. 1955. Hinterland boundaries of New York City and Boston in southern New England. Economic Geography, (31): 283-300.

Haggett P, Chorley R J. 1969. Network Analysis in Human Geography. London: Edward Arnold.

Hakanson L. 1979. Towards a theory of location and corporate growth//Ien Hamilton F E, Linge G J R (eds.). Spatial Analysis, Industry and the Industrial Environment. Vol. I: Industrial System. Chichester: Wiley.

Hall P. 1996. The global city. International Social Science Journal, 48 (1): 15-23.

Hall P. 1997. Modelling the post-industrial city. Futures, 29 (4/5): 311-322.

Hall P. 2001. Global city-regions in the twenty-first century//Scott A J (eds.). Global City-Regions: Trends, Theory, Policy. Oxford: Oxford University Press.

Hall P, Pain K. 2006. The Polycentric Metropolis: Learning from Mega-city Regions in Europe. London: Earthscan Publications.

Hall T. 2001. Urban Geography. 2nd Edition. London: Routledge.

Harris C D, Ullman E L. 1945. The nature of cities. Annals of American Academy of Political and Social Science, 242 (3): 7-17.

Harvey D. 1973. Social Justice and the City. London: Arnold.

Harvey D. 1982. The Limits to Capital. Oxford: Basil Blackwell.

Heenan A. 1979. The regional headquarters decision: a comparative analysis. Academy of Management Journal, (22): 410-415.

Henderson J, Dicken P, Hess M, et al. 2002. Global production networks and the analysis of economic development. Review of International Political Economy, 9 (3): 436-464.

Henderson V, Ono Y. 2005. Where do manufacturing firms locate their headquarters. Working Paper, Federal Reserve Bank of Chicago.

Ho C. 1998. Corporate regional functions in Asia Pacific. Asia Pacific Viewpoint, (39): 179-191.

Holloway S R, Wheeler J O. 1991. Corporation headquarters relocation and changes in metropolitan corporation dominance, 1980-1987. Economic Geography, 67 (1): 54-74.

Holmes T J, Stevens J J. 2002. Geographic concentration and establishment scale. The Review of Economics and Statistics, November, 84 (4): 682-690.

Hopkins T K. 1986. Commodity chains in the world-economy prior to 1800. Review, 10 (1): 11.

Horst T, Koropeckyi S. 2000. Headquarters effect. Regional Financial Review, 6 (3): 16-29.

Hymer S H. 1972. The multinational corporation and the law of uneven development//Bhagwati J N (ed.). Economics and World Order. London: Macmillan.

Hymer S H. 1976. The International Operation of National Firms: A Study of Direct Foreign Investment. Cambridge Mass: The MIT Press.

Jakobsen S, Onsager K. 2005. Head office location: agglomeration, clusters or flow nodes? Urban Studies, 42 (9): 1517-1535.

Klier T, Testa W. 2001. Headquarters wanted principals only need apply. The Federal Reserve Bank of Chicago, 167a.

Klier T, Testa W. 2002. Location trends of large company headquarters during the 1990s. Economic Perspectives, (26): 12-26.

Knox P L. 1995. Urban Social Geography: An Introduction. Harlow: Longman Group Ltd.

Knox P L., Taylor P J. 1995. World Cities in a World system. Cambridge: Cambridge University Press.

Krugman P. 1996. The Self-Organizing Economy. Oxford: Blackwell.

Laulajainen R, Stafford H. 1995. Corporate Geography, Dordrecht: Kluwer Academic Publishers.

Lefebvre H. 1991. The Production of Space. Oxford: Blackwell.

Liu W-D, Dicken P. 2006. Transnational corporations and "obligated embeddedness": foreign direct investment in China's automobile industry. Environment and Planning A, (38): 1229-1247.

Lo F-Ch, Marcotullio P. 2001. Globalization and the Sustainability of Cities in the Asia Pacific Region. Tokyo: United Nation University Press.

Lo F-C, Marcotullio P J. 2001. Globalization and the Sustainability of Cities in the Asia Pacific Region. Tokyo: United Nations University Press.

Lo F-C, Yeung Y M. 1998. Globalization and the World of Large Cities. Tokyo: United Nations University Press.

Lovely E, Rosenthal S, Sharma S. 2005. Information, agglomeration and the headquarters of US exporters. Regional Science and Urban Economics, (35): 167-191.

Lüthje B. 2002. Electronics contract manufacturing: global production and the international division of labour in the age of Internet. Industry and Innovation, 9 (3): 227-247.

Massey D. 1979. In what sense a regional problem? Regional Studies, (13): 233-243.

Massey D. 1984. Spatial Divisions of Labour: Social Structures and the Geography of Production. London: Macmillan.

Massey D. 1988. Uneven development: social change and spatial division of labour//Massey D, Allen J (eds.). Uneven Re-Development: Cities and Regions in Transition. London: Hodder and Stoughton.

McNee R B. 1960. Towards a more humanistic economic geography. Tijdschrift Voor Economische en Sociale Geografie, (51): 201-206.

Moss M L, Townsend A M. 2000. The Internet backbone and the American metropolis. Information Society Journal, 16 (1): 35-47.

Ning Y. 2001. Globalization and the sustainable development of Shanghai//Lo F-C, Marcotullio P J. Globalization and the Sustainability of Cities in the Asia Pacific Region. Tokyo: United Nations University Press.

Ning Y, Yan Z. 1995. The changing industrial and spatial structure in Shanghai. Urban Geography,

16（7）：577-594.

Porter M E. 1998. Clusters and competition: new agendas for companies, government and institutions//Porter M. On Competition. Boston: Harvard Business School Press.

Porter M E. 2000. Location, competition and economic development: local clusters in a global economy. Economic Development Quarterly,（14）：15-34.

Pred A R. 1974. Industry, information and city-system interdependencies//Hamilton F E I（eds.）. Spatial Perspective on Industrial Organization and Decision Making. London: Wiley.

Sassen S. 1991. The Global City. Princeton: Princeton University Press.

Scott A J. 1988. Metropolis: From the Division of Labor to Urban Form. London: Pion Limited.

Scott A J. 1998. Regions and the World Economy: The Coming Shape of Global Production, Competition, and Political Order. Oxford: Oxford University Press.

Scott A J. 2001. Global City-Region: Trends, Theory, and Policy. New York: Oxford University Press.

Scott A J, Storper, M. 2003. Regions. globalization, development. Regional Studies,（6）：6-7.

Semple K, Phipps G. 1982. The spatial evolution of corporate headquarters within an urban system. Urban Geography,（3）：258-279.

Shilton L, Stanley C. 1999. Spatial patterns of headquarters. Journal of Read Estate Research,（17）：341-364.

Short J R. 2004. Black holes and loose connections in a global urban network. Professional Geographer, 56（2）：295-302.

Smith D, Timberlake M. 2002. Hierarchies of dominance among world cities: a network approach. Chapter 4 //Sassen S（eds.）. Global Networks, Linked Cities. New York: Routledge.

Stephens J D, Holly B P. 1980. The changing patterns of industrial control in metropolitan America//Brunn S D, Wheeler J O（eds.）. The American Metropolitan System. New York: Halstead.

Storper M. 1997. The Regional World: Territorial Development in a Global Economy. New York: The Guilford Press.

Storper M, Walker R. 1983. The theory of labor and the theory of location. International Journal of Urban and Regional Research, 7（1）：1-41.

Sturgeon T J. 2000. How do we define value chains and production networks? The Bellagio Value Chains Workshop. Rockefeller Conference Center, Bellagio, Italy.

Sturgeon T J. 2008. From commodity chains to value chains: interdisciplinary theory building in an age of globalization//Bair J. Frontiers of Commodity Chain Research. Palo Alto: Stanford University Press.

Taaffe E J, Morrill R L, Gould P R. 1963. Transport expansion in underdeveloped countries: a comparative analysis. Geographical Review,（53）：503-529.

Taylor M J. 1975. Organizational growth, spatial interaction and location decision-making, Regional Studies,（9）：313-323.

Taylor M J, Thrift N. 1980. Large corporations and concentrations of capital in Australia: A geographical analysis. Economic Geography, 56 (4): 261-280.

Taylor P J. 1997. Hierarchical tendencies amongst world cities: a global research proposal. Cities, 14 (6): 323-332.

Taylor P J. 2001. Urban hinterworlds: geographies of corporate service provision under conditions of contemporary globalization. Geography, 86 (1): 51-60.

Taylor P J. 2004. World City Network: An Urban Global Analysis. London: Routledge.

Taylor P J, Aranya R. 2008. A global "urban roller coaster"? Connectivity changes in the world city network, 2000-2004. Regional Studies, 42 (1): 1-16.

Testa W, Klier T, Ono Y. 2005. The changing relationship between headquarters and cities. Chicago Fed Letter.

Vernon R. 1966. International investment and international trade in the product cycle. Quarterly Journal of Economics, (80): 190-207.

Wei Y H D. 2000. Regional Development in China: States, Globalization, and Inequality. London: Routledge.

Wei Y H D. 2008. Institutions, location, and networks of multinational enterprises in China: a case study of Hangzhou. Urban Geography. 29 (7): 639-661.

Wei Y H D, Li W M, Wang C B. 2007. Restructuring industrial districts, scaling up regional development. Economic Geography, 83 (4): 421-444.

Wu F. 2003. Globalization, place promotion and urban development in Shanghai. Journal of Urban Affairs, 25 (1): 55-78.

Yeung H W-C. 1994. Critical reviews of geographical perspective on business organizations and the organizations of production: towards a network approach. Progress in Human Geography, 18 (4): 460-490.

Yeung H W-C, Poon J, Perry M. 2001. Towards a regional strategy: the role of regional headquarters of foreign firms in Singapore. Urban Studies, 38 (1): 157-183.

Young D, Goold M. 2001. Corporate Headquarters: An International Analysis of their Roles and Staffing. London: Prentice-Hall.